JN318226

熱っぽい声、性急に脱がされた服。
全裸で覆い被さるエクルト王の体に両腕を回してしっかりと抱き締めた。

月狼《げつろう》の眠《ねむ》る国《くに》

朝霞《あさか》月子《つきこ》

ILLUSTRATION：香咲《こうさき》

月狼の眠る国

LYNX ROMANCE

CONTENTS

月狼の眠る国

頬を掠《かす》める海風は冷たく、遠くまで来たのだという実感がやっと感じられるようになった。

「あれがエクルト山か」

暗く灰色の海をゆっくりと進む客船の手摺《てすり》に前のめりになるように体を預け、黒褐色の髪を靡《なび》かせながら独りごちたのは、ラクテ・ラー・カトル＝ヴィーダ。ヴィダ公国第四公子、二十歳を超えたばかりの若者だ。

そして、

「ラクテ様、甲板に出るならそれなりの恰好《かっこう》をしなくちゃ風邪を引きますよ」

ラクテの背後から声を掛けたのは、国元から旅を共にして来た幼馴染《おさななじみ》のロレンツォロスリオスだ。

「あ、ロス君」

ラクテは笑みを浮かべて振り返った。ロレンツォロスリオス――通称ロスは、眉を寄せた表情のままラクテの外套《がいとう》の上からもう一枚、毛織のショールをぐるぐると巻き付けた。

「ありがとう」

「ラクテ様が体調崩して迷惑するのは僕なんだから、気をつけてください」

「わかりましたー」

「語尾は伸ばさない」

「はあい……じゃなくて、はい」

ぴしゃりと言われ、ラクテは肩を竦《すく》めた。ロスは幼い頃から同じ邸内で育った乳兄弟で、気心の知れた最も身近な友人でもある。先刻の物言いも、お付きの者から主《あるじ》に対する言葉として褒《ほ》められたものではないが、二人にはこれが日常であり、それだけ日頃からラクテの奔放ぶりにロスが振り回されている証拠のようなものでもあった。

ラクテは赤いショールを顔の半分まで引き上げた。

「あったかい」

北風を遮るものが一枚あるだけで随分と肌に感じ

る冷たさが緩和される。

隣を見れば、ロスも茶色の毛皮に身を包み、冷たい海風を完全に遮断する装いだ。それでも船室に入りなさいと言わないあたり、当人もいい加減船内にいるのがいやになっていたのだろう。

ラクテは分厚い手袋に覆《おお》われた手をそっと合わせた。密度の高い銀色狐《ぎつね》の毛皮をたっぷり使って作られた外套と帽子、手袋は、遠い北国に赴くラクテへの家族からの贈り物だ。

今はもう海の遥《はる》か彼方《かなた》になってしまった中央大陸の真ん中、中央高地に位置するヴィダ公国はほとんど季節の移り変わりがない国で、比較的温暖で過ごしやすい傾向にある。

ラクテ自身も、これから行こうとしているエクルト国のことは書物や伝聞などでしか知らなかった。だからこそ、留学先にと希望したのだが、念入りに下調べしていても、まさかここまで寒いとは思いもしなかったというのが正直なところだ。

満面に笑みを浮かべた家族から、最初に外套一式を見せられた時、こんなに嵩張《かさば》るものは持って行けないと遠慮したのだが、船が北へ進むに従って厳しくなる寒さに、こっそりと自分の部屋に置いて来なくてよかったと安堵《あんど》したものだ。必要があれば現地で買えばいいと安易に考えていたが、船の上でここまで気温が変化するとは思いもせず、結果的に持って来て本当によかったと思う。

余談だが、ラクテたち以外の乗客の中にはやはり寒さに耐えられずに船室に籠《こも》りきりのエクルト初訪問の旅行者が何人かいて、乗り合わせた行商人から防寒具を購入している姿も多く見られた。世の中よく出来ていると感心させられたものだ。

世界五大国の一つとして数えられる大国、それがエクルトだった。

北の大陸の更に北にある最北の地。同じく五大国の一つで、西のイリヤ大陸にあるサークィン皇国も北部はかなり厳しい寒さだと聞いているが、それでもかの地には四季も訪れ、他の季節に比べて多少冬が長い以外は特に生活に困るようなことはない。

　エクルトは寒いのではなく冷たく凍えるのだと、エクルトを知る人は口を揃《そろ》えて言う。

　それくらい、他の国とは環境が違うのだ。一年の三分の二以上が冬で、その合間に短い春と夏があるという感じなのだ。国土の四分の一は凍土に覆われた不毛の地、四方は雲の上まで聳《そび》える山脈に取り囲まれた盆地だが、標高は高く高地と言っても差支えない。

　冬が来て、海も川も湖も何もかもが凍れば、船の航行さえ不可能になり、他国との交流は一切出来なくなる閉ざされた国。エクルトの南側の国を経由する山越えの手段もあるが、荷を多く運ぶには不便なため、エクルトと言えば船での交易が主な手段になる。

　その冬が終わり、氷が解ける短い間だけ交流が活発になる。

　ラクテたちが乗る客船以外にも、大型の商船や客船が何隻《せき》もエクルトで唯一開かれたホーン港を目指して波の上を滑って行くのを見て来た。

　氷に閉ざされたエクルトに、ようやく春が訪れたのだ。これから次の冬を迎えるまでの間、エクルトの港は交易船が頻繁に往来し、街は静かだった冬の間が嘘のように賑《にぎ》やかになる。

「知ってる？　エクルトの春と夏の間には太陽が沈まない夜が何日かあるんだって」

「じゃあ一日中明るいんですか？」

「うん。私も見たことないから、本当のところはどんなのか知らないけど、たぶんエクルトにいる間には見ることが出来ると思うよ。月神《つきがみ》様もその間だけはお休みで、他の幻獣や使者たちが月神様の代わりにエクルトを見守っているって言われてるそうだよ。その夜は大人も子供も夜更かしして、お祭りのように楽しむんだって」

今から楽しみと、ラクテは笑う。それから、ほらと前方を指さした。

「ロス君、あれがエクルト山だよ。凄《すご》いよね、本当に頂《いただき》が見えないや」

エクルト国をぐるりと囲むエクルト山脈。上の方は万年雪に覆われて白く、そのほとんどの頂は遠くから見ても雲の遥か上にあることしかわからない。

北大陸の一部でありながら、険しい峰々と氷に閉ざされた神秘の国と人々は呼ぶ。

指さす方に目を凝らしたロスも、へえと、感嘆の声を発した。

「噂には聞いていましたけど、実際に目の前で見ると凄いもんですね。遠くからでもこれだけの迫力があるんだから。あと半日も船に乗らなきゃいけない距離なのに」

「そうだよねえ。間近に立ったら首を真上に上げなきゃいけないよね」

ラクテはそのまま手摺に肘をつき、溜息をついた。

「どうかなさったんですか？　また船酔いがぶり返したんじゃ……」

「ん、大丈夫。まったく平気ってわけじゃないけど、中で寝てるより、ここに立って外の風に当たってる方が気分はましだから」

「それならいいんですけど、ラクテ様の大丈夫は信用出来ませんから」

「心配性だなあ、ロス君は」

笑うラクテだが、従者が心配するのはもっともだと思うだけの自覚はある。なにせ、こうして甲板に立って自分の足で歩くのは五日ぶりなのだ。

その間、何をしていたかと言えば、一等船室の寝台の上で寝込み、動けなかったのだ。

病気のせいではなく、強度の船酔いのせいである。

船酔い。それは内陸育ちのラクテがひと月近くに渡る航海の中で、初めて経験したものだった。そして、出来れば二度と経験したくないものでもある。

何も旅の終わりに海が荒れなくてもよさそうなものをと恨んだが、自然相手では文句のぶつけようもない。

意外にも冬の方が北の海は穏やかで荒れていない。静かに、ただ静かに凍りついたまま沈黙するだけだ。

それが、暖かくなり東風が吹くようになると、氷も解け、一気に眠りから覚めたように動き出すのだ。海流に乗って、溶けて崩れた流氷が海を漂い、そうして港が開かれる。

生き返った海、そして荒ぶる波に揺られたラクテは、船酔いという原始的な症状に見舞われ、寝込まざるを得なかったというわけである。

その間に味わった情けなさと無力感と言ったらない。事前に予測して、酔い止めの薬を飲んでいてもそうだったのだ。もしも予防していなければ、こんなに早くに自力で立ち上がることは出来なかっただろう――というのは実はラクテの考えで、ロスには別の感想がある。

「揺れるってわかっていて本を読んでいれば酷《ひど》くもなりますよ。自業自得です」

と、幼馴染はぴしゃりとにべもなく、青緑の目は冷ややかだ。

寝込んだラクテの世話を一手に引き受けなければならなかったのだから、それについて頭が上がるはずもない。

「本を読むのを止《や》めるようにあれだけ言ったのに聞かないから」

「ごめん。でも何か読んでないと手持無沙汰《てもちぶさた》で」

ロスは、はぁと大きく溜息をついた。

ラクテの読書好きは今に始まったことではないが、

いくらなんでも船が揺れている最中に読まなくてもいいのにとロスは思うのだ。誰に訊《き》いても同じ答えを返すだろう。

そのラクテはと言えば、船酔いが収まったと同時に思いは遥かエクルトの上に飛んでしまい、今はそちらに夢中だ。

「エクルトの山脈の一番高い山の頂には、月神のいる天に繋《つな》がる門があるって言われてるんだよ。ロス君は知ってる？　エクルトの始祖は、月狼《げつろう》と人との間に生まれた子で、その血脈がずっと今でも続いているんだって」

「月狼の眠る国、ですよね。お伽話《とぎばなし》にもなっているやつでしょう？」

「うん」

昔々、他民族に襲われてエクルト山に逃げ込んだ王子を助けた月狼が、褒美《ほうび》として王子の妹姫を娶《めと》り、その子供がエクルトの初代国王になったという話。

お伽話だけあって、肉づけに多少違いはあるものの、どの話の大筋も同じようなものだ。

「エクルトの王族には月狼の血が流れているなんて、なんとなく素敵だよね」

「素敵かどうかはわかりませんけど、月狼って要は狼《おおかみ》なんでしょう？　どうやって子供をなしたか、考えたくないです」

「駄目だよ、ロス君」

ラクテは朗らかに笑った。

「想像力をもっと逞《たくま》しくしないと。月狼はね、それはもう美丈夫に変化して、姫と閨《ねや》を共にしたんだよ。子供向けの絵本に書いてあった」

「そうなんですか？」

「うん。ヴィダで読んだ話だから間違いない」

なるほどと呟《つぶや》いたロスは、何かに思い当たったように「あ」と口を開けた。

「じゃあ、これから会うかもしれないエクルト王や

その親族の方たちは月狼の子孫ってことになります
ね」
「そうだね。もうだいぶ血は薄まって来ているだろ
うけど、たとえ一滴でも残って混じっていれば、そ
れだけでも十分なんだろうと思う」
だからエクルトの王族は民から神聖視されている
部分が他の国よりも大きい。
「もしも単なるお伽話だったとしても、みんなが夢
を見られるでしょう？　嘘でも、神聖な獣と人が種
族を超えた恋をして結ばれる——なんていうのは、
大衆が喜びそうだし。それに、さっきも言ったけど、
やっぱり素敵じゃないか」
ラクテは楽しげに笑った。
「だから私は楽しみなんだ」
「何がですか？」
「エクルト王がどんな方なのかってこと」
「興味をお持ちになったんですね」
「お伽話の真相は横においても、月狼の子孫だって
信じられている人の長《おさ》だよ。気にならないわけがな
い。今回は留学が目的だから、お会いする機会はな
いだろうけど、もしも機会があれば狼の血を引く王
様には会ってみたい」
留学期間が終わるまでに機会がなければ、作れば
いい。帰国前の挨拶とでも言えば、面会の僅《わず》かな時
間くらいは割《さ》いてくれるのではないか、ラクテはそ
う考えている。
「もしかしたら王立学院まで王様が足を運ぶことも
あるかもしれないし、会えれば幸運くらいに考えて
いるんだ」
中央大陸のヴィダ公国からひと月以上掛けて北国
までやって来たのは、何も観光が目的ではない。五
大国に名を連ねるエクルトの有名な王立学院、ここ
へ一年間の短期留学をするためなのだ。
「ロス君も一緒に編入すればよかったのに」

　今からでも遅くないから手続きすればというラクテの気楽な言葉を聞いた途端、ロスは思い切り激しく拒絶の意味を込めて首を横に振った。

「とんでもない！　冗談でも止めてください。僕はラクテ様と違って勉強は好きじゃないんです。知ってるでしょう？」

「それは知ってるけど、でも私が学院に行っている間暇じゃない？　それに面白いよ、いろんなことを知ることが出来るのは」

「ラクテ様にはそうかもしれないですけど、僕は小難しく考えるのは苦手なんです。物を覚えるのだって。ラクテ様みたいに一日中本を読んでいる方にはいいかもしれませんが、僕は体を動かしている方が楽です」

　文字が読めるようになる前から、絵本を抱えて眺めていたラクテとは違うのだと、ロスは力いっぱい主張した。

「そうかなあ。せっかくエクルトまで来たのに、家にいる時と同じことをしてたらつまらなくない？」

「まったく。第一、もう手続きは終わってるんだから今更ですって」

「ちぇ、残念。ロス君と一緒に勉強できるかもって思ってたのに。本当にロス君は体を動かすのが好きだよねぇ」

「だから、護衛も兼ねているんですよ、僕は。忘れてるようだから、念のために言っておきますね」

　童顔に見えるロスは、現実にも二十歳のラクテより三つだけ年下なのだが、剣の腕前はヴィダの将軍も認めるほどのものがある。

　そもそも、ラクテの留学も最初は一人旅の予定だったのだ。ところが、目新しいものを見つけては、あちらへフラフラ、こちらへフラフラするラクテを一人で長旅に出せば、目的地に辿《たど》り着《つ》かない可能性もあると家族は考えた。そのために誰か一人でもと思って付けられたお目付け役がロレンツォロスリオスなのだ。寄り道に関しては、これまでに二度以上の前科があるため誰もが納得する選択でもあった。

そんなわけで、気心の知れたロスをお供にはるばるやって来たわけなのだが、実際に護衛としての仕事はほぼないとラクテは考えている。

ロス本人も、自分の仕事はラクテの世話だと考えている節《ふし》があり、実際に割かれている時間もその方が圧倒的に多い。

これは最初から予想されたことでもあるので理解出来るのだが、のんびり気質のラクテが相手では、主人の顔色を窺《うかが》うだけだったり、指示待ちしか出来ない普通の従者では咄嗟《とっさ》の対応が難しいと判断されたせいもあった。

その意味でも、ロスほど条件に合う人物はいない。

「あと半日も船の上なんですね」

「あと半日で陸の上に上がれるって考えた方が気楽だよ。たぶん、明日の朝に港に入るように少し海の上で調整するんだと思う」

「真っ直ぐ行けば夜のうちに上陸出来るのに？」

「駄目だよ、ロス君。それじゃ危ないもの」

夜の港入りは危険を伴うため、日が暮れて港に近づくのは避け、今のラクテたちの船のように港から離れた海上で停泊して、翌朝の接岸を目指すのが慣例だ。

エクルト山はこんなにもくっきりと見ることが出来るが、そう簡単に辿り着ける距離ではないのだ。

「空を飛べたらすぐに行けるのにねえ」

「仕方ないですよ。そもそも船旅を選んだのはラクテ様なんだから」

ロスの指摘通り、客船を使って港入りする方法を選んだのはラクテ自身だ。

エクルトと山脈を挟んで南側に接しているノウラ国を経由して、エクルトの首都メリンまで陸路を辿る方法もあるのだ。道は険しく急で荷を運ぶには不便だが個人で旅をする分においては、エクルトとノウラを南北に繋ぐ大陸公路なので、整備や防犯面での不安はない。

　そこをあえて大陸の東を回って海路を選んだのは、単に流氷を見たかったというラクテの希望があったからだ。

「流氷も、そろそろ見えて来てもいいんだけどな」

「氷の塊なんでしょう？　ここまで来ますか？」

「大きいのはもう溶けてしまったかもしれないけど、小さめのはまだまだこれからたくさん出て来ると思うよ」

　夜の航行を注意しなければならないのは、流氷にぶつかる可能性があるからだ。そのために、船長たちは情報を交換し合い、安全圏まで船を遠ざけて見晴らしがよくなる朝を待つというわけだ。もちろん、だからと言って油断は禁物で、視界が悪い夜間にこそ乗組員たちは緊張している。冬明けの航海で毎年流氷による海難事故も多く発生しているため気を抜けない。

　そんな船員たちの苦労を知ってか知らずか、船上での最後の夜をぐっすり眠って過ごしたラクテが、ようやく念願の流氷を見ることが出来たのは、翌朝のことだ。

　ボォーッボォーッと何度も長く伸びる汽笛が鳴り響く音で夜が明けたことを知ったラクテは、寝台のすぐ真横の丸窓に顔を付け、そこから見えた景色に赤紫色の目を瞠《みは》り、大きな声を上げた。

「ロス君！　ロス君ってば！　見てごらんよ！　流氷だよ！」

　こうしちゃいられないと慌てて着替え、隣の部屋に寝ていた幼馴染兼世話役兼護衛を起こしに行くと、すでに着替え終えていたロスは窓の外を眺め、目を丸くした。

「……氷の壁がある……」

「それが流氷なんだよ。行こう、ロス君。甲板で見なきゃ！」

「あっ！　ラクテ様！　外套忘れてますって！」

「持って来て！」

言った時にはもう扉を開けて外に駆け出している
ラクテに、ロスは慌てて自分も手早く外套を着込むと、ラクテの外套を抱えて追い掛けた。

そして甲板に出た二人は、長い旅の終わりになって度肝を抜かれるという経験を味わった。

すぐ間近を流れる巨大な氷の塊を生まれて初めて目にしたラクテは、目も口も丸く開いたまま壮大で神秘的な光景に見入った。追いついたロスも、辛《かろ》うじて外套を渡したものの、自分の目の前にあるものの存在感に言葉も出ないという感じで、ラクテと同じ表情で固まっている。

山のように聳える流氷はまるで小さな島のようで、知識として知っていたラクテも最初は普通に島だと思っていたくらいだ。それがゆっくりと動きながら、端の方から氷の柱が音を立てて崩れる様子を見て、初めて巨大な流氷だと実感出来た。

海の上を客船と反対にゆっくりと沖へ流れて行く氷塊は、青白い塊を幾つも落とし、海の青より青い氷柱が何本も重なって立つ様子は、荘厳以外の言葉がない。

「こんなにすごい迫力があるんだ、流氷って」

「本当ですね、びっくりしました」

ラクテたち以外にも、甲板に出て流氷に歓喜の声を上げる人々は多かった。長旅の最後にエクルトの自然から思い掛けない贈り物を貰《もら》ったようなものだ。

ゆっくりと沖へ流れて行く流氷を眺めている間に、もうホーン港はすぐそこに迫っていた。観光客の多くがすぐに港へ接近していることに気づかなかったのは、それが自分たちの常識で考えていた港とは、大きく異なっていたからだ。

速度を落とし、相変わらず汽笛を鳴らしながら進む客船は、目の前に聳える峡谷の間に滑るように侵入した。

いきなり左右からの陽光が遮られ、あっと思いはしたものの、

「これが有名なホーン港」

ラクテはすぐに、納得したと頷《うなず》いた。

「港？　これが港なんですか？」

「うん。ホーン峡谷って言ってね、これの奥に港があるんだよ」

「奥？」

まさかと疑うロスに、ラクテは「本当だよ」と笑って進行方向を指さした。少し蛇行しているため、真っ直ぐ先を見通すことは出来ないが、岩で曲がりくねった先に港があるのだ。

「見ててごらん。もうすぐ開けた入り江が見えるはずだから」

下を見れば、深い青の上にプカプカと小さな白い氷の塊が浮いている。上を見上げれば、落ちて来たらどうしようと不安になるほどの断崖絶壁。これで港があると想像するのは、確かに難しいだろう。

自然の峡谷に守られた鉄壁の港は、無人島にねぐらを持つ海賊たちの要塞《ようさい》のような趣を感じる。薄暗いせいもあるが、青い海と白い雲こそ人々が思い浮かべる港の印象だとすると、確かにホーン港は特殊なのだろう。

ラクテにしても、事前に読んでいた書物から知識を得ていなければ、知らない場所に連れて行かれるのではないかと不安に感じたはずだ。

しかしそこまで不安にならないのは、ラクテたちの乗るトレズ船籍の大型客船以外にも、帆《ほ》を張った商船や漁船が、前や後ろ、隣に見えるからだ。何しろ、峡谷でありながら、六本の帆柱を持つ大型の旅

客船が並んで進めるくらいに幅が広い。

崖の下の方はまだ白く凍ったままで、今季の開港からまだ間もないことを教えてくれる。

そして、人々の目に港の全景が入って来るようになると、久しぶりに陸に上がれる喜びとは別の意味で、またワアッという歓声が湧き起こった。

峡谷を抜けた場所にある入り江、そこには多くの船が錨《いかり》を下ろし、停泊していた。その数は、十や二十ではきかない。大小様々な種類の船、しかもいろいろな国籍の船がたくさん並び、荷や人を下ろしている。湾岸はすべて船で埋め尽くされていると言ってもよい。

入り江とは言っても、砂浜はなく、接岸した先の広い岩棚がそのまま陸になる。管理用の建物はあるが、民家や商家は見える範囲にはない。

接岸する場所も手摺や梯子《はしご》などは人の手が入っているが、ほとんどが灰色の天然の岩を利用したものので、頑丈さは言うまでもない。

「ほら見てごらん、ロス君。奥の方にぽっかり穴が開いた洞窟があるだろう？　あの中の道を通った先にホーンの町があるんだよ」

港の様子を観察していたラクテが指さす場所には、確かにそこだけ大きな空洞のように穴が開き、大きな馬車や荷車が吸い込まれるようにして入って行く。

「考えたものだね。本当に天然の要塞だよ、ここは」

一般的な港に比べて間口が狭く、しかも冬の間は氷に閉ざされてしまう場所だ。海賊だってわざわざ危険を冒してまで、峡谷の中には入っては来ないだろう。他国が侵略を試みるにしても、海からの入り口はここ一カ所しかなく、本当の意味での内陸部に入り込むには、この港を制するしかない。しかし、仮に制したとしても通ることが出来るのがあの洞窟だけなら、出口で待ち構えた兵に返り討ちにされるのが落ちだ。

「意外と活気もありますね。それに、思ったよりも明るいです」

上を見上げてロスが言う。左右に険しい崖が迫ってはいるが、圧迫感を感じないのは、頭上は閉ざされていないからだ。入り江の中に入ってしまえば、広い空間の分、明るい陽射しも降り注ぐ。

「ますます楽しみだね、町に入るのが」

町並みはどんな風になっているのだろうか。建物はやはり独特なのだろうか。興味は尽きない。

港の様子を眺めている間に、船はゆっくりと桟橋《さんばし》に船体を寄り添わせた。到着の合図の汽笛がボォーッと長く低く鳴り、錨が下ろされると、乗組員と下で待ち構えていた港湾労働者の間に板が渡される。

これで後は船を下りるだけだ。すでに下船の準備をしていた多くの客が、荷物を両手に抱えて下りる順番を待って甲板に並んでいる。

「ラクテ様、ぼんやり眺めてないで僕たちも下りる準備をしなきゃ」

「おっと。そうだった。忘れるところだった」

ぼんやりと客が降りるのを眺めていると、ロスの慌てた声が耳に届き、ラクテは思い出したように動き出した。早く地面に足を着きたい欲求はあるが、遠くまで来たんだという感慨の方が先に立ち、自分も下りるということをうっかり失念していたせいだ。

それでも、ラクテたちが最後というわけではなかった。十ほどある一等船室の乗客は、それなりに裕福な人々が使っていたせいか、荷物の量も多く、まだバタバタと荷物をまとめたり、指示を出したりする声が聞こえて来る。扉が開いているのを幸いと、チラリと覗き見た二つ隣の船室では、召使いが五人、大きな旅行鞄《かばん》に衣服や細々したものを額に汗して詰め込んでいるのが見えた。

「あんなにたくさん持って来なくても、現地で調達すれば荷物も少なくていいのに」

そんなラクテたちの荷物は、旅行鞄が各々二つずつ。衣類に身の回りの品や薬など、必要最低限の品である。ラクテの場合は分厚い書物が入っているので重いが、一番嵩張る防寒具は着込んでいるので、多くなるということはない。

「行こうか、ロス君」

耳当て付きの帽子を被《かぶ》ると、ラクテはロスに声を掛けた。

「はい。僕の方はもう終わってます」

似たような恰好のロスだが、一つだけ異なるのは腰に剣帯《けんたい》を下げ、剣を佩《は》いていることだ。ここから先は安全な船の中とは違う。その未知の世界への緊張が、ロスの顔に滲《にじ》んでいて、ラクテは小さく笑いながら肩を叩いた。

「大丈夫だよ。心配するようなことは何もないから。ホーン港から首都のメリンまでは馬車で行けばすぐだし、治安が悪いという話は聞いていないから、お前が心配するようなことはないはずだよ」

「そうかもしれませんが、備えだけはしておかないと」

「ん、じゃあ荒事が始まったらよろしくね」

「出来るなら、その荒事の原因がラクテ様でないことを祈ります」

「あ、酷いな。私はそんなことを引き起こしたりはしないよ」

「本気で言ってるんですか？　よく余計なことに首を突っ込んで、変に拗《こじ》らせたりしてるじゃないですか。喧嘩《けんか》の仲裁をしたのは両手両足の指を使っても数えきれませんよ」

「世の中には短気な人が多過ぎると思うんだよね」

横を向いて「今日はいい天気だなあ」と嘯《うそぶ》くラクテに、ロスはやれやれと肩を竦めた。幼い頃からずっと一緒にいて、ある程度の巻き込まれごとには慣れている。ただ、ここは自国ヴィダではなく、勝手の違うエクルトなのだ。注意は払うに越したことはない。

とにかく、ロスの仕事は留学を終えたラクテが来年の春に故郷に戻るまで付き従うことなのだ。一年は長いようで短い。それとも、短いようで長いのか。

「ねえ、見て見て。この板、結構揺れるよ」

「ラクテ様！　わざと揺らすのは止めなさい！」

自分たちだけしか乗っていないのをいいことに、膝を曲げて板を揺らすラクテについ怒声が飛ぶ。

これで旅の終わりの方はずっと寝込んでいたのだから、もう少しそれらしくしてもいいのではないかと思うロスの嘆きを、ラクテは知らない。

ロスに急《せ》かされながら板を渡り終えたラクテは、石畳の上でくるりと港全体を見渡した。

まだ港の中を観察していたいが、今日中に首都メリンに辿り着くためには、港見物に割く時間はない。

「メリンから近いんだし、見物は落ち着いてからでもいいかな」

内陸部にあるヴィダ公国には海がなく、友好国のトレズの港に場所を借りて船を所有しているくらいなので、港への興味は尽きない。しかし、一度やり出すとのめり込んでしまう自分の気質がわかっているだけに、港を含めたホーン見物は後回しだ。

「ラクテ様、あの馬車が町まで運んでくれるみたいです」

近くにいたエクルト人と話をしていたロスが、桟橋から少し離れたところに止まっている大型の乗合馬車を指さした。

見れば、同じ船に乗って来た人たちも次々に乗り込んでいる。

「へえ、便利だねえ」

馬ではなく、四頭の大型獣に引かれる馬車は、車内に人を、屋根に荷物を載せる作りで、大柄な男たちの手で次々に旅行鞄が上げられている。

懐《ふところ》具合に余裕のある人や荷物が極端に多い人は、同じ場所に待機している貸切馬車を使うようだが、大した荷物のないラクテたちは考えるまでもなく乗合馬車を選んだ。

これが夜遅くだったり、昼を過ぎて城の閉門時間に間に合わないようなら別だが、まだ朝も早い時刻で時間的にも余裕があり、ロスにも異論はない。

ラクテらを含めて二十名ほどを詰め込んだ馬車は、荷物係が屋根に乗った合図でゆっくりと動き出し、洞窟の奥へ進んだ。石畳特有のガタゴトという音が岩に跳ね返って反響し、それが幾つも合わさって独特の曲を作り出す。

洞窟の中は暗いという予想に反し、明るかった。洞窟の真ん中近辺の道の片側に多くの石柱が並び、回廊のような様相をしているせいであり、その隙間から見える水晶の塊が光を反射しているためでもある。

「あんな大きな水晶の塊、初めて見ました」

「エクルトは玉石や加工品の輸出で、世界一豊かな国と言われているからね。エクルト王が個人として世界で一番お金持ちなのは有名だよ。ちなみに、父上は十番目くらいだね」

誰と彼とあの人と…と指折り数えて、ラクテは朗らかに笑った。

「え、公王様は十番なんですか？」

「うん。私はもっと下だと思ってたんだけど、それなりに資産はあるみたい。一応、非公式な順位づけで、裏金があることも考慮して決めてるらしいよ」

「裏金って……そんな身も蓋もない」

「世の中の権力者はそんなものだよ。悪いことしないで貯《た》め込むなら別にいいんじゃない？」

真面目なロスは「うーん」と悩んでいるが、回答が出るものでもない。その間にラクテは窓の外を流れる景色に目を細めた。洞窟を抜けると町に直結していると思っていたが、潜《くぐ》り抜ける山腹は結構な厚みがあるらしく、まだ先は見えて来ない。中には歩いて先を目指している現地民もいて、軽く手を上げて挨拶する姿もあり、エクルトの中で行われているいる当たり前の風景を、ラクテはにこにこしながら眺めていた。

やがて、馬車の音に賑やかな他の音が混じり出し、そうなるともう町はすぐだった。

「眩《まぶ》しいっ」

いきなり白くなる視界に、ラクテは瞬間的に瞼《まぶた》を閉じてしまった。光の点滅が収まったのを確認して、ゆっくりと瞼を上げたその先に見えたのは、青い空から降り注ぐ陽光を反射して光る多くの白い建物だった。窓辺には明るい色の鉢植えが飾られ、店の軒先には鮮やかな色の布が掛けられて、旅人たちへの歓迎を示す。

ラクテは目を丸くしたまま、ぽつりと呟いた。

「南国に来たのかと思った……」

「僕も同じことを思いました」

高く聳える灰色の山脈や岸壁、洞窟や薄暗い海をずっと見て来たせいで、てっきり町もどちらかというと灰色っぽい印象が強かったからだ。それが、他の国の港町で見かけるような明るい場所だとは、想像も出来なかった。

馬車が通る道は赤い煉瓦《れんが》が敷き詰められ、白と赤の対比も鮮やかだ。

驚いたラクテたちを乗せた馬車は、そのまましばらく町の中を進み、やがて町の中央から少し離れた車寄せのある円形の広場で止まった。

大きさも種類も様々な馬車が客待ちをしているところから、ここが馬車乗り場というのがわかる。馬車を使いたければ、馬車の持ち主と値段の交渉をして決めるのが一般的だ。専門の業者もいれば、自分の住む町や村に行くついでに乗せて行くよという個人もおり、あちこち馬車屋を探し回ることなく懐と相談して一カ所で選べるのは、初めてで何もわからない旅人には有難い仕組みである。

　よいしょっと声を掛けて馬車から下りたラクテは、下ろして貰った鞄を横に置き、うーんと大きく伸びをした。

「さすがにここまで来ると潮風は感じないね。久しぶりに海の匂いのしない場所に来た気がする」

「本当ですね。荷物に匂いが移ってなければいいんですけど」

「剣が錆《さ》びていたりして」

「そんなやわな剣は持ってませんよ、失礼な」

「ごめん、ごめん。でも本当に嬉しいなあ。足元が揺れてないっていうのは」

「陸地でなら酔って寝込む心配はないですからね」

　ラクテは苦い表情になった。

「あれはもう二度とごめんだよ。帰る時には出来るだけ大きくて揺れない船を選ぼう」

「来たばかりでもう帰る時のことを考えてるんですか」

「だって、その時になったら忘れてしまってるかもしれないでしょ」

「ラクテ様が忘れても僕が忘れないから安心して、勉学に励んでください」

「手厳しいなあ、ロス君は」

「それがお役目ですから、僕の」

　生真面目な返答に、ラクテは困ったように眉をハの字にした。ロス本人は護衛として張り切っているが、ラクテにとっては弟のような存在で、召使や従僕のように扱うつもりは露ほどもない。エクルトへの旅に同行させたのは、ヴィダ国王である父や兄弟たちの勧めもあるが、公国から出たことのないロスの見聞を広めさせたいという親心のようなものが根底にある。ロスはヴィダ国王の家族全員にとっても、同じ家族のようなものなのだ。

　堅苦しく、生真面目さを装っていても、時折零《こぼ》れ落ちる年相応の反応は、観察していてなかなかに面白い。

　今も、大人しく立ってはいるが青緑の目は猫のようにクルクルと動いて、周りを眺めている。

「ねえロス君、相談があるんだけど」

　だからラクテは提案する。

「メリンまでは半日も掛からないし、急いで宿舎に入らなきゃいけない理由もないし、今日はここに泊まって明日メリンに向かわない？」

「え？　でもさっき、今日は早めにメリンに入るって言ってなかったですか？　見物は落ち着いてからでいいからって」

　どうせ学院の宿舎に着いても、することと言えば荷物を片付けることとくらいだ。その後は、授業が始まるまでは何もすることがない。

　首を傾《かし》げるロスに、ラクテは肩を竦めた。

「本当のところを言うと、船を下りたばっかりでまた半日も馬車に乗るのはちょっと遠慮したいんだよね。なんだか体がまだ大地に慣れてないみたいで」

「あ、それはわかります。足が地面に着いてる実感がないんですよね」

「そうそう。たぶん体が海の揺れに慣れてしまって、元に戻ってないんだよね。今もちょっとふらふらしてるよ」

　にこやかに告げたラクテだが、途端、ロスは「え？」と怪訝《けげん》な顔をすると、さっと伸ばした手をラクテの額に当てた。

「ん、どうかした？」

「ラクテ様……」

　しばらく額を押さえていたロスは、自分の方が額に手を置きたいくらいだと呟きながら、がしりと自分よりも背の高いラクテの肩に手を乗せた。

「今日はここに泊まりましょう」

「お」

やったと顔を輝かせたラクテだが、

「もちろん観光はなしです。上等の宿を見つけて、体を温めてぬくぬくして寝ましょう」

すぐに続けられたロスの言葉にしょぼんとなる。

「どうして？　せっかくだから少しくらい見て回ろうよ。きっと楽しいよ」

「すっごく誘惑されますが、やっぱり別の日にしましょう。ねえラクテ様、気づいてないかもしれないからはっきり言いますけど、結構高い熱がありますよ」

「そう？　自分じゃ全然自覚ないけど」

額に手を当てると確かに熱くは感じるが、周りが寒いから自分の体温が高いのだとばかり思っていた。

「違うの？」

「違います。寒いんでしょう？」

「うん。ちょっと背中がぞくぞくするね」

「それで目が回る？」

「目は回らないけど、まだ足元がふらっとして、船酔いの延長みたいな感じ？　本を読み過ぎたせいだと思ってたけど」

「違います、風邪です。これだけたっぷり着込んでいても寒気がして収まらないんだったら、風邪が重くなる一歩手前だと思います」

こうしちゃいられないとロスは、近くにいた御者に宿の場所を訊くために駆け出した。

「本当に風邪なのかな？」

それを見ながらもう一度額に手を伸ばすが、やはりわからない。

元々体は丈夫で、祖国でも滅多に体調を崩さないでいたから、実は風邪そのものに罹《かか》った経験があまりないのだ。

そう思うと、珍しい体験に逆にわくわくする。

「ラクテ様、宿が見つかりました。連れて行ってくれるそうです……って、どうしたんですか？　そんなにニコニコして」

「だって私は風邪なんでしょう？」

「はいそうです――って、喜ぶところじゃないですからね？」

さすが家族同様の付き合いをして来ただけあり、ロスはラクテが何に喜んでいるのかに瞬時に気づき、眉間に皺《しわ》を寄せた。

「たぶん、甲板に出て冷たい風に長く当たっていたからだと思いますよ」

流氷を眺める時もそうだし、船酔いが収まった時もそうだ。心地よさに天秤《てんびん》が傾くあまり、寒さをあまり意識しなかったのが風邪を招いてしまったのだろう。

「風邪は引き始めが大切だから、今日は温かい食べ物を食べて、すぐに寝てしまいましょう。ヴィダから持って来た薬を飲めば、明日の朝には治っていますよ」

「薬飲まなきゃ駄目？　もうちょっと風邪気分を味わっていたいんだけど」

故郷のヴィダは薬草や薬学でも有名で、公王家が所持している薬は何万種類にも及び、他国の薬に追随を許さないとまで言われるほどの効能を持つ。その分、相当な値段になるのだが、持ち主が父親であれば、幾らでも用意して持たせられるというものだ。ラクテたちの旅行鞄の中には、ヴィダから持ち込んだ薬がたくさん入っている。

だから飲めばすぐに治るのはわかっているのだが、もう少し風邪気分を味わいたいラクテは、先延ばしに出来ないものかと尋ねたのだ。もちろん、その要望が通るわけがない。

「駄目です。もしも風邪を引いたり寝込んだりしたいんだったら、僕がいない時に、僕以外の人がお世話出来る時にしてください。そうしたら何にも言いませんよ。たぶんそんな奇特な人はいないと思いますけど」

一気にまくし立てたロスは、近くまで来た小さな馬車の中にラクテの体を押し込んだ。

「おっと」

思いの他ふかふかな座席に体を沈み込ませるようにして座ると、ラクテは襟巻を下にずらしてふぅと溜息をついた。

「ロス君はいい子なんだけど、もうちょっと融通が利けばもっといいと思うんだけどなあ。それに笑った方が可愛いのに」

本人に聞こえないのをいいことに、そっと呟いてみる。

ロスがしっかりしているのは、のんびりして細かいことを気にしないラクテの性格のせいなのだが、知らぬは当人ばかりである。

「お願いします」

ロスが乗り込むと、馬車はゆっくりと動き出した。

「すぐ近くだから、そんなに長く乗ることはないですよ」

「歩いてもよかったんじゃない？」

「具合が悪い人が何を言うんですか。もしも途中で具合がもっと悪くなって歩けなくなっても、僕は抱えられません」

「それもそうか」

確かに、いきなり貧血になったり、嘔吐《おうと》に見舞われたりする可能性もないことはなく、ロスの心配ももっともだ。

ゆっくりと座席の背もたれに体を預けていると、ようやく頭が重い自覚が出て来た。

「ラクテ様？」

「ん、大丈夫。ちょっとだるくなってきたから目を瞑《つむ》ってるだけ。宿に着いたら教えて」

「大丈夫ですか？　もしきついなら」

「大丈夫だから。もう、心配性だなあ、ロス君は。ちゃんと部屋まで自分の足で歩くから」

そう言ってラクテは、大きく息を吐き出した。

（ロス君にはああ言ったけど、本格的に風邪っぽくなって来たみたい）

一応意識はあるが、

（寝ちゃ駄目だよ、私。寝たら絶対に起きない自信があるもの）

これは風邪気分を堪能《たんのう》するなんて気楽なことを言っている場合ではない。さすがにラクテも危機感を覚えた。

たかが風邪と侮ることなかれ。運悪く悪化させてしまえば、首都を間近にして港街で足止めを食ってしまうことになる。

ロスが言ったように、宿屋は馬車に乗ってすぐに下りるくらい近くで、何とか眠ってしまうことだけは免れたラクテだが、

「一番上等な部屋をお願いして」

ロスに要望を伝える頃にはもう立っているのも億劫《おっくう》だった。一度体のだるさを自覚してしまったのと、ここまで乗って来た馬車が思いの他居心地がよく、体が寛《くつろ》ぎ切ってしまって、余計に重く感じられたからだ。

港が開かれたばかりで、宿泊している旅人は多かったが、何とか希望に添う部屋を取ることが出来た。後から聞かされた話では、あと二日ホーンに入るのが遅かったら、宿は満室で泊まることは出来なかったらしい。それくらい多くの人が、閉ざされた北国に入るのを待ちかねていたのである。

部屋に入ったラクテはすぐに寝台に押し込まれ、薬を白湯《さゆ》で飲み干すと、そのままストンと眠りについてしまった。

次に目が覚めたのは翌日の昼過ぎで、まだ微熱が

残っていたため、結局もう一晩を宿で過ごすことに決めた。

「ラクテ様が風邪を引くのを喜んだせいですからね。お布団の中でしっかり反省してください」

「うん、ごめん。反省してます」


　完全に完治したとは言えないが、いつまでも宿に泊まっているわけにはいかない。それに、宿の人が言っていたように、ラクテたちが泊まった翌日には、更に大勢の人達がホーンの町の中に姿を現し、賑やかさを増したのが窓越しでもよくわかった。

　賑やかなのは嫌いではないが、まだ今一つ本調子に戻りきれていない身には、興奮した大声は頭に響くもので、それもあってラクテは早々に首都メリンへ出発することにした。

「今日は風がちょっと冷たいんです。風邪がぶり返したらいけないので、しっかり厚着してくださいね」

言いながらロスは、薄紅色の防寒着をラクテの頭の上に被せた。

「これは？」

「連れが風邪を引いているって言ったら、宿のおかみさんがいいものがあるって教えてくれたから買って来たんです」

「それがこれ？」

　ラクテは上目遣いに頭の上に乗せられたふわふわした布を見上げ、耳の横に垂れている部分をくいと引っ張った。

「これ、どうやって使うの？　被るだけ？」

「被って、耳当てをしっかり当てて、長いところを持って鼻の下までぐるぐる巻いて、胸のところで紐《ひも》を結ぶんだそうです」

　頭の上の部分は縁取りのある帽子のような窪《くぼ》みが作られている。その横に垂れているのがさっき触れた分厚い耳当てなのだが、その上から更に布が垂ら

されていて、

「これを鼻の下に巻きつける、と」

言われた通りにぐるりと一周させて、まだ余っているのでついでに二周させる。

「ロス君、息が出来ないよ」

「きつく巻き過ぎじゃないですか？　もっと緩めて」

言われた通りに少し緩めると、呼吸は楽になった。これで出ているのが目の部分だけになる。その後は、後ろ側から広がる菱形《ひしがた》になった布を少し折り曲げ、腕を通して体に巻き付けると完成だ。

座っていては上半身に巻き付けられないため、ロスに手伝って貰ったラクテは、自分の体を見下ろした。

「これでいい？」

「完璧です。これなら絶対に冷たい風で体を冷やすことはありませんよ」

結構いろいろ巻き付けている気がするが、簡単に言えば、耳当て付きの防寒帽子と肩掛けが一緒になった貫頭衣のようなものだ。内側にも外側にも柔らかな毛皮が使われて、嵩張る割にかなり軽い。

「でもね、ロス君。この色と模様って明らかに女物じゃない？」

布の端の方を持ってひらりと振って見せたラクテの疑問に、ロスはにっこりと笑顔で肯定した。

「はい。だって、エクルトではもう冬は終わったことになってるから、男物はほとんどが終《しま》いになっていたんです。子供用は残っていたけど、ラクテ様に合う大きさのはなくて。でも女の人のだけはたくさんあったから、その中からラクテ様に合いそうな色で選んで来ました」

「それで薄紅色……」

「それが一番地味だったんですよ。他のは橙色《だいだい》に黄色の縞《しま》模様だったり、大きな花模様だったりで。無地の中では本当に一番無難だったんです」

厳密には無地でなく、薄紅の毛皮の縁に銀色の房が飾りとしてついていたりするのだが、そこは見なかったことにしたらしい。

「そんなに力説しなくても事情はわかったからいいよ。似合う？」

「お似合いです。ラクテ様は公王母様に似て女性的な顔立ちですから」

公王母、ヴィダ公王の地位にあるラクテの父親を生んだ人物で、正真正銘ラクテと血の繋がりのある祖母だ。世界の名だたる国の名士から求婚依頼が殺到したという話が語り継がれるほどの絶世の美女で、何の因果か隔世遺伝の妙の為《な》せる業《わざ》か、見事にラクテはその祖母の美貌を受け継いでいた。

同年代に比べほっそりとしていても、さすがに体つきは男性のものだが、こうして全体を覆ってしまえば、女性と言っても簡単に信じて貰えるほど。むしろ、男だと主張しても信じて貰えない可能性の方が高い。

「いいじゃないですか、ラクテ様は女性用でも大人のだから。僕なんか店の人に子供用のを勧められたんですよ」

ロスは実に不名誉な出来事だと口を尖《とが》らせるが、男なのに女性用を勧められるのに比べればそっちの方がよほどましではないかと思う。しかしロスの機嫌を低下させる気はないので、「見る目がない人だったんだよ、きっと」と慰めるに留める。

（ロスもねえ、腕前は確かなんだけど）

ラクテが女性的な容貌なのと同じで、ロスも童顔の家系なのだから仕方がない。

仕度をすませて外に出ると、宿の前には頼んでいた馬車が待っていた。

「出してください」

ロスが声を掛けると、「はいよ」の返事と共に馬車が動き出す。

「あんまり揺れないね」

「病人がいるって言ったら、一番いいのを用意してくれました」

その分、料金は高くなるが、小遣いはたっぷり貰っているので不安はない。首都メリンくらいの大きな街になると、世界各国に支店を持つ為替商会があり、身分証明書を提示すればすぐに用立てて貰えるのだ。それ以外にも、冊子のように閉じて持ち運んでいる為替帳を換金することも可能で、一年間は余裕を持って生活出来るはずだ。

ホーンからメリンまでの間には、短い草が生えた草原が広がっているだけで他に町も村もなく、馬車は淡々とした歩みで進んだ。途中で交わる公路で、他の町からやって来た馬車も並走し、首都に入る頃には意図したわけではないがかなりの大所帯になっていた。

「首都メリン、さすがに大きいね」

町の大門を潜ると、他の馬車は馬車置き場に向かったが、ラクテたちの馬車は真っ直ぐに城を目指して、町の奥へと進む。ホーンが天然の岩場を利用した港なら、メリンにある王城は天然の山を利用して作られた強固な城だろう。

岩盤をくり貫《ぬ》いて作られたわけではないが、エクルト山の中腹に聳える城は、背後を険しい山に守られて階段状に広がっているのが、麓《ふもと》からでもよく観察することが出来た。

「頑強だね、さすがに」

「仮に戦になったとして、この城を攻めるのは大変でしょうね。分厚い岩盤に囲まれているから、絶対に壊すことは出来なそうです」

だとすれば、城の門を開けるには、中からしか方法はない。

ラクテが住むヴィダ公国の城も高い場所にはあるが、どちらかというと平面的で左右に大きく広がっている。周囲はなだらかで、田園風景の中にある城というのが一番わかりやすい説明だ。

しかし、エクルト城は違う。城門は一カ所で、そこから上に向かって緩やかな波を描くように道が続き、高さの違いによって生じる階層ごとに建物が並んでいるという感じになる。

と言っても、急勾配《こうばい》なわけではなく、山を登るついでに建物がある構造なので、一度中に入ってしまえば気になるものではなさそうだ。

「ラクテ様、王立学院と宿舎はどこら辺りになるんですか？」

「門から入ってちょっと奥まったところにあるみたい。割と開けてて、宿舎も同じ敷地にあるって」

「じゃあ、あんまり上まで行く必要はないんですね」

「うん。上の方にあるのは役職を持ってる人のお邸《やしき》や王様の住まいや、会議なんかに使う建物だけみたい」

「だったら町に出るにも楽ですね」

「それが一番大事だよね」

留学している間は首都だけでなく、他の街にも足を延ばすつもりのラクテとロスには、城の上の方に用事はない。公子という身分はあるが、今回はエクルト王に面会したり歓談の場を持つ公的な使者ではないから、何事もなければお呼びが掛かることもないだろうと思っている。もちろん、留学を終えて帰国する前には礼儀として面会を申し込むつもりだが、ヴィダ公王もラクテに外交的な任を期待はしていないだろう。

馬車が止まったのは、城門の手前だった。首都近郊の町村以外の地方から来たエクルト人や外国人の場合は、入城許可証を得るための申請が必要なのだ。一度中に入ってしまえば特別の身分証が与えられ、それを提示すれば出入りも自由なのだが、初めて中に入るラクテはそれを持っていない。

そのために記載する書類があると言われて引き留められたラクテは、ロスと共に馬車を下り、役人が差し出す書類の束に眉を寄せた。

「こんなに」

戸惑いの方が多い声はロスのものだが、

「いいよ。後で目を通せばいいものも混じっているようだし、先に名前を書いてしまおう」

少し重みのある筆記具を取り、ラクテは一番上の書類に署名した。

「ラクテ・ラー・カトル＝ヴィーダ、と」

これでいいかなと見せると、ロスは一瞥《いちべつ》してすぐに渋面を作った。

「もう少し丁寧に書けませんか？　これじゃ、なんて書いてあるのか読めませんよ」

「そう？　でもこれ以上は無理だよ。なんかまた気分悪くなって来たから」

「また!?」

力なく微笑むラクテに、大きな声を出したロスははっと口を噤《つぐ》み、それから背伸びして耳元に口を付けるようにして文句を言った。

「だから言ったでしょう。馬車の中で本を読むのは止めなさいって。病み上がりなんだし、馬車は揺れるからって。船酔いの時と一緒じゃないですか」

「もう大丈夫だと思ったんだよ……。だからそんなに怒鳴らないで」

馬車の中で眺めている時は何も感じなかったのだが、一度読むのを止めてしまうと、次に文字を見るとくらりと揺れる視界に気づいてしまった。

そのせいで、署名する場所が揺れて見え、結果としてふにゃふにゃに揺れたような文字になってしまったのである。俗にいう、ミミズがのたくったような文字だ。

「もう、ただでさえラクテ様の書く文字は判読不明なことが多いのに、余計に酷くなってるじゃないですか。だからあれだけ兄上様方に文字の練習をするようにって言われてたのに言うこと聞かないから」

ロスの小言は続く。

「これじゃあ偽物だって言われても文句言えませんよ」

そうロスが言った時である。

「あの」

署名を終えた書面を確認していた門番が恐る恐るというように話し掛けて来た。

「ほら、きっと字が読めないって言われますよ」

「ええ？　そんなこと言われても、私はあれ以上の綺麗な字を書くことが出来ないよ」

「そこは根性で何とかやってみてください。僕が代筆出来るものじゃないんだから」

こそこそと顔を寄せ合って現状打開の相談をする主従の姿は、後から聞いたところによると「儚《はかな》げなお姫様と子供の従者が不安に怯《おび》えている」ようにしか見えなかったらしい。

強面《こわもて》だが、よく見ればまだ年若いその兵士は、剣を腰に差したロスを見て、それから熱が出て来たせいでぼぉっとしているラクテの顔をじっと見て、いきなり頭を下げた。

「お待ちしておりました。到着次第すぐにお通しするようにと申し送りを受けております。足止めしてしまい、申し訳ありません」

いきなりの丁寧な対応に、主従はきょとんと首を傾げた。

「……ラクテ様、宿舎に入る期限はまだ間があるって言ってましたけど、それ本当なんですか？　もしかして日にちが違ってたってことはないですか？」

「いや、私の記憶だと間違いないはずなんだけど。でも言われたら自信がなくなって来た」

それともエクルトの王立学院には、期日指定日の何日前には到着しておくのが暗黙の了解などという特別な規則があるのだろうか。

（そんなエクルト人しか知らないような規則を持ち出されても、外国から来た私みたいな人は困るだろうに）

そんなことを考えているうちに、

「すぐにお部屋へご案内いたします」

兵士は、指示した場所に向かうよう御者に告げた。

「あちらには何もかもが揃《そろ》っておりますので、ご安心ください」

そして、動き出した馬車に向かって門番は一礼した。

「ようこそ、エクルト城へ。バイダル姫。我らが王の百番目のお妃様《きさき》」

しかしその声は、動き出した馬車の車輪が石畳を踏む音に紛れ、ヴィダ公国から来た主従の耳に届けられることはなかった。

馬車が止まったのは、立派な造りの大きな建物の前で、待っていた若い男はラクテの顔を見てまず驚き、それから丁寧に一礼した。

こちらですと案内された部屋は、寝室が一つと居間、召使用の小部屋に衣装部屋があり、水場まで整えられた庭に面した広いもので、案内役を横目に、ラクテもロスも全開にした二枚開きの扉の真ん中で、あんぐりと口を開けた。気分が悪かったのも吹き飛ぶくらいの驚きで、思わずラクテは案内役の顔を注視した。

「あの、本当にここが私の部屋なんですか？」

「はい。ご自宅のお邸の部屋に比べれば狭いかもしれませんが、担当者が吟味《ぎんみ》して選びました。きっとご満足いただけると思います。それとももっと広い部屋をご所望でしょうか？」

気に入って貰えなかったのだろうかと不安そうな

案内人に、ラクテは慌てて首を振った。

「狭い……いや、十分に広いです。もっと狭いところを想像していたので、驚いてしまって」

「それはよかった。用意したものたちが喜びます」

「あの、その担当者はあなたではないんですか？」

「私は代理です。本来は王佐《おうさ》が担当しているのですが、所用で城から出ておりまして。それで私が代わりに案内役をさせていただきました」

事情を説明した案内役は、嬉《うれ》しげだ。

「こんなお綺麗な方から直接お言葉をいただけるなんて、親類縁者一同に自慢出来ます」

「そう？　私くらいの顔は他にもいるんじゃないの？　エクルトと言えば、美男美女でも有名と聞いています」

「それは美男美女が有名な方だというだけであって、一般国民は至って普通です。私も平凡ですし、本来の担当も平凡な男です」


そう言う案内代理の目鼻立ちは整っており、十分美男の部類に入る。

（エクルトの美醜の感覚がわからないや）

国民基準からすれば平凡なのだろうが、彼が平凡なら美男や美女はどれほどのものだか興味はある。

「それならあなたが認める最高の美男と美女は誰？」

つい思いつきで尋ねてみると、案内代理は即答した。

「美女は先々代の第八妃セシリア様で、美男は当代のエクルト王リューンヴォルク陛下です」

「エクルト王はわかるけど、二代前の第八妃が美女代表って、当代ではいないの？」

二代前ということは、現エクルト王の祖母の世代になる。今現在存命であったとしても、かなりの高齢のはずだ。ちなみに、絶世の美女として名高かったラクテの祖母は存命で、温泉の湧く保養地で悠々自適な生活を送っている。

「残念ながら、あまりにも第八妃様が美し過ぎて、今現在あの方を超える美の女神は現れていなかったのでございます」

美の女神。

目を丸くした後に大袈裟《おおげさ》な喩《たと》えに吹き出しかけたラクテは、先回りしたロスに後ろから太腿《ふともも》を抓《つね》られて自重した。

「でも、エクルト王は御結婚なさってるでしょう？」

「はい。百人のお妃様がいらっしゃいます」

あれ？　ラクテは首を傾げた。熱のせいで耳が本調子ではないのだろうか。

「……ごめんね、もしかして八人って言った？」

「いいえ。百人です」

「百人……それは……凄いね」

凄い。とても勤勉なんですね。とても情愛が深いんですね。とても活力が漲《みなぎ》っているんですね。とても精力が有り余って……とてもお盛んで……などなど、もっと他にも言いたいことはあるが、一言で言えばこれしかない。そして、これ以上的確な言葉は存在しないであろう。

はっきり言って、褒め言葉ではない。呆《あき》れだ。

「エクルト王は……素晴らしい方なんですね」

「はい。私たちの誇りです。百番目の妃となられた姫がこの後宮《こうきゅう》で陛下と仲良く過ごしていただけるよう、私ども全員が心掛けます。どうぞよろしくお願いいたします」

一息に喋《しゃべ》った案内代理は、さっき会った若い門番と同じように自分の仕事をやり遂げたというさっぱりした表情をしている。

しかし、

「姫？」

「後宮？」

ラクテとロスには聞き捨てならない言葉がふんだんに盛り込まれた台詞は、無視できるものではない。

しかし、きょとんとしている間に案内代理は、

「お食事は日が沈んだ頃にお届けいたします。今日は陛下はお見えになりませんので、ゆっくりお寛ぎください。用事がある時には、そこの紐を引っ張っていただければ使用人の控室にすぐに繋がります」

主従が口を挟む前に必要事項を述べ、さっさと退室してしまった。

「あ、あの」

伸ばしかけた手、質問をしようと開きかけた口のまま固まったロスは、救いを求めるようにラクテを見上げた。

「今の人、なんだか妙なことを言ってましたよね」

「うん。私も確かに聞いたよ。後宮だとか、百番目のお妃様だとか。ねえロス、なんだかとってもいやな予感がするんだけど、話を聞いてくれる？」

「いやです！　聞きたくありません！」

ロスは両手で自分の耳を塞《ふさ》いだ。

「そんなこと言わずにほら、ロス君。ちょっとこっちにおいでよ」

「いやです！　もう！　ここがエクルトの後宮で王立学院の宿舎じゃないとか、ラクテ様がエクルト王のお妃様にされてしまったとか、百人もお妃様がいるとかそんなのは絶対に聞きたくありません！」

ちゃんと内容を覚えているのは流石《さすが》だなと思いながら、

「うん、それでこそロス君だよ。ちゃんと現状認識が出来てる」

ラクテは泣き出す寸前の顔で見上げるロスの頭をよしよしと撫《な》でた。普段なら、こんなことをすれば「子供扱いしないでください」と抵抗されるのだが、知った事実がよほど応《こた》えたらしく、大人しく為《な》すがままだ。

それはそれで堪能していたいのだが、ロスほどではないが由々しき事態だというのは、さすがにラク

テにもわかっている。

「いやね、この場合、怒ったり悲しんだりするのは私の役目だから。どこかのお姫様に間違えられたのも、エクルト王のお妃様にされるのも私で、ロス君じゃないでしょ」

「それがわかってて、どうしてそんなにのんびりしてるんですか！」

うわ、こっちに矛先が向いちゃったよと思いながら、ラクテは肩を竦めて苦笑を浮かべた。

「のんびりでもないよ。私なりに驚いている」

「そんな風に見えません」

「うーん、それはきっともうそろそろ体が限界だからじゃないかなと思う」

「え？」

「ごめんロス君。寝転がっていい？」

ロスははっと青緑の目を見開いた。今になってラクテが体調不良だったことを思い出したのだ。

「すみません、ラクテ様。座ってください。いえ、それよりも寝室で横になった方が」

バタバタとラクテの手を引いて駆け出すロスに悪気はない。

「……ロス君、揺らされると吐き気が……」

「うわっ！　ラクテ様！　ここじゃ駄目です！　手《て》桶《おけ》……それに手拭い！」

幸い、寝室まで行かなくても用は足りた。柔らかく分厚い椅子がすぐ側《そば》にあり、体を預けることで吐き気が収まったからよかったようなものの、来て早早に美しい部屋で粗相《そそう》をすることがなく、心底安堵したのはラクテもロスも同様だ。

部屋の中に用意されていたのは、二人掛けの長椅子と一人用の椅子、それに寝椅子だった。寝椅子と言っても、横向きの寝椅子ではなく、背もたれを倒すと縦に長くなるもので、柔らかな敷物の足置きまであり、楽な姿勢で寛ぐことが可能だ。

その椅子に半分背中を起こす形で横になり、靴を脱いで足を高く上げたラクテは、テーブルに置かれていた水差しから注いだ冷たい氷水を飲み、一息ついたところだ。

「大丈夫ですか？」

「さっきよりも平気。走ったりするのは遠慮したいけど」

ふうと気分転換に大きく息を吐き出したラクテは、寝椅子から見える窓の外の景色に目を向けた。

ヴィダの城も高い場所にあるが、あちらは平たく多くの建物が建っている。水路もあり、空の上とまではいかないが、月神神殿の一番高い場所からは、川と橋と邸宅や建物が幾つも繋がっているのが見えて、それはもう楽しかったものだ。今でも時々、気分転換に訪れることが多い場所だ。

そんなヴィダの城と違い、エクルトの城は段々畑のように階層を連ねている。ぼんやりしながらも、結構な距離を走ったと思っていたが、後宮だとわかれば辿り着くまでに時間が掛かったのも頷ける。

しかし、この場合は奥まった場所というよりも高い場所と言い換えた方が適切かもしれない。今もラクテのいる部屋からは、なだらかに続く下の階層まで眺め渡すことが出来るのだ。

快晴で天気が良ければ、遥か遠くまで見通せるに違いない。もしかすると海まで見えるかもしれない。

（妃たちには牢獄《ろうごく》か、それとも天に近い場所なのかどっちだろうね）

百人という人数には驚かされたが、本当にそれだけの妃が住んでいるのだろうか。世の中には政略結婚という都合のよい言葉が存在し、身分が高いほどそれを押し付けられる確率が高いことを、公子として育って来たラクテは十分理解しているつもりだ。

ただ、中には本当に好きものもいて、純粋に選《よ》り取り見取り選び放題で快楽を求めるために女性を集

める権力者もいたりする。もしもエクルト王がそっちの性癖を持っているのなら、

「早めに何とかしなくちゃ危ないな」

貞操の危機である。

ラクテの頭の中の声まで聞こえないロスは、声に出た部分だけに反応した。

「そうですよ。どうしましょう、ラクテ様」

「どうしましょうって、人違いのこと？　この場合は経緯を説明して、間違いを正して貰うのが正当な方法でしょ」

「でも僕たち、どうしていきなり後宮に入れられたかまるでわからないんですよ。最初から後宮に案内する気がたっぷりで、少しも疑われていなかったのは一体どういうことだと思いますか？」

「いいところを突いてるね、ロス君。案内の人は確かこう言ったよね、バイダルのお姫様って」

「はい」

「たぶんというか、絶対にそうじゃないかと思うんだけど」

ラクテはロスに言って鞄の中からエクルトについて書かれた書物を出して貰い、膝の上に乗せてパラパラと捲《めく》った。

「聞き覚えはあるんだ。バイダルっていう名前に。ええと――ああ、あった。これだ。エクルト国内の地方だよ。首都からは少し離れているけど、そこまで遠くでもない」

「そこに住んでいるのがバイダル姫ですか？」

「便宜上の呼び名だと思う。私も人前ではヴィダ公子と呼ばれるでしょう？　バイダル地方を治めている領主の娘だからバイダル姫。これで通じる」

それに、とラクテは名前をなぞった。

「見てごらん、ロス君。バイダルという綴《つづ》り、ヴィーダの綴りと似ていると思わない？」

じっと目を近づけて小さな文字を見ていたロスは、

「本当だ……」

たった今気づいた事実に驚いた。

「バイダルの方が一文字多いけど、使っている文字は同じで、読み方も近い」

ラクテの正式名は、ラクテ・ラー・カトル＝ヴィーダ。ヴィーダ国第四公子ラクテラクテというのが一目瞭然なのだが、その最後の「ヴィーダ」の部分が「バイダル」と似た綴りなのである。

しかも、

「間の悪いことに私の署名の文字がかなり崩れてしまっていたせいで、読み取りが難しかったんじゃないかと」

ロスはカッと目を見開いた。

「じゃあ！　ラクテ様のせいじゃないですか！」

「ちょ、ちょっと待って、ロス君。でも綴りは似てるけど一緒じゃないんだよ？　間違えたのは門番だし、案内の人で、私にだけ怒ることはないと思う」

「それでも読めない字を書いたラクテ様が悪いに決まってます」

「それは一因かもしれないけど、全部が私のせいじゃないと思う。だって、先に姫が来ていれば、間違えるはずがなかったんだから。思い出して、ロス君。門番の人達の歓迎ぶりを」

頬を膨らませて怒っていたロスは、ラクテの言葉に「そう言えば」と思い返した。

「すごく歓迎していましたね。待ち焦がれていた人がやっと来たという感じで」

「でしょ？　つまり、姫はまだ来ていない」

「じゃあもしかしたら遅れて来るかもしれないですよね。今日か、明日か。でももしも本物のお姫様が来たら、僕たちは騙《かた》りだって思われやしませんか？」

「退去はあるだろうけど、お咎《とが》めはないと思う。だって私たち、自分たちでバイダル姫だって言ったわけじゃないもの。ただ書類に署名しただけで、わけがわからないまま、ここに連れて来られたんだから」

「その言い訳を聞いてくれるでしょうか？」

「聞きたくないって言っても聞かせます、私が。それに、入学手続きが済んでいる王立学院に私が到着しなかったら、そっちの方が大問題だから、学長の方で身元は保証してくれるはず」

何しろヴィダ公国の公子なのだ。世界各国の名士と繋がりのある公国を無視出来る国は、ほとんどの場合ないと言ってよい。少ない例外はあっても、友好的に受け入れられるのが普通なのである。

「それじゃ、事情と理由を説明すればここから出られますか？」

「たぶん。ただ」

「ただ？」

「私、この寝椅子が気に入ったんだよね。出来るなら、バイダル姫が来るまでここで暮らしちゃ駄目かな。学院にはここから通わせて貰うようにお願いして」

「ラクテ様？」

「きっと宿舎は狭いだろうから、寝椅子だけ貰ってもいけないだろうし、学院の近くに家を買ってもいいけど、高額資金を動かしたら絶対に母上に知られてしまうだろうし、そうしたら無駄遣いだって叱られるでしょう？　もしもエクルト側の都合が悪くなかったら、ここにいたら駄目かなあ」

「それはいくらなんでも僕たちに都合がよ過ぎますよ。そりゃあ、僕だってここの部屋の明るさや眺めは気に入りましたけど」

「そう思うよね」

「でもラクテ様、肝心なことを忘れてます。ここは後宮なんです。男子禁制なのが普通です」

「女装してたから、女だと思われたんだよ、きっと」

「でも僕は普通ですよ」

「それはたぶん」

子供に見えたから無害だと判断されたのではないかと思う。それ以上に、ここの後宮は他の国の後宮よりも警備や条件が甘いのではないかと考えたのは、案内代理が「男」だったからだ。厳しい決まりのある国の後宮では、中に入れるのは夫となる男だけに限られているのが普通で、宦官《かんがん》以外は警備兵すらも男はいないという国もあるという。

それに比べれば、少なくともエクルトの後宮は閉鎖的ではない。後宮全体をまだ知らないからこそ言えるのかもしれないが、百人も妃がいるという割には、あまりギスギスした雰囲気がないのも、ここに居座ってもいいかなと思う理由だ。

「それよりロス君」

「はい、なんでしょうか」

「ちょっと休んでいいかな？」

やっとエクルト城に到着したという安心感と早々に見舞われたおかしな事態に、体の中から気力が抜け出てしまったように力が入らない。これを安心というのならそれでもいいから、緊張に欠けるなどと非難せずに眠らせて欲しいというのが、今のラクテの心からの願いだった。

「あ、そうですね。具合が悪いのを忘れていました。旅疲れもあるでしょうし。お薬を用意しますから、それを飲んで眠ってください。とりあえず必要なものだけは鞄から出しておきます」

「うん、ありがとう。食事はたぶん食べないと思うけど、残していいても平気なのがあったらテーブルの上に置いておいて。夜中に目が覚めたら食べるかもしれないから。ロス君は食べてていいからね」

せっかくのエクルトの王宮料理を食べられないのは残念だが、無理して食べても味はわからないだろうから、明日以降に期待したいところだ。

見た目はあまり美味《おい》しくなさそうな濃い苔《こけ》色の薬を飲み干したラクテは、そのままゆっくりと瞼を閉じた。次に目を覚ました時には明るい朝日に照らされた景色を見ることが出来ますようにと願いながら。

「――ラクテ様！　寝るなら寝室に行ってください。暖炉に火が入っていても寒いのは変わりないんですからね。風邪が悪化しても僕はもう面倒見ませんよ」

「ロス君……」

安らかな眠りはすぐに妨げられ、そこにいたら片付けの邪魔だと世話役にあるまじき暴言を吐かれたラクテは、すごすごと大人しく寝室に向かった。

大きくてふかふかで、女性らしい淡い花柄模様の布が掛けられた枕をほんのちょっぴり涙で濡らしながら。

夕方に一度目を覚ました時に聞いたところでは、寝ている間に食事が運ばれたり、案内代理が再びやって来たりしたようだが、「長旅で疲れてお休みです」と如才なく対応したロスにより、再びラクテの意識は深く深く沈み込む。

再び目を覚ましたのは、朝ではなく夜中――もう明け方に近い頃で、知らないうちに熱が出て汗をかいたせいで喉の渇きを覚えたラクテは、そっと寝台から抜け出した。

庭の向こうは崖になっていることもあり、誰にも覗かれないのを幸いと、帳《とばり》は開かれたままになっている。そこから見えるのは、白く控え目に光る月が浮かぶ群青の空。

水を一杯飲んだラクテは、窓に近づいた。

手を当てた窓はひんやりと冷たく、眼下にぽつぽつ見える明かりがなければ、音のない世界に来たのではないかという錯覚を起こさせる。

静寂、荘厳。

春が来てさえこれなのだから、真冬などとても想像出来るものではない。エクルトの国内の様子を綴った書物には、国民は普通に生活をしていると書かれていたが、暖かい内陸育ちのラクテがエクルトの冬を越すのは厳しそうだ。

「外に出たら駄目かな」

　ロスの姿は居間には見えず、そっと覗いた隣の召使用の部屋で眠っていた。すうすうという規則正しい寝息に、まだ少年のロスの体に掛かった長旅の負担はどれほどだっただろうと思う。

「ありがとうね、ロス君」

　月明かりに照らされる寝顔は幼く、自分の小さな頃に兄や姉がこうして様子を見に来ていたのを思い出し、笑みが零れる。ロスとは兄弟同様に育って来たのだ。主と従者という枠を超えた絆《きずな》が二人の間にはある。友情とも恋情とも違うそれは、家族に寄せるものと同じ愛だろう。

　この調子なら朝まで熟睡しているに違いないと確信したラクテは、内庭に出る窓を静かに押し開いた。また風邪を引いては迷惑を掛けてしまうので、今朝買ったばかりの女性用の防寒着をすっぽりと頭の上から被り、足を踏み出す。

　さくりという土の音、そして足元から流れ込んでくる冷気は、覚悟していたとはいえブルリと震えが走るほどで、

「長くは無理だね」

　慣れていないエクルトの寒さに早々と室内に撤退することを決める。

「でもその前に」

　さくさくと地面を踏み締めて、露台《バルコニー》の端まで進んだラクテは、触れれば凍ってしまうのではないかと思われるほど冷たく白い手摺の上に自分の手を乗せ、眼下を見下ろした。

　真下は崖、遠くには建物の明かり、少し離れた場所には庭園が、そして眼下には深い緑の針葉樹が森のように広がっている。

　現在地が後宮であることを考えれば、平面状に広がる後宮の敷地内は出歩くことが許されても、そこ

から出ることは出来ないのだと暗に示されている気がする。警備の兵士など置く必要はない。

　ここは――この後宮は、自然に守られ、自然によって隔離された場所なのだ。妃になるためにやって来た姫たちに、この崖を降りる勇気はないだろう。もちろん、ラクテも同じだ。

　エクルト。

「でも、綺麗だ……」

　世界で最も北にある国というだけでエクルトは有名なのではない。五大国に名を連ねているのはそれなりの理由がある。エクルト山脈に数々点在する鉱山、そして氷に閉ざされた大地の中に眠る鉱脈からは、金銀銅という一般的な鉱物の他に、金剛石《ダイヤモンド》や石榴《ざくろ》石、紅玉《ルビー》に黄玉《トパーズ》と言った宝玉が産出されるのだ。

　普通に流通しているものよりも遥かに高い品質と等級を持つそれらは、原石のまま輸出されたり、加工された宝飾品としても世界各国へと運ばれて行く。城下町に装身具を扱う店も多く、世界で最も高価な装身具を身に着ける国民としても知られている。

　そして特筆すべきは、エクルトにしか生息しない希少生物の種が多く存在していることだ。例えば、長い毛を持つエミューの革は、サークィン皇国の「毒の皇帝」の仮面の素材として有名で、宝石のように光り輝くトリコットと言う小型の馬は愛玩動物として、贈り物に喜ばれる。

　それら希少生物は、乱獲による絶滅や闇市場での不当な取引、価格の高騰を防ぐため、国によって厳重に管理飼育されている。そのため、エクルトと交易を持てる国は限られ、そこで発生する権利や利益は莫大《ばくだい》なものに上る。

　信用のある国以外とは交易をせず、政情に不安がある国は論外、国王の交代により友好的な関係が築けない場合は即刻取引停止というように、条件はかなり厳しい。言い換えれば、良識的な関係を築いていれば、半永久的にエクルトと盛んな交易が出来、それだけ富を得ることも出来るというわけだ。

独自の港を持たないラクテの国ヴィダは、エクルトと直接の取引はないが、ヴィダと交易のあるトレズやクレアドール、エクルトの隣国ノウラは交易権を持ち、そこから他の国へと品が流れて行く仕組みだ。

「世界で一番お金持ちの王様か。どんな人なんだろうな」

その言葉は伊達《だて》ではない。今のエクルト王は即位して七年とまだ在位期間は短いが、すでにそれだけの財を築きあげているのだから、交易権を喉から手が出るほど欲しがる国があるのも頷ける。その分、利権を巡る争いは激しそうだが、そこを抑え込める力量を持つ国主がいる国だけが認められるのだと思えば、納得できるものではある。

しかし、そんな人物が後宮に百人以上もの女を集めるだろうか。

「まさか財力に物を言わせて女の子たちを集めてるわけじゃないと思いたいけど」

案内代理が傾倒するくらいだから、人格的に破綻しているとは思わないが、国によっては色事方面に強い男を英雄視する傾向もあるため、判断出来るものではない。

「仮に色好みの王様だったとしても、百人もいるんだから、順番的にはまだ回って来ないよね」

一人一晩でも百日掛かる。お気に入りがいればそちらに通う頻度も増えるだろうし、まだ大丈夫だとラクテは自分に言い聞かせた。

「夜が明けるまでもうちょっと眠ろう」

自分の体を抱き締めるように防寒着の前をしっかり合わせたラクテは、部屋に戻るためくるりと後ろを振り返った。そして、何気なく上を見上げてはっとする。

「あれは……」

まるっきり失念していたが、下を見下ろせるということは、自分も見下ろされる可能性があるということだ。後宮の白い建物の真上は夜空しかないが、後方に見える森のその上は、ラクテが今いるところと同じようにせり出した岩場がある。目を凝らさなければわからないが、手摺も設置されていることから、更に上の階層が存在するのだろう。

だが問題はそこではない。

「犬……?」

白く光って崖の上に出っ張っている岩棚の上に、獣が一匹座っていたのだ。

決して近くない場所にいるのに、とても大きい。白く光り輝く毛並が、遠くからでもはっきりとわかるのは、獣の背後が黒い森であり、夜空だからだろう。

何を思うのか、獣は真っ直ぐにエクルト城を見下ろしている。

「……ううん、あれはエクルトという国を見ているみたい」

眼下の首都だけでなく、国土全部をその輝く双眸《そうぼう》に映し込んでいるようにも見える。

呼吸することも忘れ、ラクテは獣の厳かな姿に見入った。

真っ直ぐに伸びた背、時折ふわりふわりと揺れる長い尾、耳はピンと立ち、顔は真っ直ぐで揺らがない。

と、その獣がいきなり顔を横に向けた。

「……」

かなりの距離があるにも拘《かか》わらず、ラクテに気づいたのだ。澄んだ空気の中に異質な人間の臭いが混じったからなのか、それとも視線に気づいたからか。

「犬……じゃない、あれは狼——月狼だ」

ラクテの口は、自然に、お伽話の中でしか見ることが出来ない獣の名を零していた。

同時に、獣はさっと立ち上がると長い尾を翻し、ラクテに背を向けた。そして森の中へとゆっくりと歩き出す。

もっと見ていたいのに、待ってと声を掛けることも出来ず、ただラクテは白い狼が闇の中に溶け込んで見えなくなってしまうまで、露台に立ち尽くしていた。

「月狼……本当にいたんだ……」

ここはエクルト。

不思議な生き物が多く生息する国。

月神の使者が戯れに姿を現しても不思議じゃない。


「ラクテ様、朝ですよ」

ラクテは聞き慣れたロスの声で目を覚ました。

「……ん、ロス君……？　もう朝なの？」

「もうすっかり日が昇ってますよ。ご気分はいかがですか？」

枕にしがみついたまま、ラクテは「ううん」と小さく唸《うな》った。

「まだよくない。まだ眠い……」

「あれだけ寝て、まだ寝足りないんですか？　昨日は食事も取らないで寝たのに？」

「だって」

明け方に起きて外を眺めていたのだと言いかけて、はっと口を噤んだ。

（危ない危ない。もう少しで口を滑らせるところだった）

まだ暗く寒い時刻に外に出ていたことが知られれば、説教だけでは済まなそうだ。

「だってなんですか？」

「なんでもない。ちょっといい夢見ていたから続きが見れるかなと思って」

「またそんな無謀なことを。夢は一度醒《さ》めてしまえば二度と見れないから夢って言うんです。どんなにお願いしてもいい夢ほど見ないものだって言いますもん」

「ロス君って現実的だよね」

「現実逃避する主がいればそうもなります。ほら、起きてください。僕はもう朝食は済ませました。ラクテ様の分だけ後から持って来て貰うことになってるから用意してください」

「別にそのまま置いてくれていてもいいのに」

「僕もそう言ったんですけど、昨日の夜も召しあがってないことを気にして、今朝は顔を見て給仕したいってお願いされたんです」

「それって私のせい？」

「真面目なんですよ、きっと」

話している間にロスに布団を剝《は》ぎ取られ、寝台の上に新しい着替えを並べられる。

ラクテにとっては着慣れたヴィダの衣装だが、着替えようと寝巻を脱ぎ捨て、はたと気づいて手を止めた。

「ねえ、この服を着ていいのかな」

「？　他の服の方がいいなら出しますよ？」

「そうじゃなくて、私はほら、お姫様だと思われてここにいるわけでしょう？　だから、もしも騙すつもりなら女装の方がいいんじゃない？」

「あ」

ロスははっと目を上げた。

「盲点でした……。どうしましょう。今から女の人の服の用意なんか出来ないですよ」

「出来るって言われたらぎょっとするよ。この部屋、まだ全部を見てないんだけど、何かないかな。城の方で用意しているものが何か」

「探してみます」

慌てて衣装部屋に駆け込んだロスの後ろ姿を見ながら、ラクテはとりあえずもう一度脱いだばかりの寝巻に袖を通し、顔を洗って、寝癖のついた髪を整えることにした。黒褐色の髪は胸まではらりと垂れ下がり、長い前髪が前に落ちて来るのを耳に掛けながら、欠伸《あくび》を一つ。

「女物って言えば、この寝巻も女物かも」

昨夜は自分の鞄をひっくり返すのが面倒で何も手を付けず、寝室に置いてあったものをそのまま拝借して寝たのだが、光沢を放つ上等の薄い絹の寝巻は男女両方で兼用出来るものだ。裾が多少短く感じるが、おかしなほど短いわけではなく、足元を温める毛張りの室内履きを履けば、違和感はない。

この上から昨日ホーンの町で買った防寒着を着るか、ショールを羽織っていれば誤魔化せそうな気がする。

「ラクテ様、衣装はなかったですけど、羽織り物はありました。ありましたけど……」

「ロス君？　その後ろ手に持っているものはなあにかな？」

「衣装棚の中で見つけた肩掛けです」

それはわかる。しかし真っ赤な地の色に黄色の花模様が織り込まれたものは、あまり趣味がいいとは言えない。単独でならまだましだが、紫の寝巻の上にこの羽織り物は目に痛い。

「……でも羽織らないよりもそっちの方がましか。いいよ、それを使うから」

「いいんですか？」

「仕方ないでしょ、これしかないんだから」

普通に着替えてもいいのだが、まだこれから先をどうするか決めていない今は、とりあえず朝食だけでも先に食べ、それから決めたい。

「とにかく、食事を先に済ませよう。給仕の人を呼んで」

「はい」

前日に案内代理が言っていたように、部屋の入り口近くにある紐を引いてしばらくすると、すぐに給仕が台車に食事を乗せて運んで来た。この紐の先は使用人たちが控えている部屋に繋がっており、先端に取り付けられた小さな鈴の音が鳴ると部屋に向かう仕組みらしい。

部屋を間違うことはないのかと尋ねると、驚いたことに部屋によって音色が異なるため、間違うことはないという。鈴だったり鐘だったりと種類は様々、それに後宮内の建物も東西二つに区分されており、使用人たちが控えている専用の建物も同じく部屋が二つに分けられて速やかに用をこなせる工夫がなされているらしい。

「後宮のお姫様には専属の侍女がつくものだと思っていたけど、そうでもないんだね」

「侍女をたくさんお連れして来られても、部屋がありませんから」

椅子に座った窮屈な姿勢で疑問に答えてくれたのは王佐で、「ジーウ＝ヘッグです」と非常に腰の低い丁寧な自己紹介をしてくれた。昨日の案内代理がまた来ると思っていたから、まさかの王佐の登場に驚いたが、後からの話でわかったことには人違いの詫《わ》びを言いに、本来の職務の前の時間を割き、朝食の席に給仕と一緒に是非にとやって来たのだという。

王佐は、ラクテの顔を見るなり顔を青くしていたが、食事が終わるまで黙っているようにとラクテが人差し指を唇に当てて「しっ」と合図をすると、今度は顔を赤くしてコクコクと何度も頷いた。

山の中だが港が比較的近いこともあり、魚と野菜を軽く火で炙《あぶ》ったものと小麦のパンに果物、厚切り肉の薄焼きをきれいに平らげ、食後の蜂蜜入りの紅茶を二杯お代わりし、それからラクテは今回の経緯を説明した。

城門で署名を求められ名を書いたところ、門番がバイダル姫と間違えて御者に後宮へ向かうよう指示をしたこと。後宮の入り口では案内代理が待ち構えていたが、初めて城内に入ったラクテたちは王立学院の宿舎に着いたとしか思っていなかったこと。部屋の中に案内されて、最後の最後にどうやら人違いで連れて来られたのだとわかったこと。体調不良だったこともあり、事実確認と訂正は翌日回しにしようと考えたこと――間違っても待遇のいいこの部屋に居座ろうと思っていることは伝えていない――を、出来るだけ客観的になるように説明した。

「それは……申し訳ありません。完全にこちら側の手違いです」

赤かった顔はまた青に戻り、額には汗も見える。

「いろいろな偶然が重なってしまったんだろうから、謝罪はいらないよ。お詫びがどうしてもしたいって言うのなら、この部屋を引き続き使わせて貰えれば嬉しいなとは思うけど」

「ちょっとラクテ様、それは図々しいですよ。間違いがわかったんですから、大人しく王立学院の宿舎の方に移りましょう。王佐様、王立学院まで行く馬車の用意をしていただければ、僕たちはすぐにでもここを出て行きます。ラクテ様の戯言《ざれごと》は気にしないでください」

「この部屋、気に入ったのに」

「ラクテ様が気に入ったのはあの寝椅子でしょう？　欲しかったら譲って貰うか、新しく買って宿舎に置けばいいいじゃないですか」

「これ貰えるの？」

「さあ」

「でも、大きいから部屋の中に入るかわからないよね。入らなかったらやっぱり家を借りた方がいいと思う？」

「お小遣いで足りるのだったらいいと思いますよ。でもお邸を借りたり買ったりしたら、使用人も一緒に雇わなくちゃいけなくなるかもしれないことをお忘れなく」

「ロス君は世話してくれないの？」

「ラクテ様の世話だけで手いっぱいです。お邸の面倒まで見られません。それともラクテ様は、僕に掃除も料理も庭仕事も全部させようと思ってるんですか？」

「違うからそんなにむきにならないでよ」

かなり脱線した会話をしていた二人は、

「あの」

やっと考えがまとまったらしい王佐の声に、二人揃って「決まった？」と振り向いた。

「あの先ほど申し上げました手違いというのは、私どもの方でも手違いが生じてしまったようなんです。言葉足らずで申し訳ありません」

「どういうこと？」

王佐は、一度大きく息を吸うと下を向いたまま言った。

「この部屋、ヴィーダ姫が住んでいることになっていました」

ヴィーダ姫。

一瞬聞き間違いかと思ったが、ぎゅっと膝の上で拳を握る王佐の態度は、嘘を言っているのでも冗談を言っているのでもない。

「ヴィーダ姫……ってもしかして私のこと？　バイダル姫がどうしてヴィーダ姫になってしまったの」

「それが私どもの方で仕出かした間違いなんです」

「とにかく説明を」

自分の知らないところで別の間違いがあったのは聞き捨てならない。

ラクテに促された王佐は、兢兢《きょうきょう》と震える声で語った。

「後宮の部屋を使用するには届け出をしなくてはいけないのです。姫様お一人に対して番号と部屋が割り当てられ、その使用届を後宮管理人へ提出し、王佐が保管するのです」

　バイダル姫がエクルト城に入ったと同時に、担当者が署名をし、即時に後宮開放の許可証が発行される。

　ラクテが城門で書いた二枚の書類のうち一枚は入城の管理のためのもので、もう一枚はその認可証を得るためのものだった。後宮に馬車が向かっている間に、それよりも早く後宮管理人へ届けられ、鍵が担当へ渡される。

　この時に、本来なら「バイダル姫」の名前で登録されるべき書類が、ラクテの署名をそのまま使用したために「ヴィーダ」の名前が残されてしまった。

つまり、この部屋の主は、書類に認可印が押された時点で「ラクテ・ラー・カトル＝ヴィーダ」のものになってしまっていたのだ。

　ただ、この件に関わりを持った誰もがラクテの署名を「バイダル」と認識しているため、建前上は「ラクテ・ラー・カトル＝バイダル」姫のもの、実際には「ラクテ・ラー・カトル＝ヴィーダ」が住むことになってしまったという認識上の捩《ねじ》れが発生してしまった。

「簡単に言い換えると、書類上ではラクテ様がこの部屋の主になったと、そういうことなんですか？」

「その通りです。私も話を聞くまでは、違いに気づきませんでした」

「じゃあ、今の状態だと本物のお姫様が来たとしても、正式に認められた私がこの部屋の持ち主なのは変わらない。だから出て行く必要はない。そういうことなんだね？」

「その通りです。万一、本物の姫が来られた時には、姫の名前で別の部屋が開放されることになります」

「間違いですと伝えて訂正することは出来ないの？」

「一度認可の通った書類を引き戻す手続きには時間が掛かります。具体的に言うと、後宮に関しては陛下の許可が必要になります」

「エクルト王？　それなら直接会って私から説明してもいいけど」

「本当ですか？」

「それくらいは簡単だよ」

　ぱっと顔を輝かせた王佐は、だがすぐに表情を曇らせた。

「ああ、駄目です。陛下は今朝、地方へ視察に出掛けたばかりなんです。お戻りは早くて十日後だろうと……」

「訊きたいんだけど、もしも私が後宮にいると知れて何かまずいことはある？　例えば男が後宮にいるのは論外だとか、他のお妃様たちには絶対に見つからないようにしなくちゃいけないだとか」

　ゆっくりとしたラクテの口調は、混乱している担当の気持ちを僅かだが落ち着かせる効果があったようだ。

「それは……あります。まず他のお妃様方への接触は禁じられております。それから、自分の部屋がある区画から出るには許可が必要です。この部屋は東宮《とうぐう》にあるので、反対側にある西宮《せいぐう》には行かないようにしてください。西宮に第一王妃、東宮に第二王妃がお住まいです。特に第一王妃のマデリン様は気位の高い方で、第二王妃のヨハンナ様を敵視しておられます。東宮にいるというだけで何か言われることも考えられますのでお気をつけください」

「うん。わかった」

「そんなことはないとは思いますが、お妃様方と二人きりで会うのは御法度《ごはっと》なので、万一遭遇した場合にはお忘れなきよう」

「問題が起きたら大変だものね。わかった。でも男が出歩いていても平気？」

「使用人は男の方が多いので、問題になったことはありません。ご家族の方の出入りもあります。そこはお妃様方の良心にお任せしているようです」

それは後宮としては変わった在り方だと思ったが、ラクテは黙っていた。

「妾妃《しょうひ》という名前はありますが、ここは後宮と言っても、行儀見習いにあがる貴族のお姫様用の住居でもあるんです」

「あれ、じゃあエクルト王が夜伽《よとぎ》に来ることはないの？」

「いえ、それは……」

「来るかもしれないってことだね。わかった。その時には何とか対処する」

すべてはエクルト王次第ということだ。

「ここでの待遇は他のお妃様方と同じようにさせていただきます。不自由はお掛けしないと思いますが」

「交渉成立だね」

ラクテは立ち上がって王佐の肩を軽く叩いた。

「大丈夫。そんなに不安な顔をしなくても。本を読んで勉強さえ出来ればどこでもいいんだよ、本当に」

「でもラクテ様、エクルト王と会うまでここにいなきゃいけないんだったら、王立学院の宿舎の方はどうしますか？」

「一年分前払いしているからそのままでいいよ」

本来入宮すべきでないラクテたちが手違いで後宮にいることは、内密にすることで合意した。男のラクテが妾妃の部屋にいることで、余計な詮索をされないためでもあった。


その翌日。

「それでどうして僕が女装しなくちゃいけないんですか」

「しーっ、ロス君、黙って。大きな声で叫ぶと何かあったんじゃないかって人が来てしまうでしょ」

「でも、だって！　じゃあ説明してください。どうして僕がこの服を着なきゃいけないのかを」

椅子にパサリと置かれているのは女性用の衣装。ラクテが担当者に相談して入手した品である。

「男の僕たちが後宮にいるのは担当の人も了承済みなんだから、わざわざこんなことしなくてもいいと思います」

「でもね、ロス君。知っているのは私とロス君と担当の人と王佐の四人だけでしょう？　でも姫がいるのは後宮全体に知れ渡っているから、女の人が住んでいる様子を少しくらいは見せておく必要があると思うんだ」

「それならラクテ様でいいじゃないですか。顔だって公王母様に似てるし、ラクテ様だってその気になっていたじゃないですか」

「最初はそれでもいいと思っていたんだけど、よく考えたらいざという時、ロス君よりも私が喋れるようにしておいた方がいいからね」

「それでどうして僕がお姫役なんですか」

「だって、お姫様は自分の口で話したりしないものでしょ？　お姫様のロス君は何にも喋らなくてよくて、代わりに私が全部受け答えするから」

ただ、万一第一王妃と第二王妃から面会を申し込まれたり、絡まれたりした時だけは、どうしようもないので、全力で避けながら関わり合いになりませんようにと願うより他はない。

「第一王妃と第二王妃の争いには巻き込まれたくないから、ひっそりと過ごそうね」

「ひっそりって、ラクテ様には似つかわしくない言葉ですね」

「そう？　賑やかな方じゃないと思うんだけど」

「性格のことじゃありません。ラクテ様はこう、何というのか、時々突拍子もないことに巻き込まれたり引き起こしたりするというのが、皆様の認識ですから」

「それは父上や兄上姉上たちも全員ってこと？」

「妹君様や弟君様方、それに従兄弟《いとこ》様方も同じですよ」

つまりは親類縁者全員ということだ。

「酷い……。私ほど地味で大人しい子はいないのに。派手なのは兄上や姉上たちだよ？」

「ですから、ラクテ様は華やかさとは別のところで問題を引き込むところがあるんです。でも本当に気をつけてくださいね。ラクテ様のことだから、きっと後宮内どころかいろんなところを出歩くつもりなんでしょうけど、何かあれば僕が公国の皆様方に申し訳が立ちません」

「それは心得ている。私だって後宮を追い出されるくらいならまだいいけど、国交問題にでもなったら大事になる自覚はあるから。それにしても」

ラクテはふむと顎に指を添えた。

「お妃様が百人もいるって、凄いところだよね、エクルトは。さっき聞いたんだけど、正確には全部で二百三人いるらしいよ」

「え？　でも百番目のお妃様って……」

「正妃が百人で、妾妃が百人くらいいるって話。何人かに聞いたけど、みんな同じように言ってたから間違いじゃなさそうだよ」

「二百人……」

「凄いよねえ、二百人だよ、二百人」

気位の高いという第一王妃には堪らないだろう。

均等に毎晩訪れることがもしも義務だとすれば、満足させることも出来ず、子種も枯渇するのではないだろうか。

会ったこともないエクルト王の夜の生活を想像するラクテの秀麗な横顔を見ながら、ロスは、

「ラクテ様……」

呆れたように溜息をついた。

「非礼ですよ、そんなことを考えるなんて」

「でも、そう思うのが普通でしょう？　私の知って

るある部族の長なんか、三十六人も妻がいて、子供は全部で五十人だよ」

「エクルト王にも事情があるんですよ」

「それはわかるけど、でもそれなら最初から二百人も集めなきゃいいのにって思うのは自然なことだよね。理由でもあるのかな……本当に不能だったり精力が淡泊だったりしたら、エクルト王がお気の毒だ」

「ラクテ様に気の毒だと言われてしまうエクルト王の方が僕にはお気の毒です」

ラクテは思案するように首を傾げた。整った細い眉を寄せ、肘掛けに肘を乗せ、憂うその横顔には、絶世の美女と呼ばれた祖母の面影が確かにある。黙っていれば清純そうなラクテは、実は黙って考え事をしている時が一番色香があるとは兄弟たちの弁である。もちろん、当人はそんなことを言われているとは知らない。

話題がエクルト王の下《しも》の話でなければ、ほうっとため息をついて観賞したくなるが、話題が話題だけに残念感が漂うのは仕方ない。

「もしも連夜のお勤めで疲れて勃起不全でお困りなら、国から治療薬を取り寄せる手もあるけど」

直接訊こうにも、エクルト王を知らないのだから無理だ。

「幾つか取り寄せしてみようかな」

「もしかしてあの伝説の薬を取り寄せるんですか？」

ラクテたちの故郷ヴィダ公国に古くから伝わる愛の媚薬《びやく》。原液をひと口含めば、五日は盛り続けるという恐るべき効能を持つ薬だ。そのため、通常は十倍に希釈して飲用する。それでも十分な活力を提供する優れものだ。ただし、値段が破格のため、よほどの資産家でなければ入手不可能とまで言われる幻の精力剤でもある。

「でも取り寄せるにしても往復でふた月は掛かりま

すよ」

「ふた月なら十分だよ。私たちがいる間に届けばいいんだから。せっかく私がエクルト城にいるんだから、ここでエクルト王に友好を示すのは悪いことじゃないはず」

「でもラクテ様、それはエクルト王が本当に、その、夜のお役に立てないことが前提の話ですよね？　もしも違ったら、侮辱罪で牢屋に入れられたりしませんか？」

「別に品名を正直に目録に書いて渡さなくてもいい。栄養剤で十分」

「それって騙《だま》してるってことじゃ……」

「人聞きの悪いこと言わないでくれるかな、ロス君。本当にエクルト王が必要なものかもしれないんだから」

「僕だったら余計なお世話って言ってつき返します」

「使う使わないはもちろん自由。取り寄せる前に、他のもので代用してもいいし」

「代用って……そんな薬も持って来ているんですか？」

「少しは。そんな目で見ないでくれる？　そういう目的で使うんじゃないよ。勉強で疲れた時に回復目的で調合しようと思ってるだけだから。そうそう、ロス君。エクルトは宝玉や希少生物だけじゃなくて、薬草や薬泉がこっそりと有名なんだ。だから、メリンの薬屋には他の国よりも多く薬が並んでいるんじゃないかって思ってる」

　エクルトの王立学院に留学を決めたのも、実は薬学で著名な講師がいると聞いたからだ。薬草学に薬学、調合に錬金などはすべて、ヴィダ公子が身に付けて損をする技術や知識ではない。

　ロスには言わなかったが、ラクテは、王城の建つ山の中にも薬草が生えているところがあるのではないかと考えている。

（ロス君に留守番を任せて、山の中を探してみよう）

もしかしたら新種の薬草を発見出来るかもしれない。

月狼にエクルト王に二百人の妃。

エクルト城には知りたいことが多過ぎる。


「ラクテ様ーッ！」

その日の朝、東宮に地団太踏むロスの叫びがひっそりと響き渡った頃、ラクテ本人は林の中を散策していた。

「今頃ロス君、怒ってるだろうな」

少し遠出をするから戻るのは夕方になるかもしれないという置手紙だけで黙って出て来たのだ。帰ってからの小言は煩《うるさ》そうだが、どうしても朝早くに出掛けたい欲求を止めることは出来なかった。

三日前、すぐ裏の林へ散策に出かけたラクテは、酔い覚ましの効果を持つ薬草を偶然発見した。いいものを見つけたと摘みながらふと周りを見れば、酔い覚ましだけでなく、他にも多くの薬草や薬花が群生しているではないか。

あまりの多さに驚き、まさか誰かが管理している畑なのだろうかと慌てたのだが、どこをどう見ても木々の間に群生している野生の草花で、人の出入りを制限するための柵や警告の立札は見当たらない。

正真正銘、野生の薬草なのだ。

喜んだラクテは幾つかを摘み採って持ち帰り、書物で種類を確認して確かに薬草や薬花に間違いないことを確認した。そうなると、他にもあるのではないかと考えてしまうのは当然。

ちょっとそこまでと散歩に出掛けるたびに見つける薬草や薬花は、ラクテを夢中にさせた。摘み取ったのは、ほとんどが安値で売買されている薬の材料だが、組み合わせ次第ではもっと効果を発揮する薬を作り出すことが出来る。

そうして東宮の周辺はあらかた見て回り、次に目を向けたのが東宮から山奥に続く深い森だった。それを見て、もっと奥に行こうと思い立ったのは昨日の夜のこと。

「ロス君には悪いけど、やっぱり外に出て自由に歩き回ることが出来るのは気持ちいい」

最初は、暖炉《だんろ》の火があっても震えるほどの寒さに、なかなか布団の中から抜け出ることが出来なかったが、体というものは便利なもので、すぐに環境に順応してしまった。

防寒具はまだ手放せないが、それよりも澄んだ空気を思う存分吸い込んで得られる満足感の方が大きい。

許される範囲はほぼ歩き回って場所や配置を確かめた。そうしてわかったのは、ラクテたちがいる部屋は、東宮の中でもかなり離れた場所にあるということだった。

ラクテたちが東宮にいることは極わずかな使用人以外には内密にされているため、他の建物にはあまり近づかなかったので詳細はわからないが、東宮の敷地の中は無人と言われても納得出来るほどの静けさだ。

「使用人は呼び鈴で呼ばれるまで他の部屋にいるっていうのは、嘘じゃないんだ」

エクルト王が静かにしろと命じているならともかく、これはおかしい。

とは言うものの、王の許可を得ずに不法滞在している身で大声で問い質《ただ》すわけにもいかず、華やかなはずの後宮のひっそりとした部分に違和感を持ちながらも、外国人の自分が口を挟むことではないと、気にしないようにしている。

だから、自然に興味関心は人間関係よりも他のものに向く。それが薬草であり、庭園であり、エクルト山に続く深い森の存在だった。

「後宮だけでもこれだけ広いんだから、全部を見て回ろうと思ったら三年……五年は掛かりそう」

広いだけならまだいいのだが、急な勾配を登ったり下ったりするのは骨が折れるものだ。ヴィダの城のように平面的に大きく広がり、遮るものがないのなら視界が開ける分、全体像を把握しやすいが、元が山肌を利用して作られているエクルト城にそれを求めても無理。

見取り図など頼んでも絶対に見せて貰えないのだから、自分の足で歩き回るしかない。時々、帰り道を間違って迷子になることもあるが、それすらもちょっとした刺激になって楽しいものである。

「今日は何があるかな」

林の真ん中にある三つ又になった道で立ち止まったラクテは、迷わず右側の細い道を進んだ。先日来た時に広い左の道に進んだが、結局は川で行き止まりのため引き返さなくてはならなかったのだ。

どれくらい時間が過ぎたか。やや登り坂になったその道を真っ直ぐ歩き続けたラクテの目の前が開けたのは、狭いながらも道だったものが単なる隙間になり、はあはあと息が途切れ途切れになってからだ。

そうして苦労して登り切った先にあった景色は、声を奪うものだった。開けた視界は青。

空を映し込んだ青い鏡――湖が目の前いっぱいに広がっていた。

「鏡湖《きょうこ》……」

別名月神の鏡と呼ばれる透明度が驚くほど高い湖だ。ラクテが鏡湖を見たのは初めてではない。ヴィダ公国にも鏡湖はある。ただ、こんな簡単に見ることが出来るとは考えてもいなかった。鏡湖の多くは、容易に人が行き来出来ない高い場所にあるのが普通だからだ。

「あ、でもそうか」

そしてラクテは気づく。自分がいるのはエクルト山の中腹なのだと。エクルト城自体が高い場所に建てられているのだから、本来なら人が通ることのない山道を登った先は、麓から見れば相当に高い位置には違いない。

湖の周囲には薄い緑の草が生え、図鑑でしか見たことのない薬草や薬花も、至るところに群生していた。まさに薬草の宝庫だ。

しかし、いつもなら脇目も振らずに薬草に突進するはずのラクテの目は、それ以外のものを映していた。鏡湖よりも、薬草よりもラクテの目をくぎ付けにしたもの。それは――。

「月狼だ……」

誰が作ったのか知らないが、鏡湖の岸辺には小さな四阿《あずまや》があり、椅子とテーブルが置かれている。自然の中にある人工的なものに対する違和感は拭えないが、贅《ぜい》を凝らしたわけでなく質素な石で組み立てられたその小さな建物は、自然にそこに馴染んでいた。

その台座の上に寝そべっている獣。これがラクテのすべての意識を奪っていたのだ。

月光を溶かし込んだ薄い金色の毛の特徴は、月狼という固有名詞を簡単に想起させるもので、大型犬でないことはこうして間近にすれば一目瞭然だ。以前露台から見上げた岩棚の上にいた獣で間違いない。

横たわっている姿から、死んでいるのかと一瞬ドキリとしたが、遠目にも規則正しく動く胸の動きから、生きていることがわかってほっとした。

ラクテは小さく喉を鳴らした。

気配に敏感な獣が、人が縄張りに入ったことに気づかないはずがない。しかし月狼は目を開けることもせず、最初に見た時と同じように寝息が聞こえて来るのではないかと思うほど、気持ちよさそうに眠っている。時折、無意識なのかふさふさと豊かな毛を持つ太い尾が揺れている。

（近づいても大丈夫かな）

動けば逃げてしまうのではないだろうかという恐れから、月狼を見つけた時の姿勢のまま動けずにいたラクテは、相手がそのままなのをよいことに足を踏み出した。

一歩を踏み出しても、何も変わらない。二歩三歩と歩いても、起き上がる気配は感じられない。

後から考えると非常に恐ろしいことだが、この時には獣に襲われるという心配はこれっぽっちもしていなかった。どんな力を持っているかわからない巨大な狼に襲われれば、一撃で喉を食い破られてしまうだろう。足の速さも力も、人が太刀打ち出来る強さではない。

鋭い牙《きば》と爪を持つ獣。だが、本当に怖くはなかった。

恐れていたのは自分が襲われることではなく、月狼が目の前から消えてしまうことで、それが何よりも大きな不安だった。

ゆっくりと一歩ずつ反応を確認し、近づく。カサリという草の音さえも立てないように慎重に。

少しずつ近くなる距離、徐々に大きくなる月狼の姿。

ちょうど二馬身ほどのところにまで近づいた時、

「！」

急に獣の目が開かれ、ラクテはビクッと足を止めた。

（銀色……）

淡く光る金の毛皮を持つ狼の目が黒に見え、驚いたのを覚えている。どうしてだか、月狼の瞳の色は同じ金色か琥珀《こはく》、黄色だと思い込んでいたからだ。

しかし正解は薄い灰色、銀色だ。

狼は寝そべったまま、視線だけをぴたりとラクテに当てている。観察しているのか、様子を窺っているのか、とにかくじっと見つめるその瞳の威圧感に、知らずゴクリと喉が鳴った。

「近づいても、いい？」

答えがないと知りながら、乾いた声で問い掛ける。

もしも月狼が動かなければまだ距離を縮めたい。しかし威嚇《いかく》したり立ち去る動きが見えたなら、ここまでだ。

だが月狼は、しっかりとラクテを見つめた瞳を再び閉じ、もう一度先ほどと同じように眠る体勢に入った。

「よかった……」

緊張していた体から力が抜け、ほっと息を吐き出す。

ラクテに自分を害する気がないことがわかったというよりも、圧倒的に自分の方が強いのだということを確認しただけのようにも見えた。子猫や子リスがちょろちょろしていることに気づいても、特に何もしないのと同じように。

獣に格下に見られたという不満や憤りはない。格下と言うのなら、月神の使者と言われる月狼の方が人間よりも遥かに高い神格性を持っているのだから、並び立とうと考える方がおこがましい。

国や人を動かす権力を持った人間は、とかく自分が全知全能だと思い込みやすい。それはある意味では事実で、その人の持つ独自の領域の中では有効だが、一歩自分の縄張りから出てしまえば通用しない。獣に対しても同様だ。

自分の存在を知って尚《なお》、堂々と寝そべる狼は絶対的に自分が優位だと知っているのだ。ひ弱な人間など警戒する方がみっともないとばかりに。

ものの数歩で辿り着ける短い距離を必要以上に時間を掛けて狼の間近まで来たラクテは、再び瞼を開けた獣に見つめられ、足を止めた。あと少しで手が届くというほどの近さ、獣のひと飛びでラクテを押し倒せるだけの距離がある。

「わかった。これ以上近づいたら駄目だって言いたいんでしょう。ここから先には動かない。だからしばらくここにいてもいい？」

触れることは出来なくても、輝く体毛の柔らかさは十分に伝わる。汚れなど一つもない光のように白く輝く黄金の毛。大きな前脚と太い後ろ脚。四肢をゆったりと伸ばし、顔だけをラクテに向けて寝そべっている。

狼と言えば、座っているか駆けているか、それとも立っているかの姿しか思い浮かばないため、こうして寛ぎ切った姿勢で寝そべっているのを見るのは、いっそ新鮮だ。

「あ、肉球」

ラクテはその場にしゃがみ、薬草を入れた籠《かご》を地面に置いて、場所は動かずに首だけ伸ばして狼の方へ近づけた。

こんなに立派で見事な狼がただの狼のはずがない。月と同じ色の体毛は、何よりも雄弁に月狼だと語っているではないか。

「伝説だけの生き物だと思ってたけど、こんなに簡単に会えるんだね、エクルトでは」

考えてみれば、伝説の生き物ではあるが、月神の使者と呼ばれている生き物たちはどれも絶対に姿を見せないというものではない。むしろ、生息する地域に定着し親しまれている。神花《しんか》然り、月馬《げっば》然り。

他国の人から見れば信じられないことでも、そこに住む人々にとっては当たり前——それならば月狼が山の中を歩くのも、城の中にいるのも不思議ではないのかもしれない。

「もしかして、天に続く門はこの鏡湖だったりする？」

それとも空から覗く月神とこの湖を通して繋がり、会話でもしているのだろうか。

「聞いても答えてくれるわけないか……」

目を瞑り、尾の一振りもしない狼の姿に、ラクテは小さく苦笑し、出来るだけ音を立てないよう気をつけながら狼が眠る床石のすぐ前の地面に腰を下ろした。

「なんだか不思議だな。夢みたいだ」

深い森、その奥の湖の側に月狼といる。エクルトに来る前には考えもしなかったことだ。

スースーという規則正しい寝息は、現実の世界に月狼が生きている紛れもない証拠で、呼吸に合わせて胸が上下するのは、どこにでもいる小さな猫や犬と何ら変わりなく、特徴のある神秘的な目が閉じているせいで、可愛く思える。

「月狼は絶対に人の目の前には姿を見せないと思っていたよ。だけど君を見ているとそうでもないのかなって思えてしまうから不思議だね」

誰の前にでも姿を見せるのかはわからないが、少なくともラクテに対して威嚇もせず、触れようと思えば触れられる距離にいるということは、姿を見られることは月狼にとってそう大した問題ではないのだろう。

逆に考えれば、この鏡湖の周りは月狼の縄張りで、家。そこに誰かが来たとして、自分の家ならば逃げる必要も隠れる必要もない。お気に入りの場所に客が来た――。ただそれだけのことなのだろう、月狼にとっては。

「夜に活動しているのなら、朝の今の時間はちょうど寝に入った頃だよね。邪魔しちゃったかなあ」

そうは言うものの、ここで帰ってしまえば、二度とこの狼に会えないのかもしれないと考えれば去り難い。

「それに、今帰ったらロス君が怒っていそうだし」

出来るならもう少し時間を費やしてから戻りたい。

雪が残る白い山肌を映す湖の上を鳥影が横切る。

「私は今エクルトにいるんだよね」

まだ後宮から出ていないので実感はない。限られた区画から出ることが出来れば異国情緒も味わえるのだろうが、今は限られた空間の中だけで、食べ物の味や素材、部屋にある伝統工芸品などにほんのりと感じるくらいだ。

こんなことなら、ホーンの町の見物でもしてくるんだったと悔やんでも、もう遅い。

「静かだな」

聞こえるのは鳥の鳴き声だけ。風も、たまにそよと撫でるように吹いて狼の毛先を揺らすくらいではとんど感じられない。

「気持ちいいよねえ」

閉ざされた後宮の中にいるということを忘れてしまいそうなほど、この場所は自然の空気に溢《あふ》れていた。

と、それまで黙って眠っていた狼の尖った耳の先がピクリと動く。

「お」

ゆっくりと瞼を開けた狼は、ラクテの顔を一瞥《いちべつ》しただけで、ウンと伸びをするように四肢を突っ張らせて大きく伸ばした。その様子があまりにも普通の動物と同じで、

「うわ……」

可愛いという声が出そうになったのを慌てて口を押さえて飲み込んだ。

狼以外に誰も聞いているわけではないとわかっていても、気分を害してしまったらどうしようと思ってしまったせいである。

そんなラクテに構わず、のそりと起き上がった狼は今度は地面に四つ足で立ったまま、背中をグンと伸ばした。大きく開いた口の中に並ぶ牙は立派でも、欠伸をする様子はやはり可愛い。

もちろん、それも見ていたラクテは口を押さえたまま赤紫の瞳だけを輝かせている。

(月狼っていうからどこか現実感がなかったけど……)

これはもう犬と一緒だ。体が大きくて、色が珍しいだけで、仕草も何もかもが犬だ。

書物の中の月狼は、神聖視された厳かな描写が多く、そのせいで最初に遠くに見た時は畏《おそ》れの方が強かったが、今ではどちらかというと親しみさえ覚えてしまう。

立ち上がった月狼は、何かを聞き澄まそうとするようにその場で少し顎を上げた。

(もしかして本当に月神と話している……わけないか。今はもう朝になって月はないんだから、月神も寝ているんじゃないかな)

狼が首を傾げていたのは僅かの間のことで、軽い動作で四阿の床からぴょんと地面の上に飛び降りた。

「わっ」

目の前にいたラクテのすぐ側を、白金色の尾が掠めるように過ぎて行く。

これは完全に無害な人間だと認めて貰ったということだろうか。

そんな風に過信したくなるくらい、狼はごく自然にラクテの側に立っているのだ。

そうなると誘惑に耐えられなくなり、思わずラクテは手を狼に伸ばしかけ――、

「――ごめん」

触れる寸前で振り返った狼の灰銀色の瞳に見つめられ、何もしないことを示すため、両手をぴんと開き、胸の前にサッと上げた。

「やっぱり気配には敏感なんだね」

噛《か》みついたり飛び掛かったりしないのは、獣が獣の本性を抑えているからだろう。そうでなければ、不用意なことをしただけでガブリとやられてお終いだ。

その月狼は、触ろうとしなければそれでいいとで

も言うのか、すぐにプイと前を向くと、ゆったりと尾を振りながら歩き出した。ラクテが登って来た左側の山道ではなく、右側の森の奥に向かってだ。

「あそこにも道があったんだ……」

坂道を上り詰めてすぐに月狼と鏡湖が目に入ったせいで気づかなかったが、暗く生い繁った木々の中に獣道と言って差支えないほどの細い道がある。後宮の女人がわざわざ枝や草を払いながら山の上まで登って来ることはないだろうから、文字通り獣が歩くか、ラクテのような物好きが気分転換に訪れる以外には誰も通らない獣道だ。

月狼は迷わずにその道に進んだ。

「どうしよう」

狼がどこに行くのか気になるが、ついて行っていいものかどうか判断がつきかねていたラクテは、森に入る手前でいつの間にか足を止めていた狼が、自分の方を振り返っていることに気づき、はっと目を見開いた。

「いいの？　私も一緒について行っても」

狼はまた前を向き歩き出し、どうしようと考えながらラクテは慌てて後を追った。どうやら「ついて来てもいい」よりは「ついて来い」と言いたげな獣の様子から、狼が自分をどこかへ連れて行くつもりなのだと判断し、大人しく従うことにした。

巨大な狼が歩けるだけの道幅は確保されているが、問題は高さの方で、歩きながら顔の前を遮る枝葉を何度も払わなければならなかった。狼の頭の高さには障害物はないのだが、人の都合まで斟酌《しんしゃく》するつもりはないようだ。それでも遅れないようにゆっくり気味なのは有難い。

どれくらい歩いたか、緩やかだった坂道がいきなり急になり、足元を支え、出っ張った両脇の岩を掴《つか》んでいなければ滑り落ちてしまうほど急角度な斜面を、半ば尻餅をつくようにして降りたラクテは、軽やかに進んでいた狼がいきなりすとんと姿を消したことで慌てた。

「ねえ！　ちょっと待って！　私を置いて行かないで！」

ここまで連れて来てそれはないだろうと、憤慨しながら何とか狼が消えた辺りまで降りたラクテは、どうしていきなり姿が見えなくなってしまったのか理由を知った。

「ここ……庭だ……」

いきなり開けた視界なのも当然、ほんの少し視線を下に向ければ綺麗に整えられた庭園が広く展開している。迷路のような緑の垣根に、白い縁石と煉瓦の石畳、円形の花壇のほとんどはまだ花が咲いておらず緑のままだが、中には黄色や紫色の小さな花をつけて群生しているものもある。

「降りられるかな」

小柄だが武術の訓練を受けて身体能力が高いロスと違い、ラクテは外で体を動かすということをほとんどしない。一応、公王族ということで基本的な嗜《たしな》みとしての武術は身に付けているが、特筆すべき技術も反射神経も持っていない、至って普通の青年だ。

目を凝らしても、自分をここまで導いて来た狼の白金の姿はどこにも見えない。

「何もこんな高いところに置き去りにしなくてもいいのに」

ここにいない狼に文句を言っても始まらない。

ラクテは岩の出っ張りに膝をつき、そろりと足を下に下ろした。完全に垂直でなく、ところどころ岩が出っ張ったり引っ込んだりしている場所があり、そこに爪先を押し込むことで降りることが可能だろうと判断したからだ。

飛び降りるには高過ぎる、助けを呼ぶには低過ぎる上に、肝心の助けを呼ぶには自分の立場は微妙だ。庭園の向こうには人が住んでいる立派な建物が見える。

「これ、きっと、降りるより上る方が楽だと思うな、っと」

滑り落ちないよう苦心しながらようやく地面の上に足を着いた時、ほうっと大きく息を吐き出してしまったのは仕方がない。それだけ緊張したのだ。

「黙って出掛けて怪我《けが》して帰ったらロス君が真っ赤になって怒るんだよね」

山の中で摘んだ薬草や薬花が入った籠は先に下に落としていたため、零れた分をもう一度拾い集めて籠の中に入れたラクテは、そこでふと顔を上げた。

「それで、一体ここはどこなんだろ」

岩の上から眺めた時には庭園を見渡すことは出来たが、下に降りてしまえば全体もわからなくなる。上から見た時には低く見えた植え込みは、高さはまちまちだが、場所によっては頭を超す壁のようなものもあり、先へ進まなければ前がわからないのだ。

「とりあえず、建物の方に行けばどうにかなるかな」

東宮から山に登り、そこから降りて来たから後宮の端辺りに来たのだろうと見当をつけたラクテは、生垣に沿って歩き出した。そしてすぐにわかったのだが、これがなかなかに難しい。

不法侵入者を簡単に建物に近づけさせないためなのか、真っ直ぐに進みたくても前が遮られれば横に曲がらなければならず、生垣の間を何度も直進したり曲がったりしている間に、

「もう……疲れたよ……」

建物は見えているのに真っ直ぐ進めないこのもどかしさ。

迷路に見えた――ではなく、この庭園そのものが迷路として作られているのだ。

籠を抱えたままラクテは、はあと溜息をついた。

東宮の部屋を出た時にはまだ早朝だったが、鏡湖で月狼と過ごしている間に太陽はもう頭上高い位置

に昇っていた。予定では昼の少し前に戻るつもりでいたから、ヒヤヒヤだ。

「ロス君、心配してるだろうなあ」

怒りながら心配しているロスの顔が容易に想像出来てしまう。宮に戻った時には覚悟をしていた方がいいだろう。

「それにしても」

焦って戻るのを諦めたラクテは、ついでのように庭を観賞することにした。見るほど草花はないのだが、花壇のところどころに生えている柔らかな草の中に、山道で採取したものより上等な薬草がさり気なく混じっていることもあり、気づいてしまえばなかなか興味深い。

「山の中にもたくさんあったし、わざと植えているわけでもなさそうだし、自然に生えてくるのかな、エクルトでは」

ヴィダでは城で管理している薬草園があるが、そこのようにきっちりと管理されているわけでなく、生えるがままに任せているようだ。いくら何でも庭師が気づかないはずはないから、時々は摘み取って薬師《くすし》の元に運んでいるのかもしれない。

「化膿《かのう》止めに、止血、腹痛、頭痛、傷薬、結構あるなあ」

中には知らない草花もあり、薬草図鑑が手元にあれば調べることが出来るのにと思いながら、薬草に気を取られるあまり手元だけを見て歩いていたラクテは、

「あれ？」

迷路の中で方向がまるでわからなくなっていたことに気づいた。

「おかしいな、建物の方に歩いていたつもりなんだけど」

いつの間にか近くなっていたはずの建物は遠くなり、広い庭園の中心に入り込んでしまっていた。ど

うして中心とわかったかと言うと、上から見た時に庭の真ん中辺りに見えた円形の屋根のある小さな建物が、すぐ目の前にあったからだ。

彫刻が施された白く膨らみのある支柱に支えられた屋根はこんもりと丸く、鏡湖の側で見た四阿と似ていた。壁はなく、柱だけが支えるこちらの四阿の中には休憩用の椅子とテーブルがあり、そこも同じだ。湖に四阿を作ったのと同じ人物が建てたのかもしれない。

「ちょうどいい。ここで休憩させて貰おう」

少し休憩してまた建物を目指そう。

城の中の庭で遭難するなんてと、間抜けな自分を半分笑いながら、そっと建物に足を踏み入れかけたラクテは、柱の影からはみ出す白金色の毛を見つけ、ぱっと顔を輝かせた。

「こんなところにいた！」

自分を高いところに置き去りにして、こんなところに入り込んでいたのかと椅子の前に回ったラクテは、

「先に行かないで――よ……？」

そこで言葉を失った。

目の前――下に向けた視線の先には、確かに白っぽく輝く薄い金色の毛がある。ただし、獣の体毛ではなく、人の――若い男の髪の毛だ。

石の椅子の上には薄紅色の毛織物が敷かれ、その上に片腕を枕にして横になって眠っている男。

「……びっくりした……」

目を丸くしたままラクテはそっと息を吐き出した。大声で目を覚まさなかっただろうかとそっと窺うも、薄く開いた唇からは寝息が聞こえ、起きる気配はない。

「よかった……」

ラクテは安心した。

エクルトの城の奥庭にいる自分が不審人物だとい

う自覚はある。もしもここにいるのが庭師なら笑って誤魔化すくらいのことはするが、目の前で寝ている男はどう見ても庭師や下働きには見えない。テーブルの横には装飾が施された立派な剣が立て掛けられ、男が身に着けている黒い衣服は、簡素だが上等な生地に念入りな刺繍《ししゅう》と手が込んでいるし、布団代わりに掛けている白い毛皮の外套——汚れてしまうのではないかと余計な心配をしてしまった——は、それはもうふさふさで艶々で立派だ。ラクテの銀狐の毛皮も高価だが、それと比べるのもおこがましく思われる。指には三本の指輪、耳たぶには銀の耳輪と豪華極まりない。

「目、開けたらどんなんなんだろう」

声に出しながらもラクテは、この男の瞳の色は銀色だろうと半ば確信していた。湖のほとりで出会った月狼と同じ白金色の髪ならば、瞳も同じ銀に違いないと。

「それにしても」

寝顔だけでもかなり整った顔立ちなのがわかる。秀でた額とすっと通った鼻梁《びりょう》、薄く開かれた唇は分厚過ぎず薄過ぎず、はらりと掛かる前髪がそこに色香を加味している。

一言で言えば男前。祖母に似ているラクテが女性的な美と言われるのに対し、どこからどう見ても男性なのに綺麗という言葉がすんなりと出て来てしまう容貌だ。

「月狼が人間になったらこんな感じなんじゃないかな」

自然に浮かんだその考えに苦笑する。月狼が姿を消した庭で、数刻前と似た状況で男と出会ったことで、つい夢のようなことを考えてしまったが、現実にそんなことがあるはずがない。

「お伽話じゃないのにね。——でも」

白い毛皮の外套の上に落ちていた毛をそっと指で

摘まみ上げ、透かして見れば輝く白金。髪の毛とは明らかに違う獣の体毛だ。

「本当に違う――？」

ここはエクルトだ。伝説の月狼は、まさに人に変化して人と契った。その月狼が住む山で、絶対に変化しないと言い切れるかと言えば、わからない。

何しろ、伝説の生き物で絶対に見ることが出来ないと信じていた月狼らしき獣に会えたのだから。

月狼と同じ色の髪。もしも本当に月狼が人に変化するのなら、触らせてくれるだろうか。

「綺麗だなあ」

月狼かどうかはともかく、見栄えのいい顔はいくら眺めていても飽きることはない。しばらく男の寝顔を眺めていたラクテだったが、話し声とこちらに近づいて来る複数の足音に気づき、はっとした。

ラクテは籠を抱えるとそっと四阿を出た。それから、足音と反対の方向へと一目散に駆け出した。幸い、生垣が壁になりすぐにラクテの姿を隠してくれた。

そのことにほっとしながら、足を止め、息をひそめて生垣の隙間から建物の方を覗き見れば、男が二人、肩を並べて歩いてくるところだった。

「危なかった……」

ラクテは思わずその場にしゃがみ込んだ。

ただの文官や下働きたちなら何とか口で誤魔化すことは出来るかもしれないが、

「あれは駄目だよ。絶対に近づいちゃいけない人種だ」

二人のうち、一人はややたれ目で柔和な顔つきをしていた。こちらには見覚えがある。王佐ジーウだ。そして、もう一人は何でそんなに不機嫌なのかと問いたいくらいに眉間に皺を寄せていた。かっちりと肩で留められたマントや服装からそれなりに階級が高い軍人だと思われる。

寝ている男の同僚や部下だとは思うが、そんな物騒な男の前に出て平気なほどラクテの神経は強くない。出来れば避けたいというのが本音だ。

捕まったら最後、根掘り葉掘り詰問されること間違いない。

話がわからない軍人なら、問答無用で牢屋に放り込まれることだってあり得るのだ。

「絶対に関わり合いになっちゃ駄目な人って本当にいるんだなあ」

大抵の人間関係はそつなくこなすラクテにも苦手な性質というのはある。融通が利かないほど頑固で生真面目というのがその筆頭で、顔見知りのジーウはともかく、一人は明らかにそれに当て嵌《は》まりそうなのだ。

ラクテはこの場から逃げるためにそろりと後退した。相手が軍人なら気配を気づかれる恐れがある。敵意は持っていないが、きっと苦手意識は体から滲み出ているだろうから、少しでも音を立てれば見つかる確率は十割。勝算も何もあったものではない。

念のためにとしゃがみ込み、背の高い相手から見えないよう地面に低く四つん這《ば》いになってゆっくりと逃げ出した。

ロスが見れば、眉を吊り上げそうな情けない姿である。

（もう場所はどこでもいいから、とにかくあの人たちがいなくなるまで見つかりませんように）

幸運にも軍人風の男に気づかれることなく、無事に生垣の迷路を抜け出すことが出来たラクテは、苦労しながらも何とか無事に東宮に戻って来ることが出来た。

へとへとになって部屋に辿り着いたのは、朝に出てから半日近く後、もう夕刻になろうとする頃で、

「――お帰りなさいませ、ラクテ様。お散歩、随分ごゆっくりでしたね」

扉を開けた瞬間、腕組みして仁王立ちになったロスの笑顔に出迎えられたラクテは、「あー」「うー」と考えていた言い訳を幾つか言おうと口を開きかけ、結局、

「ごめんなさい」

これしか言うことが出来なかった。それくらいロスの顔が怖かったのだ。

その日は夕食を挟んで夜中まで小言を言われ続け、解放された後は寝室に逃げ込み、疲労困憊《こんぱい》したまま寝台の住人になってしまったラクテである。

こってりとロスに絞られてから数日の間、ラクテは外出禁止令を申し渡され、東宮に閉じ籠らざるを得なかった。しかし、じっとしていることが出来たのはほんの三日ほどで、もう外に出て行きたくてたまらなくなり、うずうずそわそわしながら年下の従者の顔色を窺う。

普段のラクテなら外に出て行かなくても退屈することなく、じっと部屋にいただろう。実際、面白い本を入手した時には全巻読破するまで自室からほとんど出ないで生活したこともある。あの時は、せめて食事だけでもと侍従たちに懇願されたが、本があれば基本的にラクテの目は外には向かない。

無理をしてまで外に出たいとは思わないはずだった。今までのラクテなら。

それが今はロスの姿をチラリチラリと横目で窺い、扉の隙間からじっと見つめたりと、ロスにしてみれば鬱陶《うっとう》しいことこの上ない。

「いい加減にしてください、ラクテ様。本はどうしたんですか、本は」

「家から持って来たのはもう全部読んでしまったよ」

「じゃあ再読すればいいでしょう」

「どれも三回読んでしまって内容も覚えてしまった」

「この間遅くなった日に山で採って来た薬草の調合

は？」

「もう全部終わったよ」

「そ、そうですか」

「ロス君」

「なんですか？」

「外に出てもいい？」

「そんなに退屈なら僕と一緒に剣の稽古でもしますか？」

「それはいや」

　幾ら暇でも苦手なものをしたいとまでは思わないラクテは、ブンブンと首を横に振った。

「あのですね、ラクテ様。僕は怒ってるんですからね」

「うん」

「絶対に黙ってどこかに行ったりしないでくださいよ。もしもラクテ様に何かあったら、僕の首が飛んじゃうんだから」

　ロスのことを可愛がっている父親や兄姉たちがそんなことをするはずはないのだが、反論するのは賢くないと、ラクテは黙って頷いた。

「今度からちゃんと行き先は言って出掛けるよ」

「それから食事時には必ず戻って来ること」

「私も食事抜きは遠慮したい」

「あまり山の奥まで行かないこと。遭難しても大事《おおごと》には出来ないんですからね。僕一人で山の中を捜すなんて想像しただけでもうんざりです」

「善処します」

「善処？」

　じろりと睨《にら》まれて肩を竦める。

（鏡湖のある場所は山奥……かな？　でも、四阿があったし、一応細いけど道があるところは山奥とは言わないよね。あそこは山の高いところ）

「わかりました。遭難しません」

「それでどこに行くんですか？」

「うん！　鏡湖まで月狼を探しに……あっ」

沈黙が二人の間に流れる。

許可を貰えた嬉しさから、ついうっかり口を滑らせてしまったラクテに、まさかここまで馬鹿正直に口を割るとは思わなかったロスは、腰に手を当てて大きく溜息を吐き出した。

「山奥には？」

「……行きません」

「僕は何も好きで煩く言ってるわけじゃないですからね。ここはエクルトのお城の中で、何かあってもラクテ様の助けになってくれる人は誰もいないんです。エクルト王が城にお戻りになってお会いになれるまでくらい大人しくしていましょうよ。もうそろそろじゃないんですか、王がお戻りになるのは」

「そうだね」

ラクテたちが間違って後宮に入れられて半月になる。視察だとすれば、もうそろそろ戻って来てもいい頃だ。

「待ってた人と別だってわかったら、王様に叱られるかな」

「僕たちは悪くないんですけどね」

「仕方ないよ、ロス君。エクルト王の寛大な処置を祈っておこう」

よしよしと慰めるラクテの手を頭の上で享受しながら、ロスはむっと上目遣いに見上げた。

「山の中、行ってもいいですけど、夕方までには戻って来てくださいよ」

「は？」

「月狼、探しに行くんでしょう？」

「行ってもいいの!?」

「後宮追い出されたら二度と見られないかもしれないから」

「ありがとうロス君！」

ラクテは勢いよくロスに飛びついて抱き締めた。

「もしも月狼と仲良くなれたらロス君にも紹介するね」

もう一度ぎゅっと少年の体を抱き締めたラクテは、そそくさと鞄に図鑑を入れて背中に背負った。中には採集用の袋もたっぷり入っている。

「くれぐれも怪我しないように気をつけて」

「行ってきます！」

ラクテは上機嫌で山の奥に続く道に駆け出した。

しかし、苦労して登った先の鏡湖の四阿に月狼の姿は見えず、がっかりと肩を落とす。

「いつもいつもいるわけじゃないのかな……」

元々伝説の中の獣だ。そう簡単に姿を見せるものではないのだろう。そう言い聞かせながらも、あの白く輝く獣をもう一度近くで見たいという欲求は募る。

警戒されてはいなかった。山の中を一緒に歩いてくれた。


「――そうだ」

ラクテは思い出す。あの緑の庭園を。

月狼がわざわざあの場所までラクテを連れて行ったのは、鏡湖以外にも自分が行く場所があることを教えるためではなかったのだろうか。

自分に都合よくそんなことを思いついてしまえば、実にもっともらしく聞こえる。

賢く思慮深い公子と言われるラクテだが、思いついたら即行動という一面も持っている。この時がまさにそれで、意識はすでに鏡湖から庭園の白い建物に向けられていた。

そして、思った時には足はそちらに向かって歩き出している。ロスに言われた「山奥には入らないでください」という注意は、とうに頭の中から抜け落ちてしまっていた。


緑の庭園。ラクテが勝手にそう名づけた庭園は、先日と同じように人の姿が見えず、静かな雰囲気に包まれていた。だがその静けさは、陰気で暗く淀《よど》んだものではなく、例えて言うなら澄んだ川の水がさらさらと流れているような穏やかさを伴い、山の方から聞こえて来る鳥の鳴き声の遠さもちょうどいい。

　月狼が辿った道を頼りにやって来たが、知らない獣道を通った時には長く感じられた距離と時間も、気分が急いているせいかそれほど苦にはならなかった。岩を降りる時にもコツを摑んだので、両手を使って上手に降りることが出来た。そのために、わざわざ背中に背負う鞄を持って来たのだ。

「左を二回、次は右に一回……」

　迷わず中央の四阿に辿り着くため、岩場から降りる前に上から見える範囲で大まかな線を引いた紙を片手に、ゆっくりと迷路の中に踏み出した。

　庭師が手入れをしているくらいだから慣れれば辿り着くのは簡単なのだろうが、それまではこの手製の地図の世話になりそうだ。ヴィダの田舎で従兄弟の一人が管理している庭のように、勝手に生垣が動いたり、障害物が置かれたりしないだけましである。

　地図に曲がる場所や途切れた箇所を書き込みながら、時々建物の方に近づいてしまって慌ててしゃがみ込んだりしつつ、辿り着いた目的地には先客がいた。

　上からだと屋根の下に隠れて見えなかったが、月狼と同じ白く輝く金髪が、陽光を浴びて光の粒をまき散らし、そこだけ陽だまりが出来ていた。

「この間の人だ」

　まるで先日の再現のように男が椅子に横になっている。

　違っていたのは、ラクテが建物の中に入った途端、それまで横になり眠っているように見えた男が起き上がり、驚く間もなくラクテの腕を摑んだことだろう。

「なにをっ……！」

振り払おうと腕を上げたが、そんなに力強く握られているわけでもないのに男の手はびくともしない。それどころか、腕を摑んで引き寄せ、真上からラクテを見下ろし、静かに低く問いかけた。

「――お前は誰だ？」

何をしているとも、どうやってここに来たでもなく、男が問うたのはラクテの正体だ。

「この間は見逃したが、また来るとは不審者として疑ってくれと言っているようなものだぞ」

ラクテはぐっと詰まった。不審者、それを言われると返答のしようがない。東宮に滞在しているものの、非公認非公式の扱いで、いないものとして取り扱われているのだ。エクルトの城内で自分とロスほど身分の証明が難しい人はいないと思う。

加えて、眠っていたはずの男は先日もラクテがここに来たことを知っている。迷ってしまったという誤魔化しは、通用しない。

「――私は後宮のものです」

よって、端的に事実のみを告げたのだが、男はそれでも許してはくれなかった。

「それは知っている。俺が知りたいのは、お前の名だ」

逃げる隙はどこにも見当たらず、ラクテは観念して自分の身分を明かした。

「私はヴィダ公子ラクテです」

それからかいつまんでホーン港に入ってから後、自分が後宮に滞在しなければならなくなった事情を語った。

もっとも、ラクテ自身は今の状況と生活をそれなりに楽しみつつ、有意義に過ごしているのだが、そこは口にしない。

「――それで、手違いで今もまだ東宮に間借りしている状態なんです」

男は静かに首を傾げた。

「王はこのことを知っているのか？」

「たぶん。視察に行ってたエクルト王にも、文で知らせたって王佐の人が。でもまだ直接お会いしてはいないし、そもそもエクルト王が私たちが後宮にいることを本当に御存知なのかどうかの方があやしいというか……」

「それはどういう意味だ？」

「え？　だって私たちが後宮に来てもう随分経つのに、何の音沙汰もないから放置されているのか、知らないかのどちらかじゃないかなと思って。もう視察からは戻って来てると思うんだよね」

「なるほど。だが、王と会えばお前の状況は変わるのか？」

「さあ、どうだろう。少なくとも、私たちは人違いで後宮に入れられてしまったのだから、正してくれるとは思っていますけど」

「後宮の待遇はいいのだろう？　それなのに出たいというのは変わっている」

「そうですか？　後宮なんて男女の愛憎が入り混じっていて物騒でしかない場所だと思うけど」

「あながち間違いでもないな。だがそんなに悪い暮らしではないんだろう？」

「それはまあ、いい生活をさせて貰っています」

食事は毎回温かく贅を凝らしたものが運ばれ、使用人たちは必要以外には部屋の中に立ち入ることをせず、ラクテたちの好きにさせてくれる。部屋の居心地もよく、寒ささえ気にならなければ実家よりも快適なくらいだ。

「でも私は後宮に入るためにわざわざエクルトまで来たわけじゃない。王立学院で勉強するために来たんだから、一番肝心な目的が浮いた状態なんですよ」

「後宮から出て通えばいいだろう」

まるで当然だという口ぶりに、ラクテは頬を引き

攣《つ》らせた。

「軽く言ってくれますねえ。言ったでしょう。私たちがいることは内緒にされているって。出入りだって制限されているんだから」

「だが現にお前は東宮を出てここにいるじゃないか」

「それは――偶々《たまたま》です、偶々。第一、簡単に出入り出来れば苦労しません。それともエクルト国の後宮は、二百人のお妃様方が自由に出入りすることが出来るんですか？」

「二百人か」

ふっと笑みが男の口元に浮かぶ。

「本当に二百人もいると思っているのか？」

「そう聞いてますよ。東宮には第二王妃お一人だけだけど、西宮にはお妃様たちがたくさん住んでいるって。違うんですか？」

「二百人もいればどんなに強壮でも体が持たないだろう」

「それはまあ、最初に聞いた時には私もそう思ったけど……それくらい色事の方も強い方なのかなって。ほら、体がすごく大きくて頑丈で、野生の熊《くま》や大猪《いのしし》みたいな」

「大猪？　それはない、絶対に」

ラクテの返事を聞いた男は小さく笑った。それだけで、剣呑《けんのん》だった雰囲気が霧散し、ラクテはほっと肩から力を抜いた。

「俺なら二百人の妃を均等に愛するよりも、ただ一人だけを愛する方を選ぶ。愛は平等ではないからな」

「それには同意します。でもなんだかあなたの愛はとても重そうだ。重過ぎると相手が逃げて行くって考えません？」

「逃げられないくらい重くしてやれば解決する」

平然と言いきった男の顔をまじまじと見つめ、ラクテは呆れたように嘆息した。

「あなたに愛される人は大変だ……」

それから気を取り直したように男に向き合った。

「それより訊きたいことがあるんですけど、いいですか？」

「俺にわかる範囲でなら」

「じゃあ最初は」

「幾つもあるのか」

「知りたいことだらけだから。一つ目は私が見た白金色の狼なんだけど、伝説の月狼で間違いない？」

「見たのか？」

「うん」

「それは」

男は笑った。

「運がよかったな。毛の色を見間違えたのでない限り、本物の月狼だ」

「うん。私もそう思う。でも伝説だと人の目につくところには出て来ないって」

「一般的にはそう言われているが、この山の中に住んでいると遠目に見かけた話は割とよく聞くぞ。さすがに近くまでというのは聞いたことがないが、それだけ気に入られたと好意的に解釈すればいい。気まぐれな獣だ。そのうち姿を見せなくなるかもしれないし、頻繁に出て来るようになるかもしれない」

「仲良くなれると思う？」

「それも月狼次第だ。そんなに気に入ったのか？」

「うん、すごく。私、あの毛に触ってみたいんだよね。見るからに柔らかそうでしょう？　きっと気持ちがいいんだろうなあ」

風にそよぐ白金の狼を思い出し、うっとりと褒めちぎってから、ラクテは男の頭を見た。

「あなたの髪の毛は月狼と同じ色だね。月の光みたい」

それに銀の瞳も同じだ。月狼が人に姿を変えたらこうなるだろうと思い描く姿のまま。

「それで次の質問は？」

「あ、エクルト王のことなんだけど、いつ城にお帰りになるのか知ってる？」

「知ってどうする？」

「早く現状から解放されたいからに決まってる」

「二度と月狼に会えないかもしれなくても？」

「それは心惹《ひ》かれるし未練だけど、そもそも私がエクルトに来たのは学問を修めるためで、もっと端的に言うと本をたくさん読めると思ったからなんだよね」

「本？」

「そう、本。王立学院には大きな図書館があると言うし、薬学や鉱物学の本でエクルトにしかないものもあると聞いてて、それが読みたくて留学の話を決めたようなものだから。国から本は持って来ていたんだけど、エクルトに着くまでの旅の間に何度も繰り返して読んで飽きたから、他の本を読みたいというのが本音」

「そんなに本が好きなのか？」

「うん大好き」

ラクテは顔中にそれはもう華やかな笑みを浮かべた。

「本はいいよ、知らないことをいっぱい知ることが出来るから。物語や伝記や伝説の本はわくわくして読みふけってしまうんだ。でも」

輝いていた表情が曇る。

「今は本不足」

だから早く王に会って本が読める環境を作って貰うのだと力説するラクテに、男は多少引きながらも頷いた。

「わかった。伝えよう」

「本当？」

「ああ。こんな美人の頼みは断れない」

「美人は余計。でもありがとう。ねえ、今更だけどあなたって、実は偉い人？」

「どう思う？　偉かったらこんなところで昼寝をしたりはしないだろうな」

「でも」

ラクテは指を伸ばし、男の目の下に触れた。

「隈《くま》が出来てる。疲れているんでしょう？　前にここで見掛けた時にも眠っていたし、休むために来ているんじゃないの？」

男は驚いたように目を見開き、薄く微笑んだ。

「寝不足なのは確かだが、いやいやしている仕事ではないから平気だ。ここに来るのは、単に書類以外のものを見たいからというのが理由だ」

「それならいいものがある」

ラクテは手をぱちんと合わせた。

「今度疲れが取れる薬を持って来てあげる」

「薬？」

「今日は傷薬しか持って来てないけど、部屋に戻れば他にもいろいろあるんだ」

「どうしてそんなに薬を持っている……いや、お前はヴィダの出身だったな」

「そう。薬の御用命はヴィダまでどうぞ」

わざとらしく胸に手を当てて頭を下げたラクテは笑った。

「でも、あなたにあげる薬はヴィダから持って来たものじゃないよ。山の中で採った薬草で作ったものだから」

驚かれると思ったが、意外にも男は「ああ」と簡単に納得した。

「薬草ならそこら中に生えているからな。危ないものはないから放置しているが、使えるようだったら遠慮なく採っていいぞ」

「いいの？　許可を貰わなくても」

「人が管理しているものならそれに従わなければならないが、山の中に自生しているものについてはよほどのことがない限り規制はない。あえて言うならこの山の主は月狼だ。月狼が止めないのなら、好きにしていいってことだ。だが、薬なんか作ることが出来るのか？」

「ヴィダの公王族はみんな薬師の資格を持っているんだよ。小さな頃から叩き込まれるんだ。国の特産物なんだから自分の身で覚えろっていうのが家訓みたいなものかな。その一族だけしか知らない秘伝なんていうのもざらにあるし。本はもう全部読み終わったから、今は薬草や薬花を観察して回って暇つぶしをしているんだ。傷薬だけなら売りに出せるくらいたくさん出来たから、エクルト王に会えたら買い取って貰えないか相談してみようと思ってるところ」

「頑張って交渉してみるんだな」

「うん。頑張る」

　にこりと笑ったラクテは、外の太陽が天中より西に傾き始めたのを見て、立ち上がった。

「もう戻らないと。話し相手が一緒に来た幼馴染だけだから、久しぶりに人と話せて嬉しかった。私、煩過ぎてかえって疲れさせたりしなかった？」

「全然。俺も久しぶりに仕事以外の話をすることが出来て息抜きになった」

「それならいいんだけど。あまり根《こん》を詰めないようにしてね」

「気をつける」

「もしもあなたが寝込んだって噂を聞いたら、特別製の薬を持ってお見舞いに行くよ」

　とっても効くけどとっても苦いやつ、と付け加えれば、男はそれでも「その時はよろしく頼む」と微笑んだ。

　なんだかその顔が眩しくて、目を細めて直視を避け四阿から出たラクテだが、その背に男の声が掛けられた。

「いいことを教えてやろう」

「なに？」

振り返ると、立ち上がって近づいて来た男はラクテの肩を抱き寄せ、真っ直ぐに生垣の北側を指さした。

「東宮からここに直接繋がっている道がある」

「そんなのがあるの!?」

「道順さえ覚えれば簡単だ」

そうして男は、生垣の緑の迷路を迷わずに抜ける最短距離と、正規の回廊を通ることなく東宮へ至る道順を示した。

復唱しながらしっかりと頭の中に叩き込んだラクテは、ふと男の顔を見上げた。

「もしかして、またここに来てもいいの?」

「月狼に会いに来るんだろう? そのついでに俺に会っても残念な顔をしなければ、いつでも来ていい」

「ありがとう!」

嬉しさのあまり、ついいつもロスにするのと同じように男に抱きついたラクテは、恥ずかしくなって慌てて飛び離れ、一目散に教えられた道を駆け出した。

月狼には会えなかったが、知り合いが出来たのは大きな収穫だったと思う。

男が教えてくれた近道は、木々が上にせり出して隠している岩をくり貫いた細い隧道《トンネル》で、教えて貰った翌日から何度か利用し、一度だけ四阿で男と会ったが、その時には怪我をした男の腕の傷の手当てをした。

「大したことないからよかったようなものの、気をつけなくちゃ」

「狩りだから仕方ない」

「狩り?」

「ああ、獲物はでかい。そして狡猾だ」

その時の男の楽しげな顔を思い出す。

その後はまた月狼にも男にも会えないまま日だけ

が過ぎ、

「期待したわけじゃないけど肩透かし」

もしかして忘れられているのかもと思い始めた頃、唐突にその訪れがあった。

「姫……いえ公子」

その日の昼、慌てて駆け込んで来たのは王佐ジーウで、何をそんなに焦っているのか、部屋に入るなりゼェゼェと吐く息も荒いまま、待ちに待った言葉を告げた。

「朗報です。王が、エクルト王がお会いになるそうです」

「本当ですか!?」

「本当に王様が来るの？」

昼食後、今日もいそいそと出掛けようとしていたラクテと、日課になった剣の稽古をしようとしていたロスは、互いの手を取り合った。

「ラクテ様！」

「ロス君！」

「やっと後宮から出られるんですね！」

「うん！　やっと新しい本を読むことが出来るよ。王様、私たちのことを忘れていたわけじゃなかったんだね！　それで王様にはいつ会えるの？　私たちの方から出向くのかな？　謁見《えっけん》用の衣装は持って来てないけど、平服でもいい？」

姫として会った方がいいのか、それともヴィダ公子として会った方がいいのか考えながら尋ねたラクテだが、ジーウが答えようと口を開くより先に別の声が答えを告げた。

「そのままでいい」

え、と顔を上げたのはロス。

「あなたは……」

驚いて口を開けたのはラクテ。

慌てて下がった王佐に構うことなく部屋の真ん中まで歩いて来た男は、形式的に胸に手を添え、礼の形を取った。

「初めましてと言った方がいいかな？　ラクテ公子。エクルトへようこそ。俺がエクルト王リューンヴォルクだ」

小さな笑みを浮かべて見下ろすのは、緑の庭園の四阿で出会った月狼と同じ色を持つ男だった。

「あまり驚いた顔はしていないな」

「たぶんそうじゃないかなって思っていたから」

東宮に帰って来て考えたのだ。後宮と接する場所で、城内に精通している人間は限られてくる。王に近い側近か、或《ある》いは後宮の管理者だろうが、男の態度は上に仕えるもののそれではなかった。

ラクテは他の国の王たちとも対面したことがある。男には彼らに共通する匂いのようなものが感じられた。そこに気づけば正体はわかったも同然。

「ラクテ様……」

椅子に座りかけ、そっと袖を引かれ振り返ると、眉間に皺を寄せたロスがいた。

「僕はどうすればいいんですか？」

「そうか、ロス君は……」

普段後宮の人間に対応するのはラクテだが、対外的にはロスが女装して姫ということになっている。その事実を知っているのは王佐だけだった、今までは。

「いいよ、普通にしていて。それに今更だしね。女装していないから」

午後は昼寝の時間と称し、庭に出て剣の素振りをしているロスは、今日も同じように動きやすい服に着替えていて、女装はしていない。

「わかりました」

心の準備もなしにいきなり王の来訪を受けて動揺していたロスだが、すぐに護衛の顔になりラクテの背後に背中を伸ばして立った。

同じように王も一人ではなく、護衛を連れていた。

以前にラクテが庭で見かけた仏頂面である。仏頂面は今日も帯剣していた。

「後ろにいるのは俺の護衛だ。副将軍のアクセル＝エーマン」

「初めまして。ヴィダ公国第四公子ラクテです。後ろにいるのは私の世話役兼護衛のロレンツォロスリオスと言います。長いので愛称のロス君と呼んであげてください」

にこにこと笑顔を浮かべてそんなことを言うラクテに、ロスは眉を上げ、エクルト王は「ロス君だな、わかった」と自然に受け入れた。

「まず、長い間ここに留め置いたことを謝罪する。報せはすぐに俺の元に来たんだが、確認に手間取った」

「でもあなたがここに来たっていうなら、身元はちゃんと確認取れたってことだよね。それなら私たちはもうこの部屋から出ても構わないの？」

「ああ。行動の制限は解除する。ここ以外の区画も自由に歩いていい。もちろん、女装もなしだ」

よかった、そうロスを振り返りかけたラクテだが、

「ただし、自由に歩けるのは後宮の中だけで、お前たちには引き続き後宮に滞在して貰う」

続いて告げられた言葉に、再び勢いよくエクルト王へ顔を向けた。

「どうして？　あなたに会うまでは隠さなくちゃいけなかったけど、もう偽者だってわかってしまったんだからいる必要はないでしょう？」

「残念ながらいる必要が出て来た」

「どういうこと？」

「お前に依頼したいことがある」

「この前話した薬のこと？　それならここじゃなくても作ってあげるよ」

「そうじゃない。実は家庭教師を頼みたいと考えている」

「家庭教師？　私が？」

首を傾げたラクテに、エクルト王は頷いた。

「お前が留学するはずだった王立学院に問い合わせ、ヴィダから送られて来た成績を見せて貰った。なかなか優秀だな」

ラクテはにこりと微笑んだ。

「学院の人に守秘義務の何たるかを教えてあげてください、リューンヴォルク陛下」

「王命には誰も逆らえない。それは無理な相談だ。いいじゃないか、悪い成績ではなかったのだから」

「それはそうだけど、もし私の成績が壊滅的に悪かったなら恥ずかしいどころの話じゃないでしょ」

「その時にはきっと興味は湧かなかっただろうから問題ない」

「屁理屈《へりくつ》！」

ぷいと顔を背けたラクテの後ろでロスが「ラクテ様、子供みたいなことは止めてください」と言うのが聞こえたが、あえて無視してエクルト王への抗議にする。

「それで、お前の成績と育ちを見込んで王子と王女の家庭教師をして貰いたい」

「え……」

ラクテは目を丸くした。

「今、王子と王女って……言った？」

「言ったが。それがどうした？」

「あなた、子供がいたんだ……」

言葉にした時のエクルト人三人の表情は三様だった。エクルト王は薄く笑みを浮かべ、仏頂面は眉を上げ、王佐は目を泳がせ——。

（対応に困る反応しないで欲しいんだけど……）

副将軍と王佐は、ラクテが知らなかったことを責めているようにも見え、また出来れば口にしたくない話題のようにも思え、エクルト王室の事情に疎いラクテにはどんな反応をするのが正解なのかよくわからない。

その中で、唯一最初から淡々とした態度を崩さないのはエクルト王で、気を利かせたロスが運んで来た茶を飲みながら言った。

「男女の双子で七歳だ」

「双子なんだね。私にも双子の兄と姉がいてそっくりなんだよ。二人は似てる？」

エクルト王はニヤリと笑った。

「自分の目で確かめてみたらどうだ？」

「意地悪だなあ。それって私が家庭教師を引き受けなかったら顔を見ることも出来ないってことでしょう？」

「留まるつもりのないものに次代の王を紹介するほどエクルトは穏やかな国ではないからな。どうする？」

さらりと述べられた男の台詞の中に不穏な響きを感じたが、すぐに返答を求められラクテは考え込んだ。

この部屋での待遇がいいのは認める。静かで暮らしやすく、食事も美味しい。月狼とまた会えるかもしれないという期待もある。外出出来ずに同じ区画だけだった生活の場も、後宮という制限はあるが、他の区画への出入りが自由になればもっと広がるだろう。

後ろでロスが「駄目ですよラクテ様、絶対に面倒なことに巻き込まれるに決まってるんだから引き受けちゃ駄目です。公国のご家族が泣きますよ」と念じているような気がするが、王子王女の家庭教師ならもしかすると高度な学術書を目にする機会があるかもしれない。

ラクテは視線を上げ、赤紫の瞳でじっと男の目を見つめた。

「あなたは私に何をしてくれる？」

——そう来たか。

微《かす》かに瞳が瞠られた後、男の唇が動き、満足そうな笑みが浮かんだ。

「強《したた》かなのは嫌いじゃない」

「ありがとう」

にこりと微笑みを返し、ラクテは膝の上で手を組んだ。

「それで、どんな提案をしてくれるの？　エクルト王」

「後宮から外に出すわけにはいかないが、行動の自由は保障する。誰からも制限を受けず咎められない」

「私が良識に則《のっと》った行動をする限りは何をしてもいいってことだね」

「その通り。それから王子王女、王妃には下手《したて》に出る必要はない。後宮の中での順位付けは無意味だ。そもそもお前はヴィダ公子、身分で言えば彼らと同等だ」

「うんわかった。安心して。非礼な態度は取らないから」

「それから最後に」

男は意味深にラクテを見つめ、ゆっくりと口の端を上げた。

「学院からの書物の貸し借りと閉架書庫の完全開放」

「書庫！」

思った通りのラクテの反応に、男は笑みを深くした。

「読みたい本があれば王立学院の書庫から借りて来させる。値段、大きさ、重さ問わず、だ。学院だけじゃなく、国所有の図書館も城内の書庫も同じ条件で開放する。もちろん、その中には国の許可を得なければ借りることが出来ない稀少《きしょう》本も含まれる」

「他には？」

わくわくとエクルト王の方へ身を乗り出すラクテの襟をロスが引っ張るが、本の話に夢中のラクテは気がつかない。

「そうだな、俺の私室に招待というのもあるが」

「それは別にいらない」

しかし、ラクテの体はすぐにすとんと背もたれに戻り、ロスはほっとした。

「そうか？　気が向いたらいつでも訪ねて来るといい」

エクルト王リューンヴォルクはそう言って、ラクテの指を取り、そっと唇に押し当てた。

「エクルトでお前の前に開かれない扉はない。エクルト王リューンヴォルクの名に懸《か》けて約束する」

指先から感じた熱は、一気にラクテの体全体に広がった。じっと見つめる銀色の瞳。まるで獣に囚《とら》われたように、心が震える。

「それで、ラクテ公子。返事は？」

銀の瞳、薄く開いた唇から目を離せないまま、ラクテは誘惑されたように頷いた。

「――引き受けます」


背後でロスの小さな嘆きが聞こえたが、閉架書庫の開放や稀少本の閲覧は有難い。

「王立学院にはこちらからヴィダ公子の休学を連絡しておく」

入学する前から休学するのは残念だが、学院で学ぶ以上の経験をすることが出来るのなら対価としては妥当なところだ。

「それで、肝心の王子と王女はどこにお住まいなんですか？　王様の部屋？」

「いや。同じ東宮だ」

「ここ？」

「端と端に極端に離れているから知らなくても当然だ。知らせないようにしたのはこちらだし、向こうもお前たちがここに住んでいたことを知らない」

そのために区画が厳密に管理されているのだと言う。

「それでいきなり行っても大丈夫ですか？」

「大丈夫だ。お前が引き受けてくれたことは、このすぐ後で伝える。家庭教師をつける話は前々から出ていたんだ。ただ適当な人物がいなくて人選に手間取っていた」

「そこにちょうど私が来たってわけだね」

「適任だろう？」

「適任かどうかを判断するのはまだ早いよ。お子様方に受け入れられなかったら、勉学の方も時間がかかるだろうし」

　学習の進め方については、心配はしていない。自身にも家庭教師がつけられていた経験があり、大体のことはわかっているからだ。ただ、七歳という年齢の子供が自分に懐くかどうか。姉の子供たちの中でも、懐く子と懐かない子がいたように、こればかりは顔を合わせてみなくてはわからない。

　人に怖がられたり避けられたりする容姿じゃないのは自負しているが、何事にも相性というものがある。

　だがエクルト王はなぜか自信たっぷりだ。

「大丈夫だ。きっと気に入る」

「その根拠は？」

「俺が気に入ったから」

　ラクテはふんと鼻で笑った。


　エクルト王が家庭教師の依頼をして二日後、迎えに来た王佐と共に住んでいる区画を出たラクテは、初めて自分の部屋以外の様子を見ることが出来た。

　東宮は横に長く、その一番端にラクテたちが住む部屋があり、エクルト王が住む本殿に近い場所に、第二正妃と子供たちが住む部屋があるのだと王佐ジーウに説明された。

　本殿を挟んで反対が西宮で、ここに第一王妃とその他の妃が住んでいるとも説明されたが、関心がないラクテは聞き流しただけだった。

実際に勉強を教えるのは、もっとも本殿寄りにある東宮の小部屋が準備された。勉強するのに必要なテーブルも椅子も書棚も全部揃えて、後は教師と生徒が来るのを待っている状態らしい。

「王子と王女は？」

「中でお待ちです」

それならばとラクテは、「緩んでいる」とよくロスに指摘される頬を引き締め、唇を引き結んだ。こうすると祖母譲りの美貌のせいでとても賢く見えると家族には好評なのだ。

「頑張るぞ、私」

初対面でしくじれば、挽回《ばんかい》は容易ではない。

その表情のまま、王佐が開けた扉の中に入ったラクテは、少し大きめの椅子に並んで座る二人の子供の姿に、引き締めたはずの頬を緩めていた。

兄弟姉妹が多いので、子供には慣れているラクテだが、淡い金髪がくるくると巻き毛を作る双子がふっくらとした白い肌を紅潮させ、猫のようにキラキラ光る緑の目で自分を見つめていることに気づけば、厳しく真面目な先生になろうと思っていたのも吹き飛んでしまった。

嫌われるなどと、どうして考えてしまったのか。

子供たちはこんなにも楽しみに待っていたと言うのに。

「初めまして。ラクテと申します」

子供たちの背の高さに合わせるよう腰を屈《かが》め、ラクテはにこりと笑い掛けた。

「こ、こんにちは」

「初めまして、先生」

二人は頬を紅潮させたまま、ラクテを見上げた。

「はい、こんにちは。私のことはもう聞いてるんだよね」

「はい。海の向こうの遠い国から来た王子様だってお母様が教えてくれました」

王子様。ヴィダ公王の子供として生まれ、「公子」と呼ばれ続けて二十年。自分に向けられるには珍しい呼称の新鮮な響きに、思わず笑みが浮かぶ。

「そう、確かに私は王子だけど、今日からは君たちに勉強を教える先生だから、呼ぶ時には先生って呼ぶんだよ」

「ラクテ先生って呼ぶの？」

「先生だけでもいいよ。他に先生がいなかったら間違えないだろうから」

どうだろうかと、壁際の椅子に座って眺めている王佐へ顔を向ければ、小さく首を縦に振られた。この双子には今現在、勉強以外でも「先生」と呼べる人間は誰も側についていないらしい。

「それじゃあ早速授業を始めようと思うけどその前に」

ラクテは小さな双子の頭の上に手を乗せた。

「まずは自分の名前を言うことから始めようか」

アッという形に双子の口が開き、それから競うようにして自分の名を告げた。

王子はマルグリッド、王女はシャルロッタという名で、穏やかな状態を保ったまま、家庭教師初日は過ぎて行った。

部屋は二面がガラスの窓で採光は十分、水差しや簡単な食べ物も用意されており、部屋を使うものへの配慮が感じられた。

その夜、政務を終えたエクルト王が部屋にやって来た。

ちょうどロスと二人で戸締りを確認し、明かりを落としたばかりだったため、暗い室内に王はやや後ろめたそうだった。

「もう寝るところだったのか？」

「ええ。でも大丈夫ですよ。用事があったんでしょう？　夜遅くまでお仕事ご苦労様です」

ぺこりと頭を下げたラクテは、どうしようか迷っているロスに先に寝ていいよと声を掛け、エクルト王を部屋の中に招き入れた。

蠟燭《ろうそく》の明かりは消えているが、暖炉の火はまだ落としておらず、赤々と燃える炎のおかげで室内はほんのりと明るい。本当なら分厚い帳を引いた方がいいのだろうが、もしかすると月狼が見えるかもという期待もあり、覗きに来るものがいないとわかってからは帳も引かず、窓の外の景色がそのまま見えるようにしている。

「悪いな、休む前に」

「大丈夫。そんなに大したことはしていないから。何か飲みますか？　お茶くらいなら入れられるよ」

「いや、それは今度でいい」

「王様が知りたいのは王子と王女のことでしょう？　勉強がというよりも、普段顔を合わせていない人と話すのが楽しいみたいで、頑張ってたよ。それに二人とも覚えがいいから、順調に進めばかなり優秀な成績を取ることも出来ると思う」

「そうか」

子供がいる男には見えないが、それでもちゃんと可愛がっているのだとわかる様子に、ラクテは微笑みを浮かべた。

「あの子たち、たぶん今までも家庭教師がついたことがありますよね」

二人は基礎的な読み書きは習得しており、まったくの初心者ではなく、算数も簡単な問題は四苦八苦しながらも解くことが出来た。

「ああ、お前の前に五人ほど家庭教師がついていた」

「その人たちは？」

「勉強になるどころか害にしかならないから追い出した」

椅子の背もたれに体を預けたエクルト王は、フンと鼻を鳴らした。

「それはもしかして、王子や王女のご機嫌取りだったから？」

「それもあるが、大臣や貴族たちの息の掛かったもののたちばかりで、余計なことを吹き込む連中が後を絶たなかったというのが理由としては一番大きい」

なるほど。

ラクテは諒解《りょうかい》した。権力者の子供たちと誼《よしみ》を持ち、出世の足掛かりにしようとするものもいれば、王子や王女の代に自らが権勢を持つための布石として自分の子供や親族を送り出す。よくあることだ。

そうやって送り込まれた家庭教師たちでも優秀であれば追い出されることはなかったのだろうが、最初のうちはしおらしくしていても、子供たちが懐けば次第に発言も大きくなり、吹き込む声も大きくなる。教師としての顔と権力者の手のものとしての顔、天秤に掛けた時に、子供たちの側にいても益にはならないとエクルト王が判断した結果、全員が辞めさせられたのだろう。

優秀だという触れ込みでやって来ても、あの手この手の誘惑に抗《あらが》えるものはそう多くはない。

「だが、どうしてそんなことを気にする？」

ラクテは首を傾げ、髪を弄《いじ》りながら苦笑を浮かべた。

「うーん、双子ちゃんに言われたからかなあ」

いつまでいる？　ずっといる？

子供たちの目は、いなくなった五人の家庭教師と同じように、ラクテもすぐにいなくなってしまうと語っていた。エクルト王の話を聞けば納得するものだ。大人の想いと子供の想い。エクルト王の判断は間違ってはいないが、それを理解するにはまだ子供たちは幼い。

（……違うか。そこも一緒に教えるのが私の役目なんだ）

ラクテの場合は、兄が次のヴィダ公王になると決まっているため気が楽だが、双子のうちのどちらかは次のエクルト王なのだ。今から帝王教育に着手するのは、逆に言えば遅いくらいかもしれない。

　ラクテは頷いた。

「わかった。私には下手な賄賂《わいろ》も脅しも効かないからね。私に出来る範囲で精一杯お勤めさせて貰うね」

「期待している。俺が直接声を掛けて送り込んだ家庭教師のことはもう城内には知れ渡っているから、責任は重大だぞ」

「それは私の責任のこと？　それともあなたの責任？」

「両方だ」

「それじゃあ、期待に添えられるように頑張らなきゃいけないな」

　エクルト王の言うことが本当なら、自分は注目される存在になっているはずだ。注目されることそのものは気になるものではないが、自分の行動や王子たちの成績がそのままエクルト王の評価にも直結するとなれば、手など抜いていられないし、足を掬《すく》って後釜に座ろうと考えているものもいるかもしれない。

「もしも私に何か言ってくる人が出て来た時には、あなたに言えばいいの？」

「ああ。今回に限っては、俺が直接依頼したという話が広まっているからな。子供たちよりも俺に取りついで欲しいというものが出て来るかもしれない」

「了解」

　知らなければ知らないで済ませることは出来るが、何かあってからでは遅過ぎる。親しみやすく、人懐こい性格のため忘れ去られがちだが、ラクテも五大国の一つヴィダ公国の公子なのだ。

　エクルト王の家臣が悪意を持ってラクテを害することがあれば、それこそ外交問題である。ヴィダは国そのものが強大な力を持っているわけではないが、友好を結んでいる国の中には強大な武力を所持する大国も多く、それらの国は軍や騎士、傭兵《ようへい》たちをいつでも貸すと常日頃から声を大きくして言っている。ヴィダ公国の要請があれば、彼らは喜んで軍をエクルトまで送り込んで来るだろう。

エクルトは険しい山脈に三方を囲まれているという天然の要塞のような国であるが、特に秀でた軍事的な大国家というわけではない。そのため、力のある国が軍や傭兵を派遣すれば、それだけでエクルトの国の命運は尽きたも同然。

エクルト王としても、そういう事態は避けたいと願っているはずだ。しかし、愚かな連中はどこにでもいるもので、今回のことに関してもどこまで考えているかどうか。

これまではただのヴィダ公子だったが、正式に家庭教師に任命された今、ラクテはエクルト王個人が招待した私賓《しひん》でありながら、れっきとした国賓待遇に準じた接し方が要求されるのである。

「考えなしの人が多いのは苦労するよね」

「まったくだ」

「まあ大抵のことなら何とか躱《かわ》せると思うから、どうにかしてみる」

「俺の助けが必要なら、どうしようもなくなる前に言え。そうすれば助けてやれる」

「うん。その時にはよろしくお願いします」

ラクテはぺこりと頭を下げた。

「それより少し気になったことがあるんだけど」

「なんだ？」

「王子と王女、あなたのことを陛下って呼んでた。私の前だから畏《かしこ》まってそう言っているのかと最初は思ったんだけど、いつもそうなんだってね」

王子や王女は王の家族であり子供ではあるが、王と同等の立場ではなく、位としては臣下になる。理屈ではそうなのだが、親しいものがいる席や内輪では他人行儀な呼び方はしないものだ。不仲というならまだしも、双子の様子からはエクルト王を慕っているのはわかる。その七歳の子が、自然に「陛下」と口にする。そこがラクテには引っ掛かった。

「あなたがそう呼ぶように命じているの？」

この男なら言いそうだと思いながら口にすれば、王は肩を竦めた。

「まさか」

「じゃあ誰が……」

エクルト王は片眉を上げた。

「子供たちと一日一緒にいるのは誰だ？」

「母親……え？　まさか第二王妃が？　子供たちに陛下と呼ぶように言っているのは第二王妃なの？」

まさかと思ったが、エクルト王が否定することはなかった。

「好きなように呼ばせてやれとは言っているんだが、頑《かたく》なに聞こうとはしない」

「あの、物凄く失礼な質問だとは思うんだけど、あなたと第二王妃の仲はあんまりよくないとか」

「いや。そんなことはないぞ。関係で言えば悪くはない。良好な方だろう。控えめで押し付けがましくなく、世の夫たちが理想とする女だと思う。実際、彼女を敵視しているのは第一王妃とその一派くらいで、他は家臣の中でもヨハンナを貶《おとし》める者はいない。ヨハンナ――第二王妃が個人的に俺をどう思っているのかはわからないが、国のためにならないことは絶対にしない女だ。その意味では誰よりも信用出来る。子育てにもそれが反映されているのだと思う」

「……あなたは第二王妃様を愛してはいないの？」

エクルト王は薄《うっす》らと笑みを刷《は》いた。

「ヨハンナが最も愛し、最も大事に守っているのは子供たちだけで、他にはない。俺も例外ではないということだ」

婉曲《えんきょく》的な表現だが、何となくラクテは理解した。

二人の間に男女の愛情は存在せず、第二王妃にとって子供たちとそれ以外という括《くく》りしか存在しないのだということを。

「ただ、今も言ったように関係は悪くない。そこは覚えておけ。おそらく、今のエクルトの中で、俺のことを一番理解しているのもヨハンナだ。彼女は強い。子を守るためなら何でもする。たとえそれが俺に牙を剝《む》くことであってもな」

「そんな物騒なことを笑いながら言わないで欲しいんだけど。少しだけだけどお会いした限りでは、とっても大人しそうに見えたよ」

　授業が終わった時、双子を迎えに来たのが第二王妃ヨハンナだった。小柄で着ている服も化粧も控えめで地味な色で、もしも彼女の背後に侍女たちがいなければ王妃だと気づかなかったかもしれない。それくらい印象の薄い女性だった。

「男にとって理想の妻だと言っただろう？　だから子供たちのことはヨハンナに任せておけば安心だ」

「子供たちに陛下って呼ばれても？」

　エクルト王は静かに笑っていた。

　王の目は暗い窓の外に向けられていた。露台に出ればエクルトの遠くまで見通すことが出来るが、外に出なくともエクルト王の目は他のどこか遠くを思っているように感じられた。

　窓に二人の顔が並んで映る。それを見ながら王はふと口にした。

「お前の方が美人だな」

　主語がなくても会話の流れから、誰と比べているのかはすぐにわかった。

「失礼な人だね、あなたは。とびぬけた美人さんじゃないかもしれないけど、ヨハンナ様は十分にお綺麗でしょ」

「だがお前には負ける。ヨハンナだけでなく、後宮のどの女たちよりお前の方が美しい」

　歯の浮くような台詞を淡々と告げられたラクテは、

大して感動した様子もなくつまらなそうに眉を上げた。

「それはどうも。でも、褒め言葉は生まれてからずっと聞き慣れているから、私の反応を知りたかったのなら残念でした」

「世話役の少年よりお前が女装した方がよかったんじゃないか？」

「それがそもそもの間違いの元だったんだよ。ちょっと女物を羽織っていただけでお姫様に間違われてしまったんだから。もう女装は遠慮します」

「それは残念だ。いつか俺の前で見せてくれると有難いんだが」

「それで手を取って跪《ひざまず》いて愛を囁《ささや》くの？」

ヴィダ公国にいた時に何度も経験した求愛を思い出しながら、からかい半分に言えば、王はそれが癖なのか、指先に口づけた。

「お前にならそれをしてもいいな」

「――私は簡単には落とせないよ？」

「知っているか？　俺はエクルトの王だ。手に入らないものは何もない」

ラクテはじっと王の目を見つめた。

「つまり、私も手に入れると？　知ってる？　私は男だよ」

「そんなもの、見ればわかる。本を読むのが好きなお前のことだから知っていると思うが、エクルトの初代王は人の母と獣の父との間に生まれた。種族を超えた愛を思えば、性別など些細《ささい》な障害にすらならない」

真面目な台詞なのだろうが、無表情で言われても真実味はない。そうかと言って、冗談を言っているようにも見えず、返す言葉に困ってしまう。

その後はこれといった会話らしい会話が続くこともなく、ただ座っているだけの時間が過ぎ、暖炉の火がそろそろ消える頃になってようやくエクルト王

は帰って行った。

「また」

という言葉と共に、頬に口づけを残して。

「……なんなんだろう、あの人。変な人」

触れられた頬に手を当て独りごちるラクテの顔には、エクルト王の行動が実に不可解だと描かれていた。


冗談が本気かわからない愛を囁かれてから後、しばらくエクルト王の姿を後宮で見かけることはなかった。家庭教師の方は順調で、わざわざラクテのために迎えに来ていた王佐ジーウも、最初の三回ほど付き添った後は顔を見ていない。

今までは東宮の奥だけで隔絶された生活を送っていたため、世情に疎い部分があったが、東宮から出ることで他の人々との関わりも増え、少しずつエクルトの今の様子も耳に入るようになってきた。

どこもかしこも開放的なヴィダとは違い、住環境がそうさせるのか閉鎖的な印象のあるエクルト城内にも活気があるように感じられる。

短い春と夏の季節の間に存分に太陽の光を浴びようと窓は開け放たれ、草花や樹木は急いで成長して花や種子を実らせ、次代へと命を繋ぐ。

「外の牧場では繁殖も盛んなんだろうなあ。見たいなあ」

図鑑でしか見たことのない希少動物たちがたくさん放牧されているのを見てみたいが、エクルト王は許可を出してくれるだろうか。後宮と本殿のある区画以外からは出るなと命じられているが、子供たちの社会見学のために外に出たいと言えば許してくれるのではないか。

「いざとなったら色仕掛けしてみようかな」

エクルト王に効果があるかどうかは疑問だが、愛を囁くくらいだから多少は効くかもしれない。

「うん、そうしよう」

思い立ったら即行動がラクテの長所であり、欠点でもある。

今日の授業はもう終わり、相変わらず行儀のよい双子との次の時間を楽しみにしながら部屋を出たラクテは、執務が終わるまで王の私室で待たせて貰うか、緑の庭園で散歩して待っていようと決め、図書館から借りて来て貰った本を抱き、ゆっくりと回廊を歩き出した。

東宮を出て、ちょうど本殿へと曲がる場所へ差し掛かった時だ。ラクテの背中に声が掛けられた。

「そこのお前、ちょっとお待ちなさい」

「……」

無礼な物言いと高飛車な響きはカチンときたが、それでもゆっくりとラクテは後ろを振り返った。そして、すぐに見なきゃよかったと後悔した。

西宮に通じる回廊の入り口に、煌《きら》びやかな衣装をまとった女が顎を反らして立っていた。背後に三人の女の姿が見えるが服装からして侍女に違いなく、声を発したのは派手な女に間違いない。

面倒なことになったなと思いながら、ラクテは努めてゆっくりと口を開いた。

「——失礼ですが、どなたでしょう」

この反応の選択は当たりだったらしい。

何者だと尋ねられた女のくっきりと描かれた眉が、遠目にわかるほど吊り上げられた。

（まあ、そうなるのがわかってて言ったんだけどね）

ラクテには女の正体など疾《と》うにわかっている。後宮という場所で、自分より優位なものはいないと確信した態度、そして体を彩る贅を凝らした飾りの数数、たまたま同じ場所に居合わせた運の悪い下働きが慌てて頭を下げているのを見れば、彼女が第一王妃だというのは考えなくてもわかることだ。

第一王妃マデリン。世間では正妃と呼ばれる立場にいる、エクルト城内で最も高貴な身分の女性だ。

マデリンは、自分が呼び止めたラクテが振り返ったことでその美貌を直視することになり、開きかけた唇を引き結んだ。

おそらく難癖をつけるか文句を言おうと思っていたのだろうが、今まで見たことのない美しさに呑《の》まれてしまったのだろう。

だがそこは第一王妃の意地で立ち直り、長い衣装の裾を引き摺《ず》りながら近づいて来た。

ラクテより背の低いマデリンだが、膝を折ることもなく見下ろすラクテには、彼女の中に苛立《いらだ》ちが渦巻いているのが見えた。

格下の相手に馬鹿にされたように感じたのだろうが、実際にラクテは彼女に対して下手に出るつもりはなかった。

エクルト王にも言われている。

――後宮の中での順位付けは無意味だ、と。

第一王妃でも第二王妃でも、第八十王妃でも、それは単なる数を示しているに過ぎず立場は同等、入宮前に念を押し、家臣たちにも常日頃から言《げん》していると言っていた。

しかし、寵愛の順位付けが何よりも重要だと考える女たちのいる後宮で、その考えはいかがなものかと第三者的立場のラクテでさえ思ったように、第一王妃の態度を見る限り、エクルト王の意思が伝わっているとは考えられない。

(あの人のことだから一度説明すればもういいと思ったんだろうな、きっと)

ラクテが思うに、第一と第二の王妃にしか会ってはいないが、王の意思をきちんと認識して態度でも実行に移しているのは、第二王妃ヨハンナだけではないだろうか。

(お飾りでも政略結婚でも愛がなくても、自分のお妃様なんだからちゃんとして欲しいよ。私につけが

回って来たじゃないか）

面倒事が嫌いなラクテは、内心うんざりしながら、マデリンが口を開くのを待った。

じっと見つめ合うこと暫《しば》し、眉間に深く皺を寄せたマデリンが、ようやく渋々という感じで口を開いた。

「お前は私を知らないと言うの？」

「はい。初めてお目に掛かるかと思いますが、以前にどこかでお会いしたことがありますか？」

「――リューンヴォルク陛下から聞いてはいないのかしら？」

「何も。私が王からご紹介いただいたのはマルグリッド殿下とシャルロッタ王女殿下だけです。他の方については何一つ聞き及んでいません」

紹介されていないのだから知らなくて当たり前だと滲ませながら言えば、マデリンは見てすぐわかるほどギリと唇を噛み締めた。

（あーあ、そんなに噛んだら唇が切れて腫《は》れてしまうのに）

理由はおおよそ見当がつく。第一王妃という肩書を持つ自分のことは、他の誰よりも先に説明していると思っていたに違いない。好き嫌いはともかく、後宮の女主人として振る舞おうとするマデリンの気持ちはわからなくはないのだが、

（あの人がそんなことまで気にするわけないのに。私の方から尋ねなかったら第二王妃のことだって説明を省くような人なんだから……）

自分よりももっと付き合いが長いはずの第一王妃がそれに気づいていないのは、物凄く不幸だと思うし、それが二人の関係の希薄さなのだろうとも思う。

「私はマデリン。エクルト国正……第一王妃よ」

正妃と言いたいのだろうが、そこはさすがに公共の場で口にすれば身分詐称になるとでも言い含められているのか、マデリンは一瞬迷ったが王妃だと言

い直した。

「初めまして、マデリン第一王妃。ラクテ・ラー・カトル＝ヴィーダです」

あえて自分がどこの国から来たのかを言わなかったのは、自らを正妃だと思い込んでいる女なら、ラクテ以下の称号からすぐにヴィダの第四公子と気づくだろうと思っていたからだ。

若い門番は「ヴィーダ」を「バイダル」と読み違えたが、エクルト女性の最高位に近い場所にいる第一王妃なら、最低でも五大国の王の正式な家名を知っていて当然だと。

しかし、名前を聞いても顔色は変わらず、身分に気づいた様子はない。第二王妃ヨハンナは事前にヴィダ公子だと聞かされていたため、最初から態度は殊勝なものだったが、仮に知っていなくても初対面の人間を相手に、マデリンのように高圧的な態度は取らなかっただろう。

あまりにも二人の女の気質が違い過ぎて、気の毒になるくらいだ。

「ならばラクテ、お前に尋ねたいことがあります」

（うわあ、呼び捨てにされちゃったよ……）

ロスが聞けば顔を真っ赤にして怒り出しそうだ。いくら何でも初対面で呼び捨てはない。あのエクルト王も最初は一応ラクテ公子と呼んでいたのだ。

おそらくだが、態度から鑑みるに、彼女の中ではラクテは単なる家庭教師という職業の男にしか過ぎないのだろう。エクルトにおける家庭教師に対する人々の意識は意外と低いのかもしれない。

マデリンの中の基準では、大多数の人達は地に伏す存在でしかないのだろう。

黙っていると、それを質問してもよい肯定だと受け取ったのか、マデリンはつんと顎を上げた。

「お前はバイダル姫を知っているかしら？」

「バイダル姫、ですか？」

自分のことを尋ねられるのだと思っていたラクテは、まさかのバイダル姫の名に素《す》で驚いた。

「いえ、私はあまり詳しくはありません。その方がどうかなさったんですか？」

実際にバイダル姫が誰なのかラクテは知らない。だから質問に質問で返したのだが、一瞬押し黙ったマデリンはラクテの返事を聞くと、

「それなら結構」

もう用事は終わったとばかりにクルリと背を向け、西宮の方へ立ち去った。

「あれ？　私に訊きたかったことってそれだけ？　それだけのためにわざわざ西宮から出てここまで来たのに、あっさり帰っちゃうんだ……」

もっとたくさん質問されると思ったのに拍子抜けして、思わず傅《かしず》いたままだった近くの下働きに「あの人、いつもあんな感じなの？」と尋ねると、「あの、まあ、はい、そのような感じです」と同意され、少しためらった後で彼は「災難でしたね、ラクテ公子」と同情してくれた。

本殿で働いている選ばれた人間と言っても、今日初めて出会った下働きでさえ先ほどの会話の断片から「ラクテ公子」と呼ぶのに、マデリンを残念な人だなと思うと同時に可哀そうだなとも思った。ほんの少しだけだったが。

結局、緑の庭園に行く気持ちも削《そ》がれてしまい、東宮に直帰したラクテが、

「第一王妃に会ったよ」

と、ロスに回廊でのやり取りを話すと、

「ラクテ様、それは嫉妬ですよ、嫉妬」

ロスは大して興味もなさそうに軽く断言した。

「嫉妬って私に？」

「違います。この部屋の本来の主に決まってるじゃないですか」

「わからないよ、ロス君、説明して」

「もう……ラクテ様は頭はいいのに、こういうのには疎いんだから。最近はよくエクルト王が東宮に来ていたでしょう？」

「うん」

あの夜からまた遠ざかっているが。

「お子様方に新しい家庭教師をつけて、それがエクルト王直々の任命なのはもちろんですけど、それを口実にバイダル姫の元に通っているんじゃないかって疑っているんじゃないでしょうか」

「なるほどね。噂の姫がどんな人なのかわからないから、王様と親しそうな私に探りを入れたんだね。納得。でも王様が本当に会いに来てるのは、いもしないお姫様じゃなくて私なんだけどね」

「それ、第一王妃の前で口にしたら八つ裂きにされるから、絶対に言わないでくださいよ」

さらりとラクテが口にした台詞に釘《くぎ》を差し、「女の嫉妬を甘く見ない方がいいですよ」と付け加えた。


「たぶん、僕が思うに他の妾妃様方も第一王妃様と同じように思ってるんじゃないでしょうか。だって二百人もいるんですよ。それなのに、いきなりやって来た見知らぬ女に寵愛《ちょうあい》を取られそうになってるんだから、気にならないわけがない」

「なるほど、それなら私にも何となくわかる」

ラクテはうんうんと頷いた。

「大体、あの人は淡泊過ぎるんだよね。第二王妃様のことも放置しているようだし、後宮に通ってるのかどうかも怪しいと思う。そもそも本当に二百人も妃がいるかどうか」

東宮から出ていいと言われたすぐ翌日、うきうきしながら西宮まで足を延ばして中を覗こうとしたのだが、西門警備の兵士に追い払われてしまった。

「二百は大袈裟かもしれないけど、多いのは確かなんでしょう？」

「たぶん。西宮のことはわからないから何とも言えないけど」

「でも困りましたね。第一王妃が出て来たとなると、これからもラクテ様に絡んできそうです。エクルト王はこうなることを考えなかったんでしょうか」

「どうだろうね、あの人のことだから何も考えていないような気もするし、でもわかっていて放置している気もしなくはないし。摑めないんだよねえ、あの人」

「そこはほら、ラクテ様が頑張ってエクルト王の心を鷲《わし》摑みにして離さないようにすれば片付きますよ。ついでに正妃の座を射止めれば、エクルト王の寵愛の一位は不動のものです。お世継ぎはもういらっしゃるんだし、遠慮することはないですよ」

「いい笑顔だねえ、ロス君」

「いえいえ。エクルト王がラクテ様に気があるのはわかりますから」

　身近な存在から、支配者たちに両刀使いが多いことを知っているロスは、割り切りも早い。エクルト王が両刀だと言うのが城内で暗黙の了解なら、男がうろついていても咎められない理由にもなる。そして、女性も目を瞠る美貌のラクテが第一王妃に目を付けられたのも説明がつく。

「利用出来るものは利用しろって？」

「色仕掛けはともかく、エクルト王に話してみたらどうですか？　こんなことがあったんだけどどうしたらいいのか対処の方法を教えて欲しいって」

「やっぱりそれが無難だよねえ。考えてみるよ。何かあれば言えって言ってくれたし。でもあの人忙しそうだから、都合がつくかどうか……」

　しかし、それ以降もたびたび第一王妃がラクテを待ち伏せするということが続き、エクルト王とどういう切っ掛けで知り合ったのか、家庭教師をするに至った経緯は何なのかなど、しつこく食い下がられるようになり、そこにラクテを誘惑しようとする色欲を感じるようになってしまえばもう、無理だった。

温厚なラクテのこめかみにも青筋が浮かぶというもの。

「ラクテ公子、お久し――」

「ちょっと王佐の人！　エクルト王に伝言して。今晩ラクテが部屋に行きますって。夕食を用意して、首を洗って待ってろって言うのも忘れずに」

久しぶりに家庭教師の部屋に顔を見せた王佐ジーウは、挨拶もそこそこに「待ってたよ！」と摑みかからんばかりに詰め寄ったラクテの剣幕に、大人しく頷くしかなかった。


「――なるほど、それでご機嫌斜めだったんだな」

「ほんと斜めもいいところ。大体、あなたがお妃様たちを放置しているから私が八つ当たりされるんだ。自分のお妃様なんだから、もっと世話をして他人に迷惑を掛けないようにして欲しい」

「別に俺が望んだわけじゃないぞ。押し付けられるのを断るのが面倒で放置していたら、いつの間にかあの人数になっただけだ」

「だけだって……あなた、本気でそう思ってるのならぶつよ」

拳を握り締めたラクテはあまりにも自分勝手な男の言い分に、本気で殴ろうと拳を握り締めた腕を振り上げた。

二人の前には使用人が運んで来た料理の皿が幾つも湯気を立てて並んでいる。エクルト王の専用料理人が作るだけあり、後宮でいつもロスと二人で食べる時よりも品数が豊富で、珍しく王が私室に招いた客人のために腕を振るったのがよくわかる。

その料理に舌鼓を打ち、堪能しながら和やかに話をしていたはずが、ラクテが第一王妃の名を出した途端にこれである。

「こら、皿がひっくり返る」

振り上げた腕は、難なくテーブル越しに伸びて来たエクルト王の手に取り押さえられ、渋々と膝の上に下ろした。

「私、お妃様たちに同情する。愛せないのはわかるけど、夢見て嫁いで来たのに、まるで顧みられていないんだから」

「断っておくが、俺が好んで集めたと思うなよ。前にも言ったが、俺には一人で十分だ。それに確かにエクルト王という権威を愛する女はいるかもしれないが、リューンヴォルクという俺個人を愛している妃は後宮には一人もいない」

「そうかなあ。ヨハンナ様も？」

「ヨハンナが俺に寄せる情は別物だ」

ラクテは「うん？」と眉を寄せた。

「それはつまり、ヨハンナ様とは特別な愛情で結ばれているってこと？」

「そう捉《とら》えてもらっても問題ない。マデリン——第一王妃もそれを知っているからヨハンナを敵視し、ヨハンナの方も東宮からは絶対に出て来ない。それに、後宮にいる二百人のうち、半分以上は前国王の妾妃だぞ」

「は？」

聞き間違いだろうか。

「ごめん、なんだか妙な台詞を聞いたような気がする。今、なんて言った？　前の国王とか何とか聞こえたような気がしたんだけど」

「聞き間違いじゃない。言った。俺の前のエクルト王ヘンネン——早い話が父親だが、奴が集めた妃たちのうち百人弱が後宮に残って生活している」

「……それどういうこと？　普通は国王が替わればお妃様たちも別の場所に移るものじゃないの？」

「普通はそうだし、実際に城を去ったものもいる。今後宮に残っているのは、帰る場所のない女たちだ」

決してふざけているのではない調子を言葉の中に感じ、ラクテは匙《さじ》を置いて姿勢を正した。さすがに食事の合間にするような話題ではない。

「説明してくれる？」

自分たちの間には圧倒的に会話が足りない。一つにはエクルト王が情報を後から出してばかりいるのが原因で、ラクテも自分には関係ないと流してしまうことが多いからだ。

しかし、さすがにこの後宮の在り方は異質だ。

「わかった。説明する。だがその前に食事を先に済ませてしまおう。お前のために作られた特別な料理だ。明日の朝になって見た料理人が、皿にものが残っていたら悲しむ」

料理人のことは思い遣《や》ることが出来るのに、どうして王妃や妾妃たちのことは投げ出しているのだろうと溜息をつきたくなるが、料理に罪はない。

「料理を片付けることには同意する。だからちゃんと説明してよ。誤魔化したりしたら駄目だからね」

ラクテは置いていた匙を取り、切り分けた茶色の魚を口に運んだ。

「この魚は？」

「北海で捕れたばかりの魚だ。身が引き締まって美味しいだろう？」

何が好き、この木の芽の煮物は少し味が濃過ぎる、この野菜はエクルトのどこそこの特産物だなどと当たり障りのない会話をしながら皿の上を空にした二人は、食事の席から居間へと場所を移し、紫と銀の混じった縞模様も見事な、ベルネという巨大な虎に似た動物の毛皮の上に、直《じか》に腰を下ろした。

「あ」

柔らかく沈む感覚と手に滑らかな触り心地を堪能していたラクテは、顔を上げた先に見える窓の外の風景に小さく声を上げた。

「気づいたか？」

「うん。あれは、緑の庭園だよね。私たちが会った」

四阿は背の高い生垣に隠れて見えないが、独特の高低差を持つ不揃いの生垣は迷路のような庭園のものに間違いない。あそこでエクルト王に初めて会ったのだ。

そして、引き合わせて姿を消した白金の狼。

月狼は元気だろうか。

そう考えた後で、棚の前で酒を見繕っているエクルト王の背中を見つめる。

(この人が元気だってことは、月狼も元気だってことなんだろうけど)

もしかして夜に王妃たちの元を訪れないのは、体質のせいなのだろうか。夜から朝にかけて、月狼に変身する呪いや体質だったら、獣姿で妃たちの寝所に入るわけにはいかない。

まさかと思いながら、しかしそんな想像がしっくり来てしまうのは、この男が狼と同じ色と瞳をしているからだ。孤高の王、そんな雰囲気まで似ている。

(どうしようかな、せっかく作って持って来たけど)

ラクテは懐の中の薬包紙に触れた。

王妃たちを満足させればマデリンの付きまといもなくなり、妃たちの不満を円満に解決できるだろうと考え、以前にロスと話した精力剤と媚薬を混ぜた薬を作って持って来たのだが、好んで集めたのではないという先ほどのエクルト王の話を聞く限り、精力剤は必要なさそうな気がする。

(でも前の王様の妾妃は半分って言った。半分はこの人のお妃様なんだから、使い道がないわけでもないのかな)

国にある伝説の精力剤に比べれば遥かに効力を抑えてはいるが、効果はすぐに表れ、持続力も高い。それをたくさん持って来た。

だが――。

心の奥のどこかで渡すべきではないと囁く自分が

いる。

「酒、飲めるだろう？」

はっと隣を見れば、酒瓶を二本、グラスを二つ持ったエクルト王が隣に胡坐《あぐら》をかいて座るところだった。

「こっちは辛口の蒸留酒で、こっちが蜂蜜《はちみつ》入りのソルベ酒。お前はこっちだな」

ラクテが答える前にエクルト王は、脇に引き寄せた脚の低い台にグラスを乗せ、丸みを帯びた瓶の中身を注いだ。

「綺麗な金色」

「蜂蜜とエクルト産のシャナという果実から作った飲み物に、少しだけ蒸留酒を混ぜて作ったものだ。口当たりがいいから女子供でも飲みやすい」

「あなたも飲んだことがあるの？」

「子供の頃に。エクルト人のほとんどがこれを飲んで酒を覚え、育つ。この酒を飲まなくなれば、大人の仲間入りだ」

「ふうん」

ラクテはそっと舌先をつけてみた。しゅわりと弾《はじ》けるのは発泡酒だからだ。確かに果実酒らしいほどよい甘さで、酒という気はしない。

「シャナってどんな果物？」

「大きいぞ。お前の頭くらいの大きさで、氷の下に埋まっているのを掘り出すんだ」

「……果物だよね？」

「エクルト産だと言っただろう？　正真正銘果物で間違いない。冬になる前に地面に植えた苗が地中に根を張り巡らせ茎を伸ばし、春になる少し前に地中から顔を出すんだが、分厚い氷のせいで溶けるまで出ることが出来ない。まだ完熟する前のその状態のシャナを凍土から掘り出して作ったのが、このソルベ酒だ」

「へえ、そんなのがあるんだ。畑って言ったら緑で覆われているものしか想像しなかったから新鮮」

「そしてこっちがムス酒」

「わかった。ムスっていう果物から取れるお酒だ」

「外れ。まあ見てみろ」

エクルト王はもう一つのグラスにムス酒を注いだ。とろとろと注がれる酒をじっと眺めていたラクテの目は、すぐに輝いた。

「紫色！　珍しい、こんな色のお酒、初めて見た」

そう、酒としては非常に珍しく、紫水晶を溶かしたような澄んだ紫色をしていたのだ。

「これもエクルトでしか取れない紫の大麦が原料の蒸留酒。味は普通のものと変わらないが、色が違うだけで価値がぐんと跳ね上がる。普通の麦酒の十倍以上の値と言えばわかりやすいか。国内でこれだから、外国で出回っているものはもっと高いはずだ。その原料の大麦をムスと呼んでいる」

試しに少しだけ口に含んだが、ピリッと走った辛さに、慌てて自分のシャナ酒を飲んで味を消した。

「ねえ、王様。紫色の大麦は見ることが出来る？」

「出来るぞ。今ならちょうど盛りだ。ただ生育している場所は少しメリンから遠い。馬車で一日半は掛かる広い農村地帯だから、行くなら泊まりがけだな」

ラクテはじっとエクルト王の顔を見つめた。

「行っていい？」

「行きたいのか？」

「紫色の麦なんて珍しいものがあるのに、見ないわけにはいかないよ。エクルトの珍しいものをたくさん見て覚えなきゃ勿体《もったい》ない」

「すぐに麦畑を見るのは無理だが、ムスだけなら見せてやることは出来るぞ」

「本当？」

「少し先になるがムスを栽培している地方領主の見舞いに行く予定がある。束ねて一つ土産に持って帰るというのはどうだ？」

「それでいい」

　ありがとう楽しみだと笑いながら、ラクテはシャナ酒を飲み干し、二杯目は自分で注いだ。

「このお酒もそっちの紫のお酒もヴィダに帰る時には大きな箱いっぱいに買わなくちゃ」

「酒だけでいいのか？　他にも名産品はたくさんあるぞ」

「もちろん他のも見てみたいし、欲しいよ。でも」

「でもなんだ？」

　目元を赤く染め、唇を尖らせて、ラクテはエクルト王をじっと見上げた。

「誰かさんが外に出たら駄目だって言うから見て回れない。後宮の中だけじゃなくて、お城の外に行きたい。港も見物したい」

「――そんなに外に行きたいのなら、誰かさんに頼んだらどうだ？　頼み方次第じゃ聞いてくれるかもしれないぞ」

　誰かさん、と聞くや、ラクテは胸の前で両手を合わせた。

　恐らく、この時点で酔っていたのだ。自覚はまるでなかったが。

「外に行かせてください、お願いします？」

「まだ足りないな」

「お願いするだけじゃ駄目？」

「可愛らしいが、まだまだだ。エクルト王に願いを叶《かな》えて貰うにはもう少し工夫が必要だぞ、ラクテ公子」

「それじゃあ、とっておきのものをあげる」

　ラクテは薬包紙を取り出した。

「これは疲労回復と体力増強のための薬で、働きもののあなたにはぴったりだと思うんだ」

　少し前には飲ませるべきではないという方向に傾いていたのに、何をすればエクルト王を喜ばせることが出来るかという一点だけに思考が向いているほろ酔い加減の今のラクテは、これを最善の貢物と考えた。

精力剤を疲労回復と体力増強と言い換えたのは、まだほんの少し理性と良心が勝っていたからだが、渡してしまうのならどちらにしても同じことだ。

はいこれ、とエクルト王の手のひらに薬を包んだ紙を乗せたラクテは、色よい返事を貰えるものだと信じて、手を重ねたまま、にこにこと満面の笑みを浮かべている。

生来の美貌が酒のせいで紅潮し、弱くなった思考は簡単に感情を表情に乗せる。

薄々ラクテが酔っていることに気づいていたエクルト王だが、まるで甘えるような口調と仕草は嬉しい誤算だっただろう。

そうするのが自然だと言わんばかりに、エクルト王の手がラクテの顔に伸びて来た。

「何してるの?」

「撫でているだけだが」

顎の下を撫でるエクルト王をきょとんと見返したラクテは、「うふふ」と笑い声を上げた。

「どうした?」

「くすぐったいんだけど、気持ちいいんだ」

嘘でない証拠に、ラクテの目は細められ、うっとりとしたようにも見える。今にも喉が鳴りそうだ。

「気まぐれで、自由で、お前はまるで猫のようだな」

「私が猫?」

「ああ。とっておきの最高級猫だ。どうだ? 俺に飼われてみないか?」

「——私、猫じゃないよ。尻尾もないもの」

「尻尾なら生やせないことはないが——」

「ほんと?」

「エクルト王に出来ないことはない」

「わあ! 王様、かっこいい!」

ぱちぱちと手を叩きながらほわりと頬を染めたラ

クテは、何を思ったかエクルト王の手に自分から顎を擂り寄せ、「にゃあ」と鳴いた。

「――！」

その衝撃に一瞬と言わず固まってしまったエクルト王からするりと体を離したラクテは、もう一度上機嫌に笑った。

だからラクテは知らない。エクルト王が「絶対にこいつを手放すものか」と考えていることを。

「何をしている？」

そんなエクルト王の視線の先では、ラクテがさっさと薬包紙を開き、酒の中に混ぜようとしていた。

「ん、お薬飲ませようと思って。今飲んだら元気たっぷりで、明日からの仕事も頑張れるよ。ロス君も時々飲んでるけど、私の薬はよく効くんだって」

ロレンツォロスリオスが飲んでいるのは本当に「ただの疲労回復薬」だが、酔っているラクテにはどちらも同じものに認識されている。

「効くのか？　本当に」

「疑い深いなあ。効きますって、ほら」

ラクテは酔っ払い認識の疲労回復薬――正しくは精力剤入りのムス酒を自分で二口飲んだ。飲んですぐに「辛い辛い」とシャナ酒を口に含む。

「お前……大丈夫か？　甘くて舌に軽い酒だが、それなりに酒精度は高いぞ」

「私のこと？　大丈夫。だからほら飲んで」

飲めと迫られて逡巡《しゅんじゅん》していたエクルト王は、膝に乗り上げるようにしてグラスを口元に運ばれ、期待に目を輝かせるラクテに観念することにしたようだ。

ラクテが辛くて飲めなかった酒を一息に呷った。ゴクゴクと喉が動く音がするのを、ラクテはじっと見つめた。濡れた唇が美味しそうで、嚥下《えんか》するたびに上下する喉仏を見ていると、いやでも男の性を意識し、こちらもゴクリと喉を鳴らしたくなる。

なんだろう、この感覚は。

「──効いて来た？」

「そんなにすぐに効くものなのか、これは」

「人によるとは思うんだけど。でもすぐだよ」

「今更だが、どうせ飲むなら朝に飲むべきだったんじゃないか？　それか昼を過ぎてちょうど忙しさが一息ついたくらいの頃に」

「でもそれだったら大変だよ。後宮まで戻って来なきゃいけないから」

「──なぜ後宮だ」

「お妃様たちを満足させるため。昼からでもいいとは思うけど、雰囲気が台無しじゃない。──ねえ、王様。舐《な》めていい？」

「何を？　酒なら幾らでも……」

「お酒じゃなくて、王様。王様の喉と唇、すごく美味しそうだなってさっきから思ってたんだ。ねえ、駄目？」

　そう言えば、後宮の話をする予定だったなと思い返していたエクルト王は、いつの間にか近づいて来ていたラクテの舌に、慌てて顔を仰《の》け反らせた。

　もう少しで舐められるというところでお預けを喰《く》らったラクテは、むっすりと唇を引き結んだ。

「けち」

「けちじゃない。後から好きなだけしていいから、まず俺の質問に答えろ。お前、これは何の薬だと言った？」

「疲労回復薬。私の特別製。よく効くんだよ」

　褒めてとばかりにラクテは胸を張る。

「特別製ということは普通とは違うんだな。何を入れた？」

「体力回復と精力増強と興奮剤──と媚薬を少々」

「それは明らかに用途が違うぞ……くそっ、もう効いて来た……」

　ラクテの肩を掴んだまま、エクルト王は眉を寄せ、顔を顰《しか》めた。体が熱くなって来たのは気のせいではない。

そんなエクルト王を見て、ラクテは無邪気に手を叩いて喜んだ。

「ほら！　ちゃんと効いて来たでしょ！」

しかし、

「お？」

膝の上に座っていたラクテは、いきなり肩をぐいと後ろに押され、目を丸くした。

「どうかした？」

「俺に近づくな。話し掛けるな。息を吹き掛けるな」

あんまりと言えばあんまりな拒絶に、ラクテの赤紫の瞳は大きく見開かれた。そして、見る見るうちに瞳いっぱいに水の膜が張る。

「酷い……私、何かした？　あなたに何か悪いことした？」

「悪いこと……はしていない。だが」

ある意味ではエクルト王を危機に追い込んだ張本人でもある。

しかし、いいことをしたと思っているラクテはどうして自分が拒否されるのかわかっていない。普段のラクテなら軽率な言動は慎んだだろうし、もしも結果が同じだったとしても、辿る過程は違ったはずだ。自分から、相手を煽《あお》るようなことをしてしまったのは、ひとえに酒の力によるものとしか言いようがない。

酔っていた。

まさにその一言に尽きた。

「王様？」

酒を飲み、赤く染まったラクテの首筋はまるで噛みついてくれというようにエクルト王を誘い、半開きの濡れた唇は吸い付かれるのを待っている。

そして、唇以上に濡れた瞳は——誘っているとしか思えない。それこそが媚薬の効力なのだが、二人共に飲んでしまっているため、互いが互いに欲情を覚えるだけだ。

「――据え膳には手を出すつもりはなかったんだが」

ここにあるのは毒のある花が飾られた妃という名の膳ではなく、たまたま掌中に飛び込んで来たもの。

「公子」

「なに？」

「俺は苦しい。お前の助けが必要だ」

「苦しいってどこが苦しいの？　私に手伝えることと？」

「ああ。お前にしか出来ないことだ。手伝ってくれるか？」

「もちろん」

言質《げんち》は取ったと、小さく呟く王の声は聞こえない。

開き直ったエクルト王は、据え膳を余さず平らげることにした。後から文句を言われても、その時のことはその時に考えればいい。

ラクテの作った薬は、ヴィダ公国に伝わる伝説の媚薬ほど強力ではないのだが、材料の一つである疲労回復の効能を持つ薬草はエクルトの山に自生していたもので、市販されている一般薬より高い効果を出す。エクルト王の体をすぐに熱くさせ、下半身に熱を灯《とも》させたのは確かにこれが原因だった。

「まず俺の服を脱がせてくれ」

「わかった」

いそいそと襟の釦《ボタン》を外し、前を寛げるラクテ自身、自分が何をしているのかわかっていない。ただ役に立てるという使命感に体は高揚し、ふわふわと浮かれていた。それもソルベ酒と媚薬入り精力剤のせいなのだが、自覚はない。

ラクテに上半身を脱がせたエクルト王だが、ここから先が本番だ。

「顔が苦しそうだよ。まだ駄目？」

「ああ。胸が苦しい」

「胸？　あっ、すごくドキドキして鼓動が早い」

ラクテはエクルト王の裸の胸に耳を当てた。必然的に片方の手は、反対側の胸の上に置かれているのだが、心音に夢中のラクテは、自分の指が乳首を掠めるたびにエクルト王が声を漏らすのを我慢していることに気づかない。

「撫でたら治るかもしれない」

上擦りそうになる声を極力抑えながら、エクルト王は確かにそう言った。しかし、

「舐める？　そうだね、怪我した時には舐めて治すよね。獣はみんなそうだよね」

ラクテは喜々として胸に唇を押し当てた。喉と唇を舐めるのをお預けされて、今か今かと狙《ねら》っていたのだ。

「おいっ……」

撫でると舐める。微妙な違いがもたらしたのは、エクルト王にとっての幸運だった。赤い唇から舌を出したラクテは、ちろちろと最初は味見をするように肌の上を軽くなぞり、それから吸い付くようにしてねっとりと舐め始めたのだ。

「……腹も痛い」

「わかった」

言われるまま、腹を舐めようと膝の上から降りたラクテの顔が下がる。が、すぐにあることに気づき、顔を上げた。

「……ねえ」

「なんだ」

「ここもきつそうだよ。すごく腫れて大きくなってる」

「……そこも頼めるか？」

「任せて」

顔を下に向けた時、下半身の高まりに触れたラクテはそこも治さなくてはいけないと半分以上思い込んでいた。それが自分の役目だと。

そろそろとズボンを脱がすラクテの手助けになる

ように、エクルト王は腰を浮かせ、その隙にラクテは一気にズボンを下まで下げた。

立派に成長したものは、抑えがなくなったことで弾かれるように外に飛び出した。危うく顔にぶつけるところだったラクテは、エクルト王の持ち物のあまりの立派さにゴクリと喉を鳴らした。

「……悔しいけど、私の負けだ」

「そうなのか？」

「うん」

「——後から見せて貰っても？」

「いいけど、笑っちゃ駄目だからね」

「そんなことしない」

エクルト王はラクテの髪を優しく撫で、それに気をよくしたラクテは、気を取り直して立派なものにあらためて向き合った。

「下も薄い金色なんだ。これ、膨らんでるね」

「ああ」

「痛い？」

「痛くはないが、触ってくれるときっと喜ぶ」

「ん」

ラクテは反り返った熱い塊に手を添えた。もう片方の手は金色の陰毛を指で梳《す》いている。

「すごく熱くなってる」

「お前がくれた薬のおかげだ」

「こんなに元気ならいくらでも抱けるね」

「そうだな」

頷いたエクルト王は、

「だが俺が抱きたいのはラクテ、お前だ」

体を起こすとラクテを抱き締めた。

「私を？」

「ああ。抱きたい。欲しい。薬のせいじゃない。本心からお前を抱きたいと思っている。俺のこれをお前の中に入れたい」

耳の真横で囁くように言われれば、まだエクルト王のものを摑んだままのラクテの手に力が籠る。

「私を抱く？　私の中にあなたのこれを入れるの？」

「ああ。触っているんだからわかるだろう？　お前を求めて泣いているぞ、俺のこれが」

言われるまま、先端を指で触れればぬるりとしたものがある。燃えるように熱い男の屹立《きつりつ》した象徴、濡れているのは早く中に入りたいと血が沸き立っているから。

「あぁ」

ラクテの口から声が漏れた。

体の奥がずきりとして、甘い痺《しび》れがやって来る。

自然に自分の下半身に手が伸び、ズボンの中に手を入れていると、その上から別の手が重なった。

濡れた瞳で見上げれば、欲望という熱に浮かされたエクルト王の顔が至近距離にある。

「触って……」

自然に願いが零れ落ち、

「わかった」

エクルト王の手が快楽を与えるために動き出す。

ラクテの手はエクルト王のものに、エクルト王の手はラクテのものに添えられ、互いに相手のよいところを引き出そうと動き出す。

「少し膝を上げろ」

言われるままに膝立ちになると、その隙にズボンが下まで下ろされた。膝の部分でたまったズボンが邪魔で自分から脱ぎ捨てたラクテの上半身は、いつの間にかはだけられ、上着を羽織っただけの姿でエクルト王の前に晒《さら》されている。

「ラクテ……」

震える自身を片手で愛撫され、引き寄せられるまま押し当てたエクルト王の顔が肌の上をなぞる。ラクテがしたようにエクルト王の舌が肌を舐め、指が乳首を摘まみ、こね回す。

「いいか？　感じているか？」

「いい……いいよ、王様……」

「リューンヴォルクだ。俺の名前はリューンヴォルク。こういう時に役職名で呼ぶのは無粋だぞ」

「リューンヴォルク……」

「いい子だ、ラクテ」

腰に回された腕が、そのままゆっくりと敷物の上にラクテの体を横たわらせた。

「ふかふか」

「気持ちいいか？」

「とっても」

「もっと気持ちよくしてやる」

「でもあなたは？　リューンヴォルクの苦しいのは治った？」

「ああ、だいぶな。だがまだまだ足りない」

ゆっくりと開かせた脚の間に体を割り込ませて上から見下ろすエクルト王を、ラクテは真っ直ぐに見上げた。

「髪の毛、触ってもいい？」

どうぞと言う代わりに王はラクテの手を取り、自分の白金の髪に触れさせた。

月狼の毛は触りたくても触らせて貰えなかった。だが同じ色の髪の毛は触ることが出来る。

「柔らかい」

そうかと言いながら、エクルト王の唇がラクテの上に重なった。熱を持ち、覆うように被せられたそれはすぐにラクテの唇を開かせ、舌を潜り込ませて来た。

「ん……っ」

舌が舌を追い求め絡み合い、二人の足は絡み付くように重なり、熱が灯って止まない互いの腰を擦り付ける。

はぁ……という悩ましい吐息が双方の口から零れ、二人の唾液に濡れた唇がてらてらと輝く。上気した頬、熱に浮かされた目。これで十分、でも満足じゃない。

まだ決定的な何かが足りない。

昂《たかぶ》りは未だ熱を冷ますことを知らずに露を滴らせ、早くどうにかしてくれと欲望を伝える。自分でするのじゃ刺激が足りない。もっと別の刺激が欲しい。

その願いを叶えられるのはこの場には一人しかいない。

「いっぱい触って……」

エクルト王の手を自分のものに重ね、その上から自分の手を更に重ねてゆっくりと上下に動かす。

「んっ……」

「気持ちいいか？」

「うん、気持ちいい」

「もっと強く動かしてもいいか？」

「うん」

それならばとエクルト王は伏せていた体を起こし、ラクテの脚の間に膝をつき、上から見下ろすような体勢で手の中のものを上下に扱《しご》き出した。

「あ、いい……もっと強くしてもいいよ」

返事の代わりに動きが早くなり、ラクテは喉を仰け反らせた。たった今まで握っていたエクルト王のものが手の動きに合わせて揺れるのが淫猥《いんわい》で、体を悶《もだ》えさせながらも、ラクテの目は、金色の繁みの中で立ち上がる血管が浮き出るほどに膨張したそこにくぎ付けだ。

「ラクテ」

もう少しで達する。そう思った時、急にエクルト王は動きを止め、顔を寄せた。

「なに？」

せっかくのいいところで止められて不満顔のラクテだが、そんなラクテを宥《なだ》めるようにエクルト王は低く囁いた。

「俺のしたいようにしてもいいか？　俺もお前も気持ちよくなれることだ」

どんなことをされるのだろう。

返事を聞かないまま、エクルト王は唇から首、胸、乳首に脇腹と口づけを落とし、行きついたのは揺れるラクテの陰茎だった。ゆるりと唇で形をなぞり、舌先で先端や幹の部分を舐められる。

ラクテは童貞ではない。もっと少年の頃に高貴な身分のものの常として手習いを受けた。口で奉仕されたこともある。だが元が淡泊で性的なことにあまり興味がなかったこともあり、経験だけなら片手で足りる。その少ない経験を全部合わせたよりも、エクルト王の愛撫《あいぶ》は快感をもたらした。こんなにも感じてしまっていいのだろうかと不安になるほどに、こんな快楽があることを知らなかったと後悔してしまうほどに。

「あ、やっ……」

熱い粘膜が、ねっとりときつくラクテのものを包み込む。脚の間で揺れる白金の髪、エクルト王がその唇にラクテの陰茎を咥《くわ》えているのだ。

ちゅぱちゅぱと舐めて吸い、出し入れする粘着質で卑猥な音は、より二人の興奮を高めるのに役立った。

ラクテのものを咥えるだけでなく、エクルト王の唇は下にまで遠慮なく下りて行く。ぐいと開かれた脚の間に息が吹き掛かり、そこを舐められたと知った時にも、感じたのは次に何を与えてくれるのだろうという期待だけ。

「少し馴らす」

台の上に手を伸ばした男はムス酒の瓶を取ると、ゆっくりとラクテの尻の間に垂らした。

「冷た……っ」

思わず体を固くしたラクテの体を宥めるように撫でたエクルト王は、もう一度、陰茎から陰嚢《いんのう》、その後ろの会陰を舐め、そのまま穴に舌を這わせた。

「あっ……リューンヴォルク……っ、そこはいや

「……」

「ここを舐めておかなくてはお前が辛い。少し我慢しろ。最高に気持ちよくさせてやる」

「本当に？」

「ああ」

「絶対だよ。嘘ついたら怒るし、泣くから」

「わかっている。だから少しだけ我慢しろ」

酒と唾液で濡れた場所にゆっくりと指が埋め込まれ、息が出来なくなりそうだったが、それはまだまだ序の口で、指の動きを耐えた後に受け入れたものの衝撃は、まさに息が止まるほどだった。

「力を抜け、ラクテ」

指二本の大きさの比ではない。ぐいと体を裂きながらラクテの中に入って来たのは、愛撫と興奮によって大きく猛《たけ》り育ったエクルト王の凶暴な雄だ。

涙が滲んだラクテの目尻をエクルト王が拭う。大きく開かれた脚の間にあるエクルト王の体はラクテの下半身にぴったりと密着し隙間はない。

「そうだ、いいぞ。力を抜け」

ゆっくりゆっくりと時間を掛け、根元まですべて収まると、エクルト王はラクテの体を気遣うようにそのまま動かずに馴染むまで待っていた。

「痛い」

「そのうちよくなる」

「そのうちっていつ」

「すぐだ」

赤くなった目で睨まれたエクルト王は苦笑しながらラクテの汗に濡れた髪を整えると、ゆっくりと腰を動かし出した。

中にある異物感に不安を感じながらも、酔いと媚薬の影響はまだ健在で、ラクテはすぐに与えられる刺激を追うのに夢中になった。

「リューンヴォルクッ、リューンヴォルク……ッ」

何度も名を呼び、何度もすすり泣いた。男と肌を重ね抱かれたのは初めてなのに、体は貪欲にエクルト王からの刺激を求めて止まない。

欲しいのに焦《じ》らされて、ちゃんとしてくれと強請《ねだ》り、抱き締めて欲しいと我儘《わがまま》を言い、たくさん中に入れてと願い、そのすべてをエクルト王は叶えた。

酒と熱と媚薬、それに互いの気持ちが交じり合い、狂おしいほどに湧き起こる情。

明かりはとっくに落とされ、月明かりだけが差し込む部屋の中、二つの裸体は一度も離れることなく夜通し交わった。

「どうしてっ……そんなに元気な……のっ」

「お前のせいだろうが」

「薬？」

「それだけじゃない」

下からグイッと大きく腰を突き上げられ、ラクテの白い体が夜を背景に跳ね上がる。

「ああ……っ！」


仰向けになったエクルト王の上に跨《またが》るラクテは、髪を振り乱し、喉を仰け反らせて精を吐き出した。腰を支える男の手は熱く、もう何度目になるかわからないほど受けた熱が体の中に迸《ほとばし》るのを感じた。

しばらく感極まったように膝を立てて跨っていたラクテの体がふらりと揺れ、前に倒れ込む。胸の中にラクテを抱き止めたエクルト王の顔は汗に濡れていたが、激しい交合を終えたばかりの充足感に溢れていた。

倒れた弾みで、ようやくラクテの中からエクルト王のものが抜け落ち、太腿の間を白いものが伝い落ちる。

「ラクテ……？」

気絶していると思われたラクテは、目を閉じたまま掠れた声で言った。

「眠い」

「わかった。ゆっくり眠れ」

ドクドクからトクントクンに変わった穏やかな胸の鼓動を子守唄に、ラクテは静かに眠りの淵《ふち》に落ちて行った。


「――無断外泊ですね、ラクテ様」

「……言い訳はしません」

あれだけ抱き合い、疲れて眠りについたはずなのに、毎朝の習慣とは恐ろしいもので眠いながらも朝の早い時刻に目を覚ましたラクテは、自分の体に巻き付く男の腕と体温に驚き、互いに全裸であることに我が目を疑った。

それから、体の節々に残る痛みと自分の体に散りばめられた幾つもの歯型や赤い痕跡、エクルト王の体に残された爪痕、それになにより太腿の辺りに感じる乾いた何かが張り付いた感覚に、我が身に起こったことを思い出し、蒼白《そうはく》になった。

熟睡するエクルト王の腕から抜け出し、独り寝するには立派過ぎる寝台から慌てて下り、見事なまでに部屋の中に脱ぎ散らかされたままの衣類の中から自分の服を拾い上げて身に着け、正規の通路ではなく、エクルト王に教えて貰った裏道を通って直接部屋に戻って来た。

そして帰り着いた先で待ち受けていたロスに発見され、ただ今説教の最中というわけだ。

「それで結局何があったんですか？　二人で酒盛りでもして盛り上がってそのまま泊まったんですか？」

「それはね、えーと……」

本当のことを伝えてよいものかどうか、さすがに能天気なラクテにも躊躇《ためら》うことはある。ロスは家族同然の付き合いをして来て、出会ってからのラクテのことはほとんどは筒抜けだ。それこそ十歳の時の初恋と失恋も知られている。

そんなロスは、自分よりもしっかりしているからつい忘れてしまいがちだが、まだ十七歳なのだ。恋や愛に夢を見たい年頃のはず。自分はそうだった。

（そんなロス君に大人のドロドロした話をしてもいいものなのかな？）

はっきり言葉に出せば肉欲であり、快楽だ。愛はあったかもしれないし、なかったかもしれない。とにかく、昨夜から明け方にかけての睦《むつ》み合いは、人様に教えられるほどきれいなものではない。薬の影響があったとしても、もっと即物的で、動物的な本能によるものだ。

（二人で酔っ払っていい気分になって何もわからなくなるまで抱き合いました……なんてロス君が聞いたら卒倒してしまうかも）

自分で思い返しても、あれは嵐のようなひと時だった。獣のように互いの体の隅々まで貪った。

ラクテは、椅子に座る自分の前に腕組みして立つロスをちらりと見上げた。

「あのね、ロス君」

「誤魔化しはなしの方向でお願いします」

ラクテは大きな溜息を膝の上に落とした。

ここは腹を括《くく》るしかない。元より何があったかそのものよりも、この体調を隠して一日を過ごすのは無理だと判断したラクテは、細かいところは省略して端的に事実だけを述べることにした。

「夕食を食べた後、エクルト特産のお酒の話になって酒盛りをして、媚薬を飲んだエクルト王に抱かれました」

自分も媚薬と精力剤入りの疲労回復薬を飲んだし、順番が多少違っているかもしれないが、抱き合うに至った大まかな流れは間違っていない。

驚くと思ったロスは眉間に皺を寄せたままだ。まさか立ったまま気絶してしまったのではないだろうかと、顔の前で右手を軽く左右に振りかけた時、

「はあ……」

という大きな溜息が頭の上に落ちて来た。

「もしかしてラクテ様、精力剤を飲ませたんですか？　あの媚薬入りのを」

「飲ませた……のかな？　うん、たぶん飲んだんだと思う」

「エクルト王に飲ませたとしても、ラクテ様まで一緒になって乱れることはないと思いますけど。もしかして無理矢理ですか？」

それなら今から苦情を言いに行くと剣に手を掛けたロスを慌てて止めた。

「無理矢理じゃないよ」

「じゃあ合意？　なんでまた……」

ロスは実に不可解だという表情で首を傾げている。

「ラクテ様、エクルト王を好いてらっしゃったんですか？」

「さあ、どうだろう。好きか嫌いかどちらかなら好きだよ。あの毛並は綺麗だし、触ると柔らかくて気持ちいいんだ」

つい髪の毛の手触りを思い出し、うっとりしてしまったラクテは、冷たいロスの視線が注がれていることに気づき、慌てて膝を揃えて座り直した。力を入れると、あらぬ箇所が少し痛い。

「私もよく覚えていないんだけど、なんだかお酒を飲んでいるうちに気分がこうふわふわーって感じによくなって、そのままなし崩し的にこう……ね」

もしかしたら自分の方から押し倒したのかもしれないし、誘ったのかもしれない。

軽率だったと反省はしているが、エクルト王に抱かれたことをなかったことにするつもりはない。そこまで無責任ではないし、媚薬を渡してしまった自分に非があることも十分理解しているのだ。

「――故郷の兄上様や姉上様方が知れば頭から湯気を出してお怒りになるでしょうね」

「待ってロス君。リューンヴォルクは悪くないよ。あれは事故ではあったけど、確かに合意の上の行為だったから、あの人に怒るのは筋違いだ」

「ラクテ様」

「何？」

ロスの目がスッと据わった。

「いつの間にエクルト王を名前で呼ぶようになったんです？　昨日の夜、ここを出るまでは王様って呼んでいましたよね。それがいつの間に名前呼び？　しかもかなり自然に出て来てますけど」

「それは」

抱かれ、喘《あえ》がせられながら何度も名前を呼んだからだ――とは口が裂けても言えない。

王様と呼んだ時には、容赦なく射精を堰《せ》き止められ、それなのに体中が痛痒《がゆ》くなるほどの愛撫を与えられ、快感で埋め尽くされるのだ。あれは一種の拷問だと思っている。

「親密度が上がったから、かな。えへ」

「えへ、じゃありません。もう、僕は呆れました。媚薬入りの精力剤なんか渡そうと思わなかったらこんなことにならなかったのに。自業自得っていう言葉はラクテ様のためにあるようなものです」

策士策に溺れるとも言う。

エクルト王の夜の生活の助けになればとお節介を焼いた結果、身をもってその激しさを体験することになってしまった。あの激しさを妃たちに与えれば不満は出ないだろうにと思うが、あれを受け止めるのは女じゃ無理だとも思う。あの男との行為を知らないのは勿体ないと思う反面、

（私ならいつだっていいのにな）

と、自然に思い浮かべてしまう自分にも驚きだ。

「――様、ラクテ様！」

最中のエクルト王に囁かれた睦言や肌に触れる熱さを思い出していたラクテは、耳を引っ張られてはっとした。

「……ラクテ様。本当に反省してるんですか？」

「してるよ」

媚薬を使ったことは。抱かれたことは不本意だったが、結果を後悔してはいない。

初めて男に抱かれたにも拘らず、悔しがっている様子も落ち込んだ様子も見られないラクテに、とうとうロスは匙を投げた。

「もう僕は知りませんからね。エクルト王のことは全部ラクテ様にお任せします」

言いたいことを言って満足したのか、ロスはやっとラクテを解放してくれた。

ラクテはふらふらと寝室まで歩き、ばたりとうつ伏せに倒れ込んだ。睡眠不足もだが、それよりも長く激しい行為によって根こそぎ体力を持って行かれたのが辛かった。よく東宮まで帰って来られたものだ。

あの混乱した状況で、人目を避けようと判断出来た自分を褒めてやりたい。もしも本殿からの朝帰りを西宮に縁のある誰かに見られでもしようものなら、第一王妃マデリンに何を言われるかわかったものではない。彼女のことを相談しに行ったのに、そんなことにでもなろうものなら本末転倒もいいところだ。

「もう駄目、寝る……。家庭教師の日じゃなくてよかった」

誰にともなく呟いたラクテは、そのままぐっすりと眠りにつき、夜の食事が運ばれて来るまで起きることはなかった。

政務の途中で抜け出して来たエクルト王——とても元気で色気たっぷりだったと聞いた——が様子を見に来たことをロスに教えて貰ったのは、翌朝のことだった。


弾みで肌を合わせてしまった日から数日、ラクテがエクルト王の姿を見掛けることはなかった。最初はもしやあの夜のことはなかったことにしたいエクルト王が自分を避けているのだろうかと思ったが、その考えが頭を過《よぎ》ったのはほんの一瞬で、あの男に限ってそれはないと思い直す。

（一回だけだったら過ちで終わらせても仕方ないかもしれないけど、あれだけ何回もした男が簡単になかったことにするわけがない）

それが証拠に、微妙な表情をした王佐や仏頂面を更に苦くした副将軍が、ラクテ宛《あ》てに贈り物を届けるようになったのだ。そのほとんどはラクテが好む書物なので、傍目《はため》には今までと変わりないようにしか見えないが、必ず一筆添えられるようになったのはあの夜以降だ。体を繋げた翌日にはもう、柔らかな敷物が東宮に届けられ、何のためにそんなものを送って来たのかを理解した瞬間、顔から火が出そうになった。エクルト王の男を受け入れた場所——尻が辛かろうとの気遣いである。

王は前の時のように視察に出たわけではなく城の中にはいるが、国土全体が活動の時期に入ったために国王の決裁が求められる書状が多く届けられ、それに忙殺されているのだと、疲れた顔の王佐が教えてくれた。

現エクルト王リューンヴォルクが、歴代でも十指に入るほどの名君だと言われていることは噂として知っていたが、ラクテには想像もつかない。何せ、見たことがあるのは、寝ているか、色気を振りまいているか、椅子に座って話しているかなど私的な面のみなのだ。公の場で、国王として働いている場面を見たことがないのだから、当たり前だ。

前の国王の時代の末期、国内で密輸や交易商人たちへの賄賂《わいろ》がはびこり、一時エクルト国内の経済は混乱し、国民の生活も荒れてしまった。これが国内だけで済めばまだましだったのだが、エクルトと交易関係にある国にまでそれらの影響が及んでしまったのだから、ことは世界全体の経済状況を左右した。

その結果、何が生じたかというと、ただでさえ高額な取引が主な外貨の収入源だというのに、商人の利益優先のあまりに値が二倍三倍にも跳ね上がり、さすがにこれは適正価格ではないと判断した諸外国が、一気にエクルトとの交易から手を引くと言い出したのだ。エクルトからしか入手出来ない品が多数あるにも拘らず、である。

当然ながらエクルトには大打撃だった。

慌てて国内の立て直しが図られ、その過程で元国王の商人たちとの癒着《ゆちゃく》が発覚して退位に追い込まれ、リューンヴォルクが即位することになった。

そして、今もなお取締りは強化され、厳しい監視の目はエクルト国内のみならず、国外にまで伸びている。密輸に絡む希少生物の売買や虐待には、特に厳しい。

ホーン港が開放されたばかりの今、季節初めにありがちなどんな問題が生じないとも限らず、港湾局との連携や商人たちが作る組合との連絡会も頻繁に行うなど、四阿で昼寝をしていた同じ男とは思えないほどの働きを見せていると、王佐は熱弁を奮《ふる》った。

「そんなに忙しいなら、私のことまで気にしないでいいのに」

本殿に帰るのも夜遅く、城に寝泊りすることの方が多くなっていると聞けば、それこそ疲労回復薬や安らかな眠りを導く睡眠薬を渡したくなる。

一度、王佐に「エクルト王に渡してください」と言って疲労を取る薬を渡したことがあるのだが、その時に返って来た「これは普通の薬か？」というエクルト王からの文には笑わせて貰った。

効き目のいい普通の薬ですと書いた紙を渡した翌日には、ありがとうという直筆の文を貰い、ほっとした。

「落ち着いた頃にまた会いに行ってみようかな。月狼の方もお休みみたいだし」

エクルト王と個人的に知り合いになった時以来、月狼の姿は見ていない。疲れを取るためにゆっくり休んで欲しいと願うばかりだ。

エクルト王との関係は良好で、距離を着実に縮めて来ているのだが、あの夜に話すはずだった後宮への対処がまだだったと思い出したのは、不覚にも家庭教師に行く途中で第一王妃マデリンが寄越した軍人風の男に捕まり、西宮の彼女の部屋に引き込まれてしまってからだった。

「話があるなら後で伺いますから、ここから出して貰えませんか。マルグリッド王子とシャルロッタ王女が私が来るのを待っているんです」

無理矢理押し込まれた部屋には二人分の茶と菓子が用意され、椅子の一つにはゆったりとした服に身を包んだマデリンが座り、後ろを見れば、ラクテをここまで連れて来た筋骨逞しい壮年の男が、扉を塞ぐように立っている。

「話はすぐ終わるわ」

「では手短にどうぞ」

椅子を勧められたが長居する気はないラクテは、立ったまま話を促した。

相変わらずの媚《こ》びない態度に眉を顰《ひそ》めたマデリンだが、話を進める気はあるらしく、これまでと同じように家庭教師を辞める気はないかと繰り返した。

「何度言われても辞めません。私を家庭教師に任命したのはエクルト王です。もしも辞めさせたいのなら王の許可を貰ってください。説得力のある理由があれば、もしかしたら聞き届けてくれるかもしれませんよ」

絶対に無理だとの意味を込めて言えば、マデリンは唇の端を小さく上げた。

「説得力のある理由ならあるわ。あなた、とても優秀なんですってね」

「だから家庭教師をしています」

「ええ。でも、あなたがマルグリッドにつけられているのは、あの子が次の王になるために必要な知識や教養を覚えさせるため」

それで、と眉を上げて先を促せば、マデリンは先ほどよりも深い笑みを浮かべた。

「もしも、マルグリッドが国王にならなければどうかしら？　もっと他に王に相応《ふさわ》しい子供がいたとしたら？」

「——何が言いたいんですか」

ラクテは眉を寄せた。遠回しにマデリンが何を伝えたいのかわかったからだ。

マルグリッド王子を廃し、別の子供に王位を与える。まだ生まれぬその子の母親は——。

「別に難しいことではないでしょう？　私はただあなたに道を示しただけ。どちらにつくのがより賢いことなのか。あの冴《さ》えない第二王妃の子につくか、それとももっと高貴な身分を持つ子供につくか」

それに、と言いながらマデリンはゆっくりと立ち上がり、ラクテの前に立つと、その手を取り、自分の腹の上に当てた。上等な絹のゆったりとした服の下の腹は平らで、まだ何もわからない。

「あなたほどの美しい男性なら、女だって選び放題。いくらでも用意するわよ。もし、あなたの美しさに釣り合うだけの高貴な女がお望みなら……」

確かにマデリンは美しい女だ。そして自分に絶対の自信を持っている。笑みを浮かべ、乳房に手を持って行こうとするマデリンから、すっと自分の手を引き抜いたラクテは、三歩後ろに下がり、第一王妃を見下ろした。

ここまでが我慢の限界だった。

（おばあ様の若い頃は笑顔だけで息の根を止めることが出来たっていうけど、私にも出来るかな）

今はマデリンと同じ部屋にいたくない気持ちでい

っぱいだった。だが、ただ部屋を出るだけでは胸の不快感は収まらない。

（唇の端は少し上げるだけ、目は動かさないで相手を見つめて。うん、見下すように背筋を伸ばして、半眼で顎を上げて）

そうしてラクテは、ヴィダ城に飾られているツンと澄ました祖母の肖像画を思い浮かべながら、これまでマデリンもエクルト王も見たことのない冷たい表情を作り出した。

「結構です。閨の相手は間に合っていますから」

マデリンが言っているのはそういうことで、あえてラクテは婉曲的な表現は使わず、はっきりと口にした。

「それに、私は女性が相手では反応しません。私を満足させられるのは女性ではない。その意味がわからないほど愚かではないでしょう？」

しかし、相手はそこで諦めるような女ではなかった。自分の美が欲望の対象にならなかったことを悔しがったのは一瞬、すぐにラクテの背後に向かって顎をしゃくった。

「それなら最適な男性を用意するわ。彼、エクルト軍を預かる将軍よ。ジェラルド＝ブラクデン将軍、彼がお相手するわ。将軍、この家庭教師を抱きなさい」

意向を問うこともせず、いきなり命じたマデリンにラクテの眉が不快気に寄る。ちらりと後ろを見た将軍の表情は変わらず、ただラクテをじっと見つめていた。そこに色は感じられないが、だからと言って不躾《ぶしつけ》に見つめられてよい気分のわけがない。

それに――。

もう一度視線をマデリンに移すと、ラクテはハッと嗤《わら》った。舐められたものである。

それから、ラクテは着ている服の釦を外し、襟を寛げた。

ほっそりとした白い首と鎖骨が現れ、一緒にそこに付けられている情事の痕跡もはっきりと見える。吸い付いた跡だけでなく、歯型まで残っているのだ。これで特定の相手がいないとわからない方がおかしい。

（こんなところで役に立つなんて、まさかあの人も思わなかっただろうな）

思い出し、つい浮かんでしまった笑みには、知らず優越感が含まれていたのか、マデリンは悔しそうに美女も台無しの形相で眉を吊り上げた。

「疑うなら他のところも見せますよ。ああ、でも女性には少し刺激が強いかも。それに私の相手は嫉妬深いので、止めておいた方が無難ですね。お互いの身の安全のためにも」

これ以上言うことはない。

ラクテはマデリンに背を向けると、将軍へ冷たく命じた。

「通しなさい」

条件反射なのか、思わずといった様子ですっと動いた将軍の大きな体の横を通り抜け、部屋を出る。

そして教え子の元に早足で歩き出した。

「余計な寄り道してしまった。二人が待ってるから急がなくちゃ」

それにしても……と思うのは、将軍が思いの他、第一王妃と親しくしているという事実だ。

もしもラクテが毅然《きぜん》とした態度で跳ね除《の》けなければ、マデリンに言いなりの将軍はラクテを犯していただろう。力では絶対に敵《かな》わないのだ。こうして無事に西宮を出て来れたのは、今になって思えばかなり幸運だったと言える。

そもそも、なぜ将軍はマデリンの言いなりになっているのか。警備のために西宮にいるという言い訳は立つが、あの二人の関係はそれだけではない気がする。ただし、二人の間に恋愛関係はなく、どちらかというと主従関係に近いのではないだろうか。少なくとも、マデリンの将軍への態度は、使用人に対するのと同じものを感じた。

「大丈夫なのかな、エクルトは。将軍があんな調子で……」

第一王妃について話す時間を取って貰うようエクルト王に頼まなくてはと思いながら、勉強部屋へ急ぐべく、ラクテは足を早めた。

エクルト王と話す時間が取れたのは思ったよりも早く、翌日の夜だった。

「なかなか時間が取れずに会いに来ることが出来なくて悪かった」

何時になるかわからないからと東宮の部屋で待っていたラクテの前にエクルト王がやって来たのは、もう月が空に上ってだいぶ経つ新しい日になった頃だった。

事前にエクルト王の訪問がいつになるかわからないと話していたので、ロスはもう自室に引っ込んで眠っている。

「くれぐれもこの間のようなことにはならないよう気をつけてください」

と念を押されたが、いくらラクテでもロスがいる同じ場所で体を交える気はない。そもそも、酒すら今晩は用意していない。話をするために時間を取って貰ったのであって体が目的なわけではない。

(少しは気持ちいいことしたいと思わなくもないけど……)

他人の経験を聞いたことがないから知らないが、初めてでもあんなに感じるものなのだろうか。ラクテにとって、まさに新しい世界が開けた――そんな感じだったのだ。

それを自分から口に出してしまえば負けのような気がする。とりあえず、そのことは後回しだ。

「それは別にいいんだよ。忙しいのは聞いているから」

「なんだ、少しは寂しがってくれたりしなかったのか？」

笑いながらラクテの前に立ったエクルト王は、髪を梳き、頬に指を滑らせた。

「俺は出来れば毎日でもお前に会いたいと望んでいたというのに、つれないな」

そのまま軽く唇を重ねられ、もう一度、今度は深く重ねるために近づいた顔を両手で押し戻した。

「駄目。話が先」

このままなし崩し的に情事になだれ込んでしまえば、せっかく作った時間が無駄になってしまう。

エクルト王の方も同じことを考えたようで、不満を見せたのは一瞬、すぐに真顔に戻って長椅子に腰を下ろした。

「それで、わざわざお前が伝言を寄越さなくてはならないほどの話とはなんだ？」

「うん、ごめんね。でも手紙じゃちょっと不安があって、直接あなたに伝えるのがいいと思ったんだ。第一王妃のことなんだけど」

「また何かされたのか？」

「されたのはされたけど、問題はそこじゃなくて――」

回廊で呼び止められて部屋に連れ込まれ、そこでマデリンから誘われたことを話した。誘われたのは肉体関係だけでなく、マルグリッド王子の家庭教師を辞めることも含まれる。そして将軍が同席していたことも。

「ブラクデンか。前国王の腹心だった男だ。今はまだ表には出さないだけの分別は持っているが、自分の主を玉座から追いやった俺を疎んじているのは明らかだ」

「いいの？　そんな人が将軍で」

ラクテは呆れたように目を丸くした。

「あの人、ほらいつもあなたが連れてる副将軍の人、あの人は駄目なの？」

「アクセルを将軍にするよう何度も言ってはいるんだが、頭の固い古い連中が一致団結して認めない。命じるのは王だが、承認するのが議会で、半数が反対していてはな。だが、こっちも対策済みだ。それより」

今度はエクルト王が尋ねた。

「ブラクデンに何もされなかっただろうな」

「うん、それは大丈夫」

「不快な思いをさせて悪かった。ブラクデン将軍のことは早めに手を打つことにする。だがもう少し掛かる。その間、お前も一人歩きには気をつけろ。東宮から出る時には、ロレンツォロスリオスを連れて行け」

「そうする。ロス君にも言われた」

それでいいとエクルト王は頷いた。

「しかし、わからないな。もしもマルグリッドの家庭教師を辞めても、マデリンがお前を雇う理由はないはずだが」

「そこなんだけど、リューンヴォルク、あなたにちょっと訊きたいことがある」

「なんだ？」

「本当はこんなこと訊きたくもないし、知りたくもないんだけど、でも訊かなきゃ話が進まないから訊くね」

本当に下世話な話だとわかっている。だが、これだけは確認しておかなければならない。自分に懐いているマルグリッド王子のためにも、エクルト国の近い将来のためにも。

「一番最近で第一正妃と寝たのはいつ？」

「寝た？」

「もっと端的に言うと子作りしたのはいつ？」

言い直したのはそちらの方がよりわかりやすいからなのだが、まさかそんな質問をされるとは思ってもいなかったのか、エクルト王は驚いた顔のまま器用に眉を寄せた。

「それが――俺がマデリンと寝たかどうかが関係あるのか？」

「ある。だから正直に答えて」

「ラクテ……」

天井を見上げて大きく息を吐き出したエクルト王は、そのまま腕を伸ばして一人分空けて座っていたラクテの体を自分の側に引き寄せた。

「答えるのはいいが、条件がある」

「条件？　どんな？」

「俺が話す言葉を信じること。それが出来なければ告げる意味がない」

「それは……もちろん信じるよ」

「本当だな」

「うん」

「それなら言うが、マデリンとは一度寝ただけの関係だ」

「その一度はつい最近？」

「入宮してからしばらくしてだから、七年前だ。何度か宮を訪ねるよう請われたがすべて断っている。政略結婚はどこもそんなものだろう？」

「私の両親は幼馴染がそのまま結婚したから、いつも仲良しだよ。でも、他の家の話を聞くと、あなたが言ったような感じかなとも思う。酔っ払って寝床に乱入したってことはないの？　他の後宮の女の人と間違えたりしたとか。あ、もしかして他の女の人とこっそり入れ替わっていたかもしれないよ」

「ない。そもそも西宮にはここ数年女を抱くために足を踏み入れてもいないし、お前と違って酔って自分を忘れることはない」

「私のことは放って置いて。でも、そうか……」

そうなのだろうとは思っていた。

後宮に興味のない男が、権威を最も欲しがっている女を相手にすることはないだろうと。一度だけ。その言葉を信じない理由はない。

「たぶんなんだけど」

ラクテはエクルト王の腕に寄り掛かったまま、顔を見上げた。

「第一王妃、赤ん坊がお腹の中にいるよ」

その時のエクルト王の驚いた顔は後々までも語り草にしたいくらいだったと、後日笑いながらラクテは語った。

驚いたと思ったら、次の瞬間には表情がごっそり抜け落ち、次に浮かべたのは何故《なぜ》か達観したような落ち着きで、笑みさえ浮かんでいた。ただ銀色の瞳にあったのは、獣のような獰猛《どうもう》な光だったが。

「リューンヴォルク?」

その反応を予想していなかったラクテが呼び掛けると、意識を別の場所に飛ばしていたエクルト王は強く抱き寄せてきた。

「マデリンの話は事実か?」

「確実だとは言えないけど、まず間違いないと思う」

三人いる姉のうち二人の妊娠出産を見て来た。それと同じ独特の雰囲気と変化がマデリンの上に訪れていた。毎日見ていれば気づかないことでも、日数を開けて見てみれば、意外と変化に気づくものだ。少し膨らんだ頬や体、腹はまだ大きくはなっていなかったが、あの時のマデリンのゆったりとした服装は、あえてラクテに自分が子を身籠っていると主張するためだったのだろう。

「でも、あなたの子じゃなかったら誰が父親なの?」

「一人だけ心当たりはある。ラクテ、マデリンは自分の子が次の王になると匂わせたんだろう?」

「そんな感じだった」

「それなら間違いないな。……俺の子でなくても王位につける方法は確かにある」

「それが何かは聞かないよ。ただ念のため確認させて。あなたが考えている次のエクルト王は」

「マルグリッドだ」

「第一王妃が産むかもしれない子供が男でも？」

「マデリンの子が王冠を戴《いただ》くことは絶対にない。エクルト王の冠は、正統な血を引くものの頭上に輝く」

そう低く言葉を発したエクルト王が何を思ったのかはわからない。ただ、何かが知らないところで動き出したような気がして、腕を摑む手に力を込めた。

「他に質問はあるか？」

「あるけど、訊いてもどうせ教えてくれないんでしょ」

「言えることと言えないことは確かにある」

「いいよ、もう。あなたが傷ついたりしなければ」

ラクテの内側にある不安を感じたのか、それとも最初からそのつもりだったのか、エクルト王は憂いを払拭した表情でラクテを散歩に誘った。

「もう夜中なのに？」

「夜でもこんなに明るければ大丈夫だ。それに城の主がいて道に迷うことは絶対にない。月神も月狼も見守ってくれていることだしな」

二人は外套を羽織り、寝ているロスを起こさないようにそっと宮を抜け出した。

外に出たラクテは、山から落ちて来るのではないかというほど大きく見える月の姿に、確かにこの明るさがあれば夜道も怖くはないと思った。昼間の太陽と同じように、月光が広く長く降り注ぎ、足元には影も出来ている。

森や林の中を抜ける時には、普段とは違う雰囲気にさすがのラクテも少し怖く感じたが、繋いだ手の先の温もりに「大丈夫」と言い聞かせた。

二人は黙々と山道を登り、獣道を通り抜け、辿り着いたのはラクテも何度か来たことがある湖、鏡湖だった。

「夜に見るのは初めて。凄いんだね」

昼間は青い空を映している鏡湖の表面は、今は夜空と一体で輝く月がくっきりと湖面に映し出されている。

「月夜もいいが、月のない夜もいいぞ。空と湖、両方を埋め尽くすくらい星で埋まることもある」

「それ、私も見れるかな」

「いつでも。鏡湖はずっと変わらずにここにある」

その時に自分の横にいるのがリューンヴォルクならいいのに――。

山道を登る時に繋いだ手は、今もまだ繋ぎ合わされたままだ。

エクルト王は以前に月狼が寝そべっていた台座まで行くと、石床の上に直に座るようラクテを促した。念のために持って来た毛布を敷いて二人並んで足を包めば、じわりと温かくなる。


「前に後宮の話が途中だったのを覚えているか？」

「うん。私も気になっていたから、いつか訊こうと思っていた」

「前のエクルト王、つまり俺の父親は王位にあった期間のほとんどは無難に務めていた。それが何を血迷ったか、晩年になって失政した。富を蓄えることと女に入れ込んだんだ」

頻繁な賄賂のやり取りが半ば公然と行われ、目についた器量のよい娘たちは身分の上下を問わず後宮へ連れて来られ、妾にされた。元々二十人以上の妾妃を持っていたその上に、更に増える娘たちは、ずっと寵愛を受けるわけではなく、新しい娘が来ればそれでもう見向きもされない。

たった一夜だけのために、何人もの女たちが家族から引き離され、泣く泣く後宮へ入れられた。

「理由はわかっている。俺の母親、正妃が死んだからだ。それで箍《たが》が外れた」

ヘンネンの妻は嫉妬深いことでも有名で、夫である国王が他の妾妃の元へ行くことばかりか、話すことすら認めず、あらゆる手段を講じて邪魔をした。美しい女は城内から追放し、年老いた女たちだけが残った。その結果、生まれた子がリューンヴォルク一人しかいないという事態を生んだ。

「父を退位させた後、真っ先に俺がしたのが後宮の開放と縮小だった。最初から王と縁を結ぶことに納得している貴族の娘や荘園から連れて来られた富農の娘たちはまだいい。だが、娘のいない貴族に買われて連れて来られた娘たちも多かった。故郷には帰れず、かといって追い出されてしまえば住むところもない」

「じゃあ、後宮に残っている百人以上のお妃様たちって、行く場所のない人たちってこと？」

「一度に全員を退去させるのはいくらなんでも身勝手だろう？　今は前国王の個人資産の三分の二を凍結して国庫に戻し、それで女たちが一生暮らせるよう手配を取っているが、数が多過ぎて進まないのが現状だ。元妾妃という肩書きは、貴族には名誉ある称号でも、普通の暮らしをしていた娘たちには不要のものだと援助を拒んで出て行ったものもいるが、ほとんどの娘は身の振り方すらままならない」

「貴族にとっては国王の妾妃だった事実は誇れることでも、無理矢理連れて来られた人たちは買われたとしか思えないよね。なるほど。これが後宮に二百人お妃様がいるっていう噂の正体か。それで、あと何人くらい残っているの？」

「三十人くらいだな。帰らずに、城に残って女官をしているものも多いぞ」

「わかった。その人たちのことは理解したよ。でもあなたのためのお妃様たちもいるんでしょう？」

むしろラクテが知りたいのはそちらだ。

「それは前にも言ったぞ。差し出されるのを断るのが面倒で放置していたら増えたと。誓って言うが、手は出していない。一応全員を儀礼的なものがあって抱いたが、キリがないからそこで止めた」

「ふうん、抱いたんだ」

「全員一度だけだ。二度はない」

「それでお妃様たちを抱かないで、他のところで発散していたってわけだね」

あれだけ精力的な若い男なのだ。女絶ちをしているとは絶対に思えない。だがここで過去の女関係を掘り返しても建設的ではない。

「第一王妃と他のお妃様のことはわかった。でも第二王妃はどうなの？　この人はあなたにとってどんな意味があるの？」

「ヨハンナか」

エクルト王は湖面を見つめ、笑みを浮かべた。

「第二王妃ではあるが、元々はヨハンナが俺の婚約者だった。それが前国王の退位で俺がエクルト王の冠を頭に乗せることになった時、一度破談になったんだ」

「どうして？　普通は王子時代の婚約者がそのまま正妃になるものじゃないの？」

「俺はそのつもりだったんだが、横槍《よこやり》が入った。王の正妃になるには身分が低過ぎるとな。小貴族だったヨハンナの父親が死に、後ろ盾を失《な》くしたのも大きかった。それで押し付けられたのが当時の王佐の娘のマデリンだ。義弟のシェスティンは真面目でいいやつなんだがな」

身分の差。だからあんなにもマデリンはヨハンナを見下しているのだ。

「あれ、でも結局はヨハンナ様は第二王妃になって城に上がってるじゃない。どうして？」

「破談になった後、身籠っていることが判明したからだ。腹の中の子は王の子供。庶子にして身分を浮かせるよりも、正式な子として育てた方がいいと判断した。マデリンは頑《かたく》なに反対したが、これればかりは譲れない」

「決めたのは？」

「俺だ」

適切な判断であり処置だと思う。庶子として生まれた子供が家督争いに引っ張り出されるお家騒動は世の中に山ほどある。エクルト王家なら、放置するよりも認知して手元で育てる方が子供たちも母親も安全だ。あの第一王妃マデリンの気性を見る限り、城で保護されない場合、子供が生きながらえる確率は非常に低いものになったはずだ。

だが第二王妃ヨハンナの態度はあまりにも余所余《よそよ》所《そ》し過ぎないだろうか。以前からの婚約者だったというのなら、気心も知れ、もっと親しい態度を取るものではないだろうか。男女の差はあれど、自分とロスのように軽い会話をし、時にはじゃれたり喧嘩をしたり、そんなものだと思っていたが、他の国の貴族はそうではないのだろうか。

確かに二人の間には二人にしかわからない絆はあるのかもしれない。それでもなんだかしっくり来ない。

「ラクテ」

まだ首を捻《ひね》るラクテの肩をエクルト王は抱き寄せた。

「人には言葉にすることが出来ない想いもある」

ラクテは小さな声で呟いた。

「それは悲しいことだね」

「小さな幸せを守るためにそうしなければならないこともあるということだ。以前はわからなかったが、最近その気持ちがわかるようになって来た」

「そうなの？」

「ああ。お前に会えたからな」

「私に会えて何かが変わった？」

「変わった。白と灰色だった世界に色が付いた。お前を見ていると本当に飽きない」

「……それは褒め言葉として受け取っていいのかな？」

「最大級の褒め言葉だぞ。自慢しろ、俺が誰かを褒めるのは十年に一度あるかないかだ。――ラクテ」

顔を上げればすぐ目の前にエクルト王の顔が迫っていた。

避けることは出来たはずだが、ラクテは避けなかった。

「ん……」

角度を変えながら深く与えられる口づけに、鼻の奥から甘く抜けた声が零れる。

「ラクテ、俺はお前が羨《うらや》ましい。お前の自由さが眩しい」

「あ、待ってリューンヴォルク、こんなところで……」

息を継げないほど激しく口づけられ、体から力が抜けたラクテの体は、毛布の上に横たえられ、裾から入り込んで来た手が肌の上をまさぐる。

慌てて服の上から押さえるが、潜り込んだ手が上へと這い上がり、胸の先端を何度も擦《こす》り上げるように撫で回せば、体は正直に反応を示す。一晩だけしか体を合わせていないのに、その一晩でラクテの体はエクルト王の愛撫に敏感に反応を示すようになってしまっていた。

まるで最初からエクルト王に愛されるために生まれて来たかのように、しっとりと手は肌に馴染み、体温を共有する。

山の中はまだ寒く、吐く息は白い。だが、一枚、また一枚というように衣服を脱がされても寒さは感じなかった。

「どうしてだろうな、初めて会った時からお前は俺の中の懐かしい何かを呼び起こす」

「エクルトに来たのは……初めて、だよ」

「俺もエクルトから出たことはない。だから不思議だ」

「それはね、きっと運命なんだよ」

たった今まで運命という言葉はあまり好きではなかった。その一言で何もかもをひっくるめて片付けられることが何だか理不尽に感じられて。

しかし、今の自分たちの関係はなるべくしてなったとしか言いようがない。例えばそこに作為的な何かがあったのだとしても。それでも思う。

惹かれたのは、好きになったのは自分の意思なのだと。ただ運命は、二人の出会いを提供してくれただけなのだと。

「ラクテ」

熱っぽい声、性急に脱がされた服。

全裸で覆い被さるエクルト王の体に両腕を回してしっかりと抱き締めた。

「もうすぐ、いろいろなことに片が付く。そうしたら、お前に真実を話そう」

「うん」

口づけを一つ。

その後はもう会話は不要だ。

貪るように肌の上を唇がなぞり、吸い付き、自身を口に含まれた。恥ずかしい気持ちは少しだけで、もっと強く吸って欲しくて自分から腰を動かした。

エクルト王の口の中に射精して、男の上に跨って屹立を口に含むことにも躊躇いはなかった。むしろ、男の大事な部分を自分に預けてくれたのだという喜びの方が大きかった。

ラクテのものをエクルト王が咥え、エクルト王のものをラクテが口に咥えて愛撫する。毛布の上に転がって、互いに上下を入れ替えながら体中を愛撫し合った。

ようやくエクルト王の熱い分身がラクテを貫いた時、それまで感じたことのない歓喜が体の奥から迸るのを感じた。

脚を抱え上げられ、何度も深く打ち付けられ、頭も心の中もすべてがエクルト王――リューンヴォルクで埋め尽くされた。

「はっ……はっ……」

荒い息はまるで獣のよう。

静かな湖岸に二人の息遣いだけが響く。

「きれい……」

皓《しろ》く輝く月を背中に、一心不乱に快楽を追い激しく腰を動かすリューンヴォルクは荒々しい獣のようでもあり、その造形の美しさから神のようでもあった。

「ラクテ……ッ」

小さな呻《うめ》き声と共に体の中に熱いものが叩き付けられる――。

額に汗の粒を浮かべ、眉をぎゅっと寄せ、感極まり恍惚《こうこつ》としたリューンヴォルクの顔。


絞り出すように放ったものは、未だ硬度を保ったままラクテの中にある。

抜け出そうとする男の腕を掴んだラクテは、

「もっとちょうだい、あなたを」

と言いながら自分から腰を押し付けた。自然、下半身に力が入り、絡みつくように自分のものを締め付けられたリューンヴォルクが、

「我儘な奴だ」

と笑う。

否やのあろうはずがない。

ウォーンウォーン……と長く響く獣の遠吠えを遠くに聴きながら、体も心も雁字搦《がんじがら》めになりながら愛を交わす二人の姿が夜の中で白く浮き上がるのを、月だけが見ていた。


翌朝、エクルト王は恩のある地方領主が病床にあるとのことで、見舞いのため城を出立した。これは

事前に予定されていたものであり、特に不安や疑問を感じることなく、ラクテは東宮の露台から見えないエクルト王の姿を見送った。

「ムスっていう紫色の大麦をお土産に持って帰って来てくれるんだって。楽しみだよねえ。紫にもいろんな色があるし、どんな色なんだろうね」

「図鑑にも載っているんでしょう？　本に色は付いてないいんですか？」

「一応塗られてはいるけど、かなり褪《あ》せてるし、たとえ似せてあっても紙に塗るものだし、本物そっくりの色は出せないと思う」

「便利なようでもやっぱり不便ですね」

「そうだね。絵も彫像もそうだけど、やっぱり実物が一番ってことじゃないかな。偽物の方が本物よりも勝っていたら、それはもう別のものになってしまうから、多少劣っているくらいがちょうどいいのかもね」

「エクルト王はいつ頃お戻りなんですか？」

聞いてるんでしょう、さっさと言いなさいとロスの目が催促するまま、ラクテは昨夜のことを思い出した。昨夜と言っても、情を交わし合っていた時のことではなく、見舞いと視察に出るという話を聞いた帰り際のことだ。

「そんなに遠くないから往復で五日もあれば十分だって。もしかしたらホーン港まで行くかもしれないから、その時はお城にも知らせるって言ってた」

ラクテは露台に凭《もた》れたまま、薄く緑に霞《かす》んで見える遠くの風景に見入った。

出て行ったばかりで早く帰って来て欲しいと思ってしまうのは、

（やっぱり恋しているからなのかなあ）

女性経験はあるものの、決して好んでいたわけではないし、国内の貴族に交際を申し込まれても、特定の恋人を作るのが面倒だと断り続けて来た。その自分がよりによって男に抱かれ、それればかりか今まで得ることの出来なかった快楽を知り、もっと欲しいと願ってしまったのだ。

第一王妃や第二王妃の話が気になったのは、嫉妬が含まれていたからだと今は素直に認めよう。

あの腕が抱き締めるのは自分だけでいい。あの銀の瞳が見つめるのは自分だけでいい。

あの男の愛を受け、愛撫され、抱かれるのも自分だけ――。

知らなければきっと思わなかっただろう。だが、今はもう知ってしまった。リューンヴォルクがどうやって人を抱くのかを。どんな風に体が拓《ひら》かれていくのかを。

体に掛かる息の熱さ、中を穿《うが》つものの圧倒的な力強さ。

他の誰かがエクルト王に抱かれることを想像するだけで、胸の中が煮えたぎるほど苦しい。


（知らなかった。私ってすごく独占欲が強いんだ。うわ……面倒だと思われるのはいやだなあ。母君が嫉妬深かったって言ってたし、嫌われたらどうしよう）

それでも。

「はあ……」

早く帰って来て欲しいと願う。

「ロス君、私、一つ学習したよ」

「へえ、どんなことですか？」

「恋という病を治せる特効薬は、病を作った原因だけだってね」

何のことかと首を傾げたロスは、すぐに「ああ」と破顔した。

「エクルト王、早くお帰りになるといいですね」

「うん」

エクルト王はきっと真っ直ぐに自分の元に帰って来る。花束ならぬ紫色の大麦の束を腕いっぱいに抱えて。

美丈夫と紫色の麦。その似合わなさを笑った後、ぎゅっと抱き締めて「お帰り」と言ってやろう。

強い風が顔の横を通り過ぎ、ラクテはそっと目を閉じた。


その報《しら》せが齎《もたら》された時、ラクテはちょうど王子と王女の家庭教師をしている最中だった。

二人にさせていたのは、エクルトの立体地図を作ることだった。小さな城や砦《とりで》や町、神殿などの建物、それに農作物や動植物の小さな模型を平面図の上に正しく配置しながら、国の特徴を覚えるというもので、遊び半分に出来るこの作業が最近の主な学習になっていた。

双子と一緒にエクルトの特色を覚えることが出来るので、ラクテにとっても有意義な授業の一つだ。

そうして三人で、これはあそこ、この動物が飼育されているところは……などと頭を突き合わせていると、

「マルグリッド、シャルロッタ」

常に控え目で、自分の部屋から滅多に出て来ることのない第二王妃ヨハンナが、王佐ジーウと共に扉を開けて足早に入って来た。今までにも迎えに来る時に数回顔を合わせたが、その時も常に一歩引いているという感じで、印象の薄い女だった。そのヨハンナが、挨拶もそこそこにすぐに子供たちに駆け寄り、抱き寄せたのだ。

何かあったのかと王佐に視線で問い掛けると、まず王佐は入って来たばかりの扉をしっかりと閉め、ラクテの耳元で告げた。

「ラクテ公子、驚かないで聞いてください」

伝言を運んで来た人間がこういう言い方をする時には決してよい報せではない。王佐の口が何を告げようとしているのか、ラクテは黙って待った。

「陛下が亡くなったという報せが内密に届けられました」

「え……」

聞いた瞬間、目の前が真っ暗になった。実際、血の気も引いたのだろう、ふらりとした体を支えたのは王佐で、普段は存在感の薄い彼の深刻な表情に、衝撃を無理矢理に胸の奥に押し込め、真偽を問うた。

「それは事実なの？　本当にリューンヴォルク……エクルト王は亡くなったの？　王には護衛が付いていたはずだよね」

王佐はゆっくりと頷いた。

「それで守り切れていないってどういうこと？　そもそも、リューンヴォルクが――ごめん、ちょっと待って。落ち着くから」

ヨハンナにじっと見つめられていることに気づいたラクテは、頭に上りかけた血を、数回大きく深呼吸することで何とか抑えることに成功した。

自分が取り乱しては駄目だ。嘆き悲しむのは、本当にそれが真実だった時だけだ。それまで涙を流してはいけない。

ラクテはそう自分に言い聞かせた。

「――それで王様が亡くなったというのは事実なの？　誤報ということは？」

王佐は深刻な顔で口を開いた。

「最初に、この話を知っているのがまだ少数だということをお伝えしておきます」

ここで王佐は先ほどのラクテと同じように、大きく息を吸い込んだ。

「報せを運んで来たのは軍兵士。直接ブラクデン将軍の元へ届けられました」

「ブラクデン将軍に……？」

あの人は――信用出来るのだろうか？

「陛下たち一行は盗賊に襲撃されたそうです。陛下たちは応戦しながら別の方角に走り、その途中、白馬に乗った陛下が矢を受けて落馬するのを見たと付近の農民が語っているのを聞いたと、その兵士は言っています。また、供に連れていた兵士たちは逃げた盗賊を追って行方不明だそうです」

「でも」

それは伝聞の伝聞で、簡単に信じられるものではない。

「それじゃあ本当に死んだかどうかわからないじゃないか。直接見た人はいないんでしょう？　その農民以外は」

仮にも一国の王の生死の判断の元になるのが、そんな確証も何もない伝聞でいいわけがない。

「その通りです」

王佐は頷いた。

「ただ、巡回の兵が陛下の外套を回収して持ち帰っています。胸には矢の跡、そして斬《き》られた跡が……陛下が特注したメエリスの真っ白な毛皮は赤く血に染まっていたそうです」

「でも、だからって……」

遺体があるわけではない。たとえそれが血だらけでも、生きている可能性はある。

「はい、私もそう思います」

そして、王佐もラクテと同じ考えを持っていた。

王佐は息を吸うと、子供たちに聞こえないように声を潜めた。

「遺体は損傷が酷く、確認出来ないため外套のみを持ち帰ったと発見した巡回兵は言っています。いずれその遺体も城に届けられるでしょうが、きっと検分するのはマデリン第一王妃か身内の前国王ヘンネン様、それに将軍だけでしょう。私はおそらく立ち合わせて貰えない」

前国王、マデリン、将軍。まさかと思いたいが、彼らの名前を揃って聞いてしまえば、もしやという疑念が育って行く。

三人がもしも口裏を合わせれば、名もない死体はエクルト王リューンヴォルクになってしまう。

これは仕組まれた事故なのか。もしもそうなら誰が何を仕組んでいるのか、今の状況だけでは判断することが出来ない。

ラクテは瞼を閉じ、考えた。エクルト王のことを想い、思考を巡らせる。

自分はどうすべきなのか。

何をしなくてはいけないのか。

そんなラクテに声を掛けたのは、第二王妃ヨハンナだった。

「ラクテ公子」

ヨハンナは一度俯《うつむ》き、息を吸うと顔をしっかりと上げた。

「――なんでしょう、ヨハンナ様」

「私の意見を述べてもよろしいですか？」

「どうぞ」

エクルト王は言っていた。彼女とは付き合いが長く、自分のことをよく知っているのだと。

「すぐに城を脱出すべきです。陛下は常々私に言っていました。自分に何かあった時には迷わず城を去れと。私は、今がその時だと思います。陛下が亡くなっていると信じたくはありません。ですが、もしも事実だとすれば、やはり陛下のお言葉に従わなくてはならないと思うのです」

遺言という言葉はまだ使いたくない。そもそも書面にすら書かれていない、ヨハンナだけが知っている言葉だ。

だがそれが事実なら、それは正真正銘の遺言だ。

（どちらにしても逃げ出すしかないってことか）

真っ直ぐにラクテの顔を見つめるヨハンナの緑の瞳には、これが最善だと信じる強さがあった。

いつもはあまり自己主張しない王佐も、力強く頷いた。

「私もヨハンナ様の意見に賛成です。もしも陛下が真実お亡くなりになっていれば、次のエクルト王はマルグリッド王子です。でも王子はまだ幼い。玉座に祭り上げ、傀儡《かいらい》にされるのは目に見えていますよね。その時に後見人になるのは母親のヨハンナ様ではなく、第一王妃のはず。第一王妃は王母として政治を握る。そのために、第一王妃はすぐにでも王子の身柄を押さえに来ると思います。もしも傀儡にさせたくないのであれば、話し合いにならない以上、逃げるしかない」

それにもう一つ、別の方法もある。むしろその方法をマデリンが選ぶ可能性の方が高いとラクテは見ていた。子を宿している可能性のあるマデリンが、大人しく他人の子が王位に就くのを見ているだけのはずがない。エクルト王の生死が確実でない以上、次代をマデリンの手に渡すことは絶対にしてはならなかった。

ちらりと見たヨハンナは、顔色こそ青ざめてはいたが、気丈にもしっかりと、子供たちを抱き締めている。

(本当だ。あなたの言う通りだよ、リューンヴォルク。強いね、ヨハンナ様は)

エクルト王の言葉を思い出し、ラクテはそっと微笑んだ。

「わかった。逃げよう」

問題は城を出る手段だ。

「正門は行けそう?」

「駄目です。下の階層へ降りる門はすでに閉鎖されています。王佐の私一人なら出入りは自由ですが、後宮から出ることは無理です」

つまりは時間的な猶予はないに等しい。

「——抜け道があります」

「え?」

黙って話を聞いていたヨハンナは、すっと顔を上げた。

「リューンヴォルク陛下に教えていただきました。東宮の私たちの部屋の近くに外に通じる道があると」

「じゃあそこを通って逃げよう」

迷っている暇はない。危険が迫っている今、第一王妃の手が入る前に脱出しなければならない。

「場所は？」

「私どもの部屋の庭に」

「じゃあ、そこに行ってて。蠟燭と明かりを持って、他には何も持たなくていいから。侍女たちにも知らせないで行くよ」

万一、事が発覚した時に彼女たちに咎《とが》がないように、何も知らせず逃げる。本当に知らなければ彼女たちも「知らない」という嘘を言わずに済む。第一王妃の目的はあくまでもマルグリッド王子の身柄の確保。侍女たちは逃亡者になるよりは、後宮で息を潜め、戻って来ることを待っていて貰った方がいい。

「ラクテ公子はどこへ？」

「ロス君を連れて来る」

言うなりラクテは廊下を駆け出した。後宮が広いことがこんなに恨めしかったことはない。幸いなのは、王佐のジーウが何より先に東宮に報せに来てくれたことで、その時に東宮に通じる門は内側から閂《かんぬき》を下ろさせたという。これで第一王妃が来るまでの時間稼ぎが出来る。

「ロス君ッ！」

自分たちが滞在している部屋に駆け込んだラクテは、剣の手入れをしていた世話役に、息が整わないまま王佐から齎《もたら》された報せを手短に語った。

「エクルト王が亡くなった……？　嘘でしょう？」

「私もそう思う。証拠は何もないんだ。それに、あの人がそんなに簡単に死ぬわけがない」

それはラクテの望みであり、希望だった。生きている。そう信じることで出来る行動がある。

ラクテはヨハンナたちを脱出させると決めたことを話した。

「わかりました」

聡《さと》い幼馴染は、ラクテが望むことを正確に理解していた。手早く身支度を整えると、剣を腰に差し、縄や蠟燭、ランプ、油の入った瓶などを鞄に詰め込み、背中に背負った。ラクテの方は、今まで作りためていた薬をすべて鞄に押し込んだ。

そして揃って第二王妃の部屋に辿り着いた時、ヨハンナと王女は男装して二人を待っていた。

「逃げるには長い服は邪魔ですから」

結い上げていた髪はラクテのいない間に短く切られ、王女の肩まであった金髪も母親に習って王子と同じくらいの長さに変わっていた。

潔いその姿は、こんな時だがラクテに笑みを浮かべさせた。

「あんまり話すことはなかったけど、私、あなたのこと好きかも」

「ありがとうございます。ですがここだけの話にしてくださいませ。陛下にお叱りを受けてしまいますから」

優雅に腰を屈めたヨハンナはそう言って子供たちと同じ緑の目を細めて微笑んだ。

ヨハンナが案内したのは庭にある納屋だった。納屋と言っても普通の木で出来たものではない。山肌を使ったエクルトならではの小さな洞穴《ほらあな》を利用して作られたものだ。普段は草花の手入れをする道具や肥料が収められているその部屋の一番奥の樽《たる》、その下に隠し通路に続く階段が隠されているのだという。

「ただ、どこに出るのかはわかりません。城の外に通じるとだけ」

どんな道なのか、危険なものはないのか。何もわからないまま先へ進むことは大人でも恐怖を覚えるものだ。ましてや小さな子供は……。

ラクテは母親の手を握り締める双子の前に膝を落として屈んだ。

「マルグリッド王子、シャルロッタ王女。私とした勉強を覚えている？　エクルトには世界でも珍しいものがたくさんあるんだけど、見つけるためにはどんなところにでも行く勇気が必要なんだって話したことがあったでしょう？」

「はい。先生も小さい頃に山の中を探検したって聞きました」

「うん。今から入る洞窟《どうくつ》の中にはもしかしたら新しい発見があるかもしれないよね」

「先生、洞窟の中には光る苔があるんですよね」

「うん、そうだよ。私はこの中に入ったことはないけど、もしかしたら光る苔があるかもしれないね。暗闇の中に住んでる三つ又トカゲもいるかもしれない。どう？　探検したくならない？」

双子は互いの顔を見つめ、「うん」と頷いた。そこには先ほどまで感じられた知らない世界に飛び込む不安は見られない。

ラクテは双子の頭の上に手を乗せ、ぐるぐるとかき回した。

「大丈夫。お母様のヨハンナ様がいるし、このお兄ちゃんはすごく強いから怪物が出て来てもきっとやっつけてくれるよ」

ぱあっと輝いた二対の子供の目に、ロスは笑いながら頷いた。

「怖いものは全部僕が引き受けますから、王子も王女も探検に専念してください。時々お母様を守っていただけると嬉しいです」

「わかった！」

「お母様、心配しないでね。私とマーグがいるから」

「ありがとう、二人とも。お母様、とっても心強いわ」

ぎゅっと双子を抱き締めたヨハンナは、ラクテに向かって頷いた。

「ロス君、君が先に入って大丈夫そうだったら合図して」

「わかりました」

ロスは部屋から拝借して来た荒縄を肩と腰にぐるぐる巻き付け、明かりを入れたカンテラを手に慎重に階段を下りた。人一人の幅しかないそれはかなり急な造りだが、明かりが見えなくなってすぐに「大丈夫です、下に広い道があります」と声が聞こえた。

大丈夫だと確認したラクテは、王子を先に、次に王女を進ませた。それから王佐を振り返った。

「私は残ります。まさか第一王妃もすぐに王佐の首まですげ替えるようなことはしないでしょう。むしろ私が残っていないと状況が悪化する恐れがあります」

「大丈夫ですか？」

「ええ。私は私なりに城の中で出来ることを探します」

存在感がないから誰も自分のことは気に掛けないだろうと王佐は笑ったが、リューンヴォルクと良好な関係だったことは明白で、第一王妃からの風当たりがきつくなるだろう中、一人残ることを決めたジーウは、確かにエクルト王が信頼し王の補佐として選んだだけの人物だとラクテは思った。

それからヨハンナが階段を下りる。

「ヨハンナ様」

振り返ったヨハンナに、ラクテは持っていた鞄を渡した。

「中に応急手当てに必要な薬一式が入っています。使い方はロス君が知っているから、わからなければ聞いてください」

笑うラクテの顔を見上げたヨハンナの目が大きく見開かれる。

「ラクテ公子、あなたはまさか……」

台詞が終わらないうちに、ラクテは床石で階段の入り口を塞いだ。納屋の中にあった肥料や土嚢《どのう》を幾つも上に乗せ、簡単に入り口の蓋が見つからないようにすると、王佐の腕を引いて納屋の外に出て入り口をしっかりと閉め、中で見つけた大槌《おおづち》で鍵穴の部分を叩き潰《つぶ》した。これで簡単には中に入れなくなる。言い換えれば、隠し通路の途中で何かあったとしても引き返せない危険性を含んでいるのだが、

「ロス君がいるから、きっと何としてでも出口まで辿り着いてくれるよ。その後もきっと大丈夫」

子供の頃からヴィダの山や鍾乳洞の中を飛び回って遊ぶラクテについて回ったロスだ。山の中腹から麓へ降りる洞窟くらい簡単に走破してくれるはず。

「信頼なさっているんですね、ロレンツォロスリオスのことを」

「エクルトに行くと言った私に、迷わず家族が選んで付けてくれた優秀な子だからね」

無事に再会した暁には説教の嵐だろうが、互いに無事ならそれでいい。何より、今はエクルト国のためにも第二王妃と王子の身を守ることが最優先なのだ。

建物の中に戻ったラクテは、第二王妃の衣装部屋から自分にも着られそうな衣服を見繕い、元の服の上から着込んだ。フードのついたエクルト特有の外套を被って顔を隠してしまえば、一見しただけでは男女の区別はつかないだろう。背が高過ぎる気はするが、姿を見せるくらいなら正体がばれることはないはずだ。

念のため、簡単に紅を引き、女性だというのを目立たせる。

「どう？」

「……ラクテ公子、すみません。私には女性にしか

見えません」

なぜか王佐は頭を何度も下げて謝罪した。時々エクルト王に対する謝罪の言葉も聞こえたような気がするが、気のせいだろう。

「おばあ様に似ている顔を今日ほど感謝したことはないな」

鏡を見れば、祖母の若い頃の肖像画にそっくりな顔がある。残念ながら色香という点では及ばないが、女に見えるのなら問題ない。

女装は保険だ。門を掛けて門を閉ざしておくにも限界がある。そう長くない間に東宮の扉が開かれ、第一王妃の手のものがヨハンナと王子を探しに来た時に、出来るだけ抜け道から遠ざける意味もある。

「私はこのまま山に逃げて、追っ手の目を引きつける役をするよ」

「私の従者のふりをして外に出ては？」

「それは無理。第一王妃は私の顔を知っている。すぐに見つかってしまうよ。第二王妃と子供たちはまだ後宮のどこかに隠れて逃げているっていう事実を植え付けないと」

後宮にいなければ外に逃げたと考えるはず。抜け道の出口がどこにあるのかわからないが、第一王妃マデリンと懇意にしている将軍が軍を動員してメリンや城門付近に兵を配置すれば、身動き出来なくなる。

「中がどんな風になっているのかわからない。出口に出るまでもしかしたら一日以上掛かるかもしれない。だから私は第二王妃ヨハンナとして山の上に逃げる姿を見せて、まだ城から出ていないと思い込ませなくちゃいけない」

「それは危険過ぎます」

「わかってる。でもそれが最善なんだ。大丈夫、すぐに逃げるから。それじゃあ、行くね。ジーウも気をつけて」

そう言って回廊を小走りに山の端へと向かうラクテの背中に王佐の声が掛かる。

「公子！　私は陛下は絶対に生きていると信じています！」

「私もだよ」

ラクテは笑って手を振った。

とりあえず、今は山に向かって逃げる姿を見せなければならない。

「第二王妃だ！」

探し回る兵士の声を聞いたのは、森が途切れ、下からでも姿が見える山の中腹近くを走っていた時だ。兵士たちの姿が見えるまで森の中で待機していたラクテは、一度だけ振り返るとすぐにまた獣道に駆け込んだ。

暇にあかして後宮内を散策して回ったおかげで、東宮と本殿、それに山の位置関係は把握している。

（あとはどれくらい逃げ回れるか……）

その時にどうやって逃げるのか、そこが最大の問題だった。

山に入ったラクテは、目立つ女物の衣装をひらひらりと見せつけながら頂上を目指した。深い森の中には幾つもの枝道がある。簡単には追いつけず、だが絶対に山の中に隠れているという痕跡を残さなければならない。時に繁みの中に入ってわざと枝を折り、草を曲げて人が通った道筋を作り、そうやって最終的に辿り着いたのは鏡湖だ。

ずっと駆け通しで息が切れたラクテはそこで足を止め、激しく咳《せ》き込みながら呼吸を整えた。

「リューンヴォルク……」

月明かりの下で肌を合わせたのはついこの前のことなのに、取り巻く状況はまるで違ってしまった。二人の褥《しとね》になった白い石の台座は冷たいままで、あの夜の温もりはどこにもない。

そこにそっと触れたラクテは、想いを断ち切るようにゆっくりと鏡湖から離れた。

「大丈夫、きっとリューンヴォルクは生きている」

そして再び森の中に入ろうとした時である。

ガサッという木々が擦れる音がした。

まさか兵士たちかと身構えたラクテは、繁みを揺らしながら出て来た巨大な狼に目を瞠った。

「月狼……」

白く輝く金色の毛。ふさふさと揺れる尻尾に銀色の瞳。

「リューンヴォルク……」

生死の確認すら出来ないエクルト王の面影をそこに見出し、ラクテは駆け寄った。

それが狼だというのは頭の中にはない。ただただ愛しい男を想いながら、首にしがみつき、思ったよりも柔らかい体毛に顔を埋めた。

久しく姿を見せなかった月狼は、しばらくはラクテが撫で回すままにさせていたが、やがて耳をピンと立てるとラクテの肩に鼻先を押し付け、服に噛みつき引っ張った。

「なに？」

泣いていたのが一目でわかる顔をしたラクテはまだ月狼と離れ難く思っていたが、忙《せわ》しなく動く目と耳、それにそわそわと動く首にここにいては危険だということを理解した。

「もう行かなくちゃ……」

こっそりと本殿を経由して後宮に戻り、ラクテ公子として何喰わぬ顔をして過ごすつもりだったラクテは、緑の庭園に続く獣道を月狼が先に立って歩き出したことに驚いた。

「一緒に行ってくれるの？」

早くついて来いと月狼は尾を振った。

「わかった」

足早にどんどん進む。冬が終わったからなのか、しばらく通らなかった間に随分と草の丈が長くなり、道らしい道は見えなくなった。

「本殿だ」

岩棚の上に立ったラクテは、そこから見える部屋にぎゅっと上着の胸の辺りを握り締めた。ここから見えるあそこは、二人が初めて体を重ねた部屋だ。

「こんなにも近いのに」

走ればすぐに行くことが出来るのに、今はこんなにも遠い。

元々、本殿に仕える召使の数は少ない。その少ない彼らは今頃主の訃報を聞かされ、悲しんでいるだろう。岩棚の上からでは、本殿のどの部屋にも人の姿を見掛けられない。

下に軽く飛び降りた月狼に催促され、ラクテも慌てて庭園側に降りた。降りてしまえばもう生垣が邪魔をして、建物側からは見えなくなる。

その緑の庭園の中を月狼はどんどん進む。どこに行くのか尋ねても、月狼が教えてくれるはずもなく、ただ導かれるまま進んだ先は、四阿だった。

「どうしてここに？」

周りに何もないこんなところにどうして連れて来たのかと首を傾げるラクテの前で、狼は前脚で敷石の一つをカリカリと引っ掻《か》いた。そしてじっとラクテの顔を見上げる。

「……もしかして」

ロスたちが使った隠し通路も床石の下にあった。同じことがこの四阿にも言えるとしたら？

ラクテは石畳に顔を近づけた。テーブルの真下の石畳は一つだけ大きく、顔を近づければ取っ手のようなものがついている。

テーブルをずらし、取っ手を起こして引っ張ると、思ったよりも軽く石畳は横に滑り、現れたのは下に続く階段だった。

迷う間もなく月狼がその身を軽くしならせて穴の中に飛び込んで行く。

「待って！」

置いて行かれてはたまらない。テーブルを元の位置に戻して痕跡を隠し、階段に下りたラクテは、頭上の石畳を両手で支えながら元の位置に戻した。

「……そんなに暗くない？」

ランプはロスたちに持たせたため、薬草採集の時に使う小さな燭台《しょくだい》に蠟燭《ろうそく》を立て、火打ち石で火を点《つ》けたが、左右の壁が白いせいか、マルグリッド王子に言ったように光苔が群生しているせいか、中は薄ぼんやりとした明るさを保っていた。

ラクテが降りるのを待っていた月狼は、再びスタスタと前を行く。先ほどよりも早足でないのは、追いかけて来られる心配がないからだろう。月狼の安定した歩き方が、安心を与えてくれる。

「助けに来てくれてありがとう」

背中に声を掛けるが、当然のように返事はない。ただ尾の揺れ幅が大きくなるだけだ。

じっくりと観察する余裕はなかったが、元は天然の洞窟に人が手を入れた坑道のように思われる。どれくらい昔からある通路なのかわからないが、エクルトの山が鉱物の宝庫だと知っていれば、山の中を張り巡らす坑道や横穴があっても不思議ではない。

道は真っ直ぐではなかったが、極端に高低差がある場所はなく、緩やかな坂をだらだらと下るような感じだった。

途中、ちゃんと後ろをついて来ているのか気になるのか、月狼は何度も振り返り、そのたびに「大丈夫だよ」と伝えた。

淡く光る洞窟の中で、月狼の毛は外にいる時よりも白い輝きを放ち、ラクテは蠟燭の火を消して、ただ月狼だけを見つめ歩き続けた。

途中、吐く息が白くなり、かなり冷え込んで来た時には薄着のまま出て来てしまったラクテは凍えるかと不安に感じたが、

「これ……！」

　正体がわかった瞬間、寒かったことなど忘れて景色に見入った。

　そこは白い空洞だった。広間のようにぽっかり空いた空間のすべてが氷で出来ていたのだ。鍾乳石の代わりに氷柱が何本も並び立ち、壁一面が青白い氷で固められている。

　驚いたのは、山の中にこんな氷の空間があるというだけではない。その氷は発光していた。

「炎だ……炎が閉じ込められている」

　氷柱や壁の中にほんのりと灯る赤い火は、その中に閉じ込められている燃え盛る炎だった。

　大きくはないその炎たちは、どういう理由なのか消えることなく燃え続けている。燃料も何もないのに、不思議な光景だ。

「エクルトって、本当に不思議がいっぱいなんだね」

　早く後をついて来いという狼がラクテの服を引っ張らなければ、いつまでも見ていたい。そんな神秘的な場所だった。

　氷の空洞から遠ざかるにつれ、再び寒さは和らいだが、その代わりに横道も増え、月狼という確かな案内人がいなければ、迷って出られなくなっていただろう。

「あなたがいてくれて、本当によかった」

　ラクテは目の前の狼から目を離さず、しっかりと前だけを見つめて歩いた。

　何度か休憩を挟みながら、どれくらい歩いた頃か、エクルト城が山の中腹より少し下にあることを考えれば、そこまで長い距離を移動したはずはないのだが、明るかった洞窟が徐々に暗くなり、やはり明かりを点けなければいけないだろうかと思った時、視界が急に開けたものに変わった。

「あ」

　洞窟はいつの間にか終わり、目の前には大きな岩が聳え立っていた。行き止まりかと思われたがそうではなく、よく見れば岩に隠れて幾つもの隙間がある。そこから覗いた向こうから流れてくる緑の濃い空気は、すぐ目の前が外の世界だと教えてくれた。

先に月狼が穴の隙間を上手に潜って抜け出し、ラクテも後に続く。岩から抜け出した先に広がっていたのは、深い森だった。背後を振り返れば山肌がすぐ間際まで迫り、大きな岩盤が幾つも皿のように重なっているのが見えた。その隙間の一つがラクテが通って来た抜け道に繋がっていたらしい。

見上げれば空には月が上っている。

「ロス君やヨハンナ様たち、無事に抜け出したかな」

彼らと合流しなければならないが、その前にここは城外なのか、それともまだ城内なのか。

ラクテは振り返った。

「ねえ、ここはどこかわかる……って、いない!?」

洞窟を出るまで一緒にいた月狼はいつの間にか姿を消してしまっていた。洞窟の入り口の前にはラクテが立っているので、中に戻ったということはない。それに中に入ったとしても四阿の入り口は塞いでしまっているのだ。

「どうして……どうして行ってしまったの」

ずっと一緒にいてくれると思っていたのに。

これからもずっと一緒にいて、寂しい心を癒《いや》してくれると思っていたのに。

一言もなく、まさかの消失に悄然《しょうぜん》と立ち竦む。

急に知らない森の中に一人残されてしまったラクテは、途端に不安になった。しかし、姿を消した月狼が戻って来るのを待つには危険が大き過ぎる。

ぎゅっと唇を噛み締めたラクテは、何とか悲しみと不安を押し留め、荷物を抱え直して歩き出した。

幸い、岩場からすぐ離れた場所で見つけた森の中の道は整備され、決して人が踏み入れない場所ではないことを教えてくれる。

道を辿ればいずれは町か村に着く。

それを頼りにラクテがトボトボと歩き出した時、再び木々の間から音がして、ラクテはぱっと振り返った。月狼が戻って来たのだと思ったからだ。

「私と一緒に行ってくれるんだね！」

しかし、木々の間から出て来たのはまさかこんなところで会うとは思わなかった人物で、顔が見えた瞬間、思わず一歩後退した。

アクセル副将軍。エクルト王が王佐と共によく連れていた男である。ただ、いつも不機嫌な仏頂面で愛想の欠片《かけら》もない副将軍は、ラクテの中ではあまりいい印象はない。

驚いたのはラクテだけでなく、副将軍も同じだったた。

常になく狼狽《ろうばい》した表情でじっとラクテを凝視している。

（帯剣、そして鎧《よろい》。追っ手？）


副将軍とは直接関わりを持つ機会がなかったため、実はどんな人物なのかよく知らず、立ち位置がわからない。ブラクデン将軍は第一王妃マデリンについていた。アクセル副将軍はこれまでエクルト王の側でしか姿を見ていないため、第一王妃には与《くみ》していないようだが――。

そこまで考え、ラクテははっとした。

（リューンヴォルクの側でしか見たことがない……）

それはもしかして、襲撃された時にも側にいたということではないのだろうか。

ラクテは足を一歩前に踏み出した。もしもエクルト王の見舞いにも同行していたのなら、安否を誰よりもよく知っているのはこの男以外にはいない。

「あの」

ラクテが声を掛けた時、再びガサガサと音がして林の中から現れた男の姿に、今度は荷物を放り出して駆け寄り飛びついた。

「リューンヴォルク！」

白金の髪、銀の瞳。身に着けている服は農民が着るような粗末なものだが、間違えるはずがない。

「生きてたんだねっ、死んだって聞いて心臓が止まるかと思った！　本当に本物っ？」

飛び込んで来たラクテをエクルト王は咄嗟に抱き止めたが、その顔は驚愕《きょうがく》に彩られている。

「ラクテ？　お前どうしてこんなところにいるんだ？」

二人は同時に質問し、

「お城を脱出して来たんだ」

「俺が死ぬわけがない」

同時に答え、それから顔を見合わせ、もう一度、今度はしっかりと互いの無事を祝い抱き合った。

「陛下、ここは人目につきます。森の中へ」

抱き合ったまま再会を喜ぶ二人に無粋な声を掛けたのはアクセル副将軍だが、彼の指摘はもっともだ。

ラクテはエクルト王に肩を抱かれ、彼らが出て来た森の奥へ進んだ。

連れて行かれた場所は、道からはかなり離れていた。木々に囲まれた円形の小さな空間があり、そこには他にも兵士と思《おぼ》しき男たちが十人ほどいて、たき火を起こして暖を取っていた。

怒涛《どとう》の半日を送ったせいか、寒さも暑さも感じなかった体が火を見た瞬間に震え出す。

「こっちで火に当たれ。まだ夜は寒い」

エクルト王に肩を抱かれたまま、ラクテが兵士たちの輪の中に入り、地面に座り込むと、一人が湯気を立てるカップを運んで来てラクテに渡した。

「ありがとう」

ほんのりとした香りには少しの酒精が混じっていたが、

「安心しろ。シャナ酒じゃない」

いつかの失態を思い出したのか、笑うエクルト王を軽く睨んで飲み干した中身は、温めた山羊乳《やぎ》だった。体の底から温まるために酒を数滴垂らすのが賢い野営らしい。

緊張から解放され、ようやく体から力を抜いたラクテの体をエクルト王が支える。

エクルト王がラクテと一緒にいるところを見たことがあるのはアクセル副将軍しかいない。仲がよいだけとは言えない親密な雰囲気に戸惑う目を向ける若い兵士もいたが、ほとんどが黙認してくれたのは有難いことだった。これ以上、緊張を強いられたくはない。

ある程度ラクテが落ち着くのを待って、二人は互いが持っている情報を交換した。

盗賊に襲撃されてエクルト王は死亡、供に連れていた兵士たちは逃げた盗賊を追って行方不明だと城の中で伝えられていること、第一王妃がマルグリッド王子の身柄を確保するのを阻止するため、ロスに任せてヨハンナと子供たちを脱出させ、遅れてラクテが城を抜け出したこと、王佐ジーウが城に残ったことなどである。

「なるほど、俺は死んだことになっているのか」

「私が出る時にはまだ内密だった。でも、大々的な捜索が始まったみたいだから、もうお城の中でも訃報が広がっていると思う」

「メリンも同じだ。ついさっきメリンで仕入れた情報では、エクルト王リューンヴォルクが不慮の事故死を遂げたと号外が出回っていた。現在は前国王が代理で玉座に座っているらしい。それに、ブラクデン将軍が討伐隊を率いて城を出たという話があったが、一体誰を討つつもりなんだろうな」

エクルト王は底冷えのする瞳をしたまま、獰猛に笑った。

「でもあなたは生きている。何があったの？　襲撃されたっていうのは嘘？」

「嘘じゃない。ただし、襲って来たのは盗賊に扮《ふん》したクレマンの息が掛かった部下だ」

クレマン。第一王妃マデリンの実父で、前の王佐。娘を第一王妃に据えた後、前国王と共謀して収賄や密輸に携わっていたとしてリューンヴォルクにより解任された人物だ。

「遺体があったって聞いたよ」

「反撃されて死んだクレマンの部下を使ったんだろう。金髪の若い男の死体を使えば誤魔化せる」

「白い毛皮の外套が残っていたって」

「そんなもの、襲われた時に着ていれば邪魔だからすぐ脱いだに決まっている。脱ぎ捨てるのはいつものことだから気にしてはいなかったが、そんなことに使われていたのか」

「全部が嘘っぽくて、第一王妃――マデリンに都合がよ過ぎる展開だったから、絶対に死んではいないって思っていたけど」

ラクテはそっとエクルト王の頬に手を添えた。

「ちゃんと生きているんだね」

「まだまだこの世に未練がたくさんある。そう簡単に死んでたまるものか」

エクルト王の手がラクテの手に重ねられ、指を絡めるように握り締めた。

「お前こそ――お前たちこそよく城を脱出してくれた。ここまで何とか見つからないで来られたが、お前たちのことだけが心配だった」

「ヨハンナ様が覚えていたんだ。自分に何かあれば脱出しろってあなたが言っていたことを。だから何も考えないで逃げたんだ。たとえあなたの指示がなくても逃げたとは思うけど、もっと時間が掛かったと思う。早く対応出来たのも、隠し通路を使って逃げられたのも、全部ヨハンナ様のおかげ。会えたら労《ねぎら》ってあげて。ヨハンナ様も王女も逃げるために迷いなく自分の髪を切ったんだ」

「ヨハンナが……そうか」

　優しく目を細めたエクルト王の目は、ここにはいないヨハンナと子供たちの顔を見ていた。ラクテが知らない二人が共に過ごした年月の長さをいやでも実感させられるのは、エクルト王に恋心を抱くラクテにはあまり面白くないが、ヨハンナの功績は本当に大きく、認めざるを得ない。

「私はヨハンナ様たちがどこに出たのか知らないんだ。あなたは知ってるんでしょう？　それに、ここはどこ？」

「言葉で聞くより見た方が早い」

　エクルト王は落ちていた小枝を拾い上げ、地面に簡単な地図を描いた。城と首都メリン、ホーン港、それから近くにある幾つかの村を書き足し、エクルト城が建つ山の裾野の一つを指さした。首都メリンから東に少し離れた森で、平地よりもやや高い場所にあり、谷川がすぐ側を流れている。

「ここが今いる場所。それからこっちがヨハンナ様たちが使った抜け道の出口だ」

　場所はメリンを挟んでちょうど正反対になるが、こちらはすぐ近くに小さな農村があり、比較的移動が楽である。両地点は歩いて半日、馬ならものの一刻もあれば着く距離だが、同じエクルト城を出発しても、山裾に向かって斜めに下っただけなのに、これだけの距離が開いてしまったのには驚きだ。

「じゃあ合流するのは楽なんだね」

「ああ」

　にこりと笑みを浮かべたラクテは、しかしすぐに「あれ？」と首を傾げた。

「あなたはヨハンナ様たちが出て来る場所を知ってたんだよね。それなのにどうしてここにいるの？」

　助けに行くなら、まずはヨハンナと子供たちではないだろうか。

　声に出して尋ねた瞬間、ラクテは後悔した。エクルト王の顔がそれはもう不機嫌なものに変わっていたからだ。

「あの、リューンヴォルク?」

「向こうには別の部隊を向かわせた。今頃は保護されて合流場所に向かっているはずだ」

「合流場所って?」

「俺がこのまま黙って城を明け渡したままにしておくはずがないだろう。玉座も城も何もかもを取り戻す」

「私も出来る範囲で手伝うよ。それで、あなたがここにいるのは?」

小さく吹き出す音がして、横を見ればアクセル副将軍が口元を押さえていた。

「陛下、公子にははっきり言わないとわからないのではないでしょうか」

「え?」

エクルト王はラクテを見て、短く溜息を落とした。

「お前だ、ラクテ。——お前がまだ城に残っていると思って助けに行くところだった。ヨハンナには以前から万一の時の行動を指示していたが、エクルトに来たばかりのお前は何も知らない。ヨハンナたちと行動を共にしていればいいが、そうでない場合は困る。ヴィダ公子という身分上、粗略な扱いを受けることはないと思いたいが、絡みぶりを聞いていると、マデリンが何かする可能性もあった。だから、抜け道を通って助けに行こうと思っていた。だがお前は一人でここまでやって来た」

ヨハンナやロスたちが通った抜け道もエクルト王は知っていたが、同時にあの道が降りるだけの一方通行だというのも知っている王は、城内に入ることが出来るこちらを選んだ。そこでまさかのラクテとの再会だ。

「一人じゃないよ、月狼が一緒だった。ずっと私と一緒にいてくれた」

その月狼はあなたじゃないの？　あなたの化身じゃないの？

見上げた先のエクルト王に瞳で問い掛けるが、黙ったまま明確な答えは返って来ない。

「これからどうするの？」

「今日はここで休んで、明日、拠点を目指す」

「それはどこ？」

エクルト王は先ほど地面に書いた地図に大きくバツ印をつけた。

「ここで体制を整え、城を目指す」

「せっかく城のすぐ側にいるのに、また離れるんだね」

「中に侵入して交戦してもいいが、こちらは圧倒的に人数が少ない。ブラクデンを支持する兵がどのくらい城内に残っているかわからない以上、冒険は出来なかった。俺は確実な成功が欲しい。導くべきエクルトの国民を騙したことは許せるものじゃない。正々堂々とエクルトの国旗を掲げて、首都の民に俺が生きていることを知らせ、出来れば中から城門を開かせたい」

知らずに第一王妃に加担してしまったものたちが、騙されたことに気づいて内側から蜂起《ほうき》してくれればいい。エクルト王はそう望んでいた。

「そうだね、それがいい。王様は隠れて裏道からこっそり入るんじゃなくて、リューンヴォルク、あなたの言うように正々堂々と胸を張って城に入らなくちゃいけないよ」

誰の目にも、誰がエクルト王なのか明らかになるように。

離れているとは言え、城のすぐ側で野営をするのはどうかと思ったが、エクルト王と生きて再会出来た安心感はラクテを深い眠りの中に導き、起きた時にはエクルト王と一緒の毛布に包まれていた。話していうちに眠ってしまったのと、全員が少ない毛布を共有しているのだと言われれば文句を言えるわけもなく、今夜も一緒に寝るぞと言われ、頷くしかなかった。

馬での移動は快適で、エクルト王と一緒に跨った馬の上から見るエクルトの農村風景は、こんな時でなければずっと眺めていたいほどだった。

「馬は苦手だけど、こうして乗せて貰っていると自分が上手になった気になるね。ロス君にいつも叱られるから、練習してみようかな」

「その時にはつきっきりで練習を見てやるぞ」

「遠慮しておきます。あなたの指導は厳しそうだから。私は打たれ弱いから、それでいつもロス君と喧嘩して練習が続かないんだ」

「俺が逃がすはずがないだろう。その時には覚悟しておけよ」

「……私は屋内派なんだ。あなたたちのような軍人とは違うんだから、お手柔らかに」

城から逃げ出さなければならなかったことは不運だが、こうして得られる貴重な時間もある。

「ああ、思い出した。お前に謝らなくてはならないことがある。土産を持って帰ると言っただろう？」

「紫大麦のこと？」

「忘れずに馬に括り付けていたんだが、襲われた時の混戦の中で落として駄目にしてしまった」

そんなこと。ラクテは笑って背中にあるエクルト王の胸に体を寄せた。

「紫大麦は逃げないから気にしないで。どうせなら、今度一緒に連れて行ってくれると嬉しい。紫色の麦畑に。今から行くところの近くにはないんでしょう？」

「少し場所はずれているな」

「じゃあやっぱり今度でいいや。あのさ、玉座を取り返した後なら、もう外に出たらいけないなんて言わないよね？」

「言わない。城に戻ったらずっと一緒だ」

「寝る時も食べる時も？」

「湯に浸《つ》かる時も起きている時もずっと」

そうして時々一緒に鏡湖に散歩に出かけ、釣りをしよう。鏡湖にしか棲《す》まない虹色の大きな魚を一緒に捜そう。それから緑の庭園の四阿で、王佐の目を逃れて昼寝をしよう。

それから――。

二人はこれからしたいことを次々と口にした。

――それなのにまた離れ離れになってしまうなど、誰が想像しただろうか。

冷たい雪解け水が縁まで溢れ、轟々《ごうごう》と音を立てて流れる広い川に掛かる橋を渡ろうとした時である。

後方に位置していた兵士の一人が土煙を上げて近づいて来る一団を見て、声を上げた。

「急襲ッ！」

それまで談笑していた兵士たちの間に緊張が走る。数名が馬を後方に下がらせ、アクセル副将軍がエクルト王の馬のすぐ後ろにつく。後方からの襲撃から王を守るためである。

この小規模な戦闘の決着は早くついた。人数こそ少ないが、精鋭揃いのエクルト王直属の兵士たちは、後方からの襲撃者たちを難なく撃退することが出来た。

それで気持ちが緩んでしまったのは否めない。目的地が近づいて安心したのもあるだろう。

一本の矢が放たれるまで。

橋を半分ほど進んだところでエクルト王は馬の脚を止め、後方の兵士たちが追いついて来るのを待った。

浮かんでいるのは無事を安堵する穏やかな微笑。

（無表情なんて誰が流した噂なんだろうね。こんなにわかりやすいのに）

滅多に笑わないから氷雪の王と呼ばれることもあるらしいが、ラクテにはそちらの方が不思議だ。(気難しさなら絶対にアクセル副将軍の方が勝ってると思う)

氷雪という言葉から湧く印象とはかけ離れているのが、美しい二つ名がつかない理由なのだろうか。

「アクセル、怪我したものはいないか?」

「おりません」

「そうか。それなら先を急ごう」

そう言ってエクルト王は右手を上げて、出発の合図をした。

だが、

「——ッ!! リュ……リューンヴォルクッ!」

ヒュンッという音を立てて飛んで来た矢がエクルト王の右肩のすぐ下を貫いた。

驚いた表情のままゆっくりと体を傾けるエクルト王を支えようと、振り返ったラクテが手を伸ばすも、指先が掠めるだけでエクルト王の体は馬から転がり落ちた。

視界の端に弓を片手にした馬影が見え、すぐに消えた。

ラクテはそれを——そのすべてを目の前で見ていた。矢が貫いたところも、エクルト王の銀の瞳が驚愕に大きく見開かれたのも、落馬したのも一部始終を。

間の悪いことに、すぐ真下を流れるのは増水した川で、山から流れてくる雪解け水は、すぐにエクルト王の姿を急流の中に飲み込んでしまった。

水の中に消える前に、「バイダル」という声が聞こえたが、空耳だろうか。

「リューンヴォルクッ」

「いけません! ラクテ公子!」

慌ててラクテは飛び込んで追い掛けようとしたが、それを止めたのは周りにいた兵だった。

そして、ラクテは見た。川岸を馬で疾走《しっそう》する兵士が一人、エクルト王を追って川に飛び込むのを。

「アクセル副将軍……」

間違いなくあれは副将軍だった。一旦川に沈んだアクセルは、前方を確認すると部下に向かって手を上げ、見失わないよう下流に馬を走らせる指示をした。そして自分は川の流れに乗って抜き手を切って流されるエクルト王に近付こうと泳ぎ出す。

「わ、私も！　私も追い掛ける！」

「駄目です、公子！　あなたまで流されてしまいます！」

「でも！　リューンヴォルクがっ」

まだ時々浮き沈みする体が見えるが、もしもアクセルが追いつかなければ、川はすぐにエクルト王を永遠にラクテの手の届かないところに連れて行ってしまうだろう。

「せっかく会えたのに……！」

ラクテは馬に跨ったまま、鬣《たてがみ》に顔を伏せた。

「エクルト王のことは副将軍にお任せください。矢を放ったものは別のものが捜しております。おそらくさっき襲撃してきたものの生き残りでしょう。それより、いつまでもここにいては、さっきの連中が増援を連れて来た時に逃げられなくなってしまいます」

「ラクテ公子、後生ですから聞き分けてください。逃げてください。陛下は私たちが責任を持ってお助けします」

残された兵士たちが周囲を取り囲む。アクセル副将軍はこの短い間に、王を助ける者、そしてラクテを守る者と分けていたのだ。

「君たち……」

兵たちも見たはずだ。彼らの主君が川に落ちるのを。それでも彼らは信じている。エクルト王とアクセル副将軍の無事な生還を。

その上でラクテを逃がすために必死な彼らの顔を見て、ラクテは決意した。

「確かに自分が無事でなきゃ、リューンヴォルクたちの無事を確かめることが出来ないね」

一緒に捜しに行けないのは辛い。生死がわからないまま、離れ離れになったのが、泣きたくなるくらい恐くて辛い。だが、今は信じるしかない。

「それで行き先は？」

兵士は柄で指差した。

「バイダル城、エクルトの始まりの地です」

「バイダル…」

その名にラクテは大きく目を見開いた。

たかが半日の距離でも簡単に辿り着けないこともあるのだと、この時ラクテは痛感した。

もう間もなく目的の拠点となる古城が見えてくると教えて貰って僅かの後、ラクテたちは公路を進む大軍を前に足を止めざるを得なかった。

しかも、その軍隊はクレマン家の旗を掲げていた。

クレマンは、第一王妃マデリンの実家で、リューンヴォルクによって解職されたヨーン＝クレマンが領主として治める地方の名でもある。

「どうしてこんなに」

整然と進む軍勢は、首都メリンに向かって進軍しているように見えた。第一王妃に呼び寄せられたのか、それとも父親のヨーンが首都での地位を固め直すため、呼び寄せたのか。

「マデリンはともかく、ヨーン＝クレマンも首都の別邸に住んでいたって聞いているよ。それなら誰が指揮官なのかな」

「クレマンには息子がおります。おそらく、その息子ではないでしょうか」

「聞いたことがある。真面目な人だって。じゃあそのシェスティン＝クレマンが父親か姉から要請されて軍を動かしたのかな」

考えられるとすれば、王城の防衛か。

エクルト王が死んでいないのは、マデリンたちが一番よく知っている。そうなった時に彼らが一番警戒しなければならないのは、エクルト王が軍を率いて首都に戻って来ることだ。王子かヨハンナが城に留め置かれ、人質になっていれば別だが、真っ向から国王とぶつかるには、城内でマデリン派の将軍が兵を率いて戦っても分が悪い。エクルト王が先頭に立った時に、戦意を喪失せずに戦うことが出来る兵士は半数もいないのではないだろうか。

それを考えれば、自分の領地から軍隊を呼び寄せた方が統率も取れ、しかも命令にも従順だ。

どちらにしても、指揮官であろうクレマンの息子がどちらに与するか確かめる術《すべ》がない以上、今ここでラクテが見つかるわけには行かなかった。見つかってしまった結果、古城で待っているはずのロスたちまで目を付けられ、危険に晒してしまっては、必ず戻って来るはずのリューンヴォルクに申し訳がない。

公路の横に広がる草原に軍を展開したままのクレマン軍が動くのを待っていたら、いつになるのかわからないと、ラクテと兵士たちの意見が合致し、一行は安全を優先し、やや遠回りにはなるものの大きく迂回《うかい》して城を目指すことにした。

しかし、間の悪いことは続くもので、迂回した先で今度は山賊に遭遇してしまうのだから、ラクテが自分の運のなさを呪いたくなったとしても無理はない。山賊に追われたラクテたちは馬を走らせて森の中を逃げた。

「あと少しなのに……！」

大きな街道には大軍がいる。そのため、山賊もラクテたちと同じように迂回路を狩場にしたのだ。脛《すね》に傷を持つものたちが、軍を避けるだろうと踏んでのことだ。ある意味では非常に正しい判断なのだろうが、先を急ぐラクテたちにとっては歓迎するものではない。

「逃げられそう？」

「この森を抜ければなんとか」

馬を走らせながらの会話も乗り慣れないラクテは舌を噛み切りそうだ。

乗馬が苦手なラクテも、命が懸かれば馬を走らせるくらいのことは出来る。しかしただしがみついているだけで何とかなっているのは、乗っている馬がよく訓練されたエクルト王の白馬だからだ。もしも普通の馬だったら、早々に落とされていたに違いない。

足手纏《あしでまと》いになっている自覚はある。

（誰か……誰でもいいから助けて！）

もしも自分がいなければ兵士たちはもっと上手に逃げることが出来たかもしれない。もっと果敢に応戦して退けることが出来たかもしれない。

そう思うと、情けなさともどかしさでいっぱいになる。

「ねえ！」

ラクテは隣を走らせる兵士に叫んだ。

「街道に出よう。軍が近くにいるのがわかったら、きっと山賊も諦めると思う」

「しかし公子！」

もう間もなく森を抜ける。抜けた先は南のノウラ国からエクルトに続いている大きな道と交差するはずだ。

「だって、ここで死んじゃったらリューンヴォルクに申し訳が立たないよ！」

自分の側に残ったばかりに山賊に追い掛けまわされ、せっかく助かった命を失わせてしまうのは、あまりにも理不尽だ。

ちらりと後ろを振り返れば、斧《おの》や剣を手にした山賊たちとの距離が詰まって来ている。森を抜けるまでに追いつかれてしまえば、応戦するしかなくなる。

「ラクテ公子」

同じように後ろを振り返った後、隣を走っていた兵士が馬を寄せながら言った。

「追いつかれれば我々は応戦します」

「うん」

「そうなったら公子はすぐに逃げてください。行先はお教えした通りです」

ラクテは目を瞠って隣を凝視した。

「そんなこと、出来るわけがないでしょう！　あなたたちはリューンヴォルクの部下だよ」

「だからこそです。陛下なら何を置いてもラクテ公子をお助けするはず」

「でも！」

ラクテは唇を噛み締めた。

逃げたくはない。だが逃げなくては彼らも思う存分戦えない。

「……私、助かったら戦う練習をするよ」

「その時には練習のお相手させていただきます」

「うん」

どうしてこういう時に笑うことが出来るのだろうか。兵士とは、そんなものなのだろうか。

「……来ますッ」

後方につけていた兵士から声が上がった。山賊は十人ほどでそう多くはない。だがこちらは五人。

「ラクテ公子」

「わかった、無事でいて」

森をもう少しで抜けるというところだった。

兵士が白馬に鞭《むち》を入れ、馬はぐんと速度を上げて疾走する。

ラクテは馬にしがみついたまま前を見つめた。もしも、そこに軍隊の影を見つければ一か八かの賭けでもいいから助けを求めるために叫ぶつもりで。

そして、確かに助けはあった。

「お願いッ、助けてッ！　仲間が山賊と戦ってるんだ！」

ノウラからの山道を下りて来た十人ほどの武装集団の姿が見えた瞬間、ラクテは叫んでいた。もしかしたら山賊の仲間かもしれないという可能性もあったが、この時のラクテは必死だった。

ただエクルト王の大事な部下をこのまま見殺しには出来ない。その一点で助けを求めた。

白馬の上から叫びながら走るラクテに、最初は怪訝な顔をしていた集団は、「山賊」の言葉にすぐに反応した。

「行くぞ！」

一人が声を掛けるとすぐに残りの男たちが「おう」と応《こた》え、武器を抜きながらラクテの横を森に向かって駆け出して行く。

「嘘……助けてくれるの……？」

自分で求めておきながら、まさか事情説明も何もなくて応じてくれるなんてと、信じられない気持ちで赤紫の瞳を瞠り、後ろを振り返ったラクテの馬に一人だけその場に残った背の高い男が並んで並走し、手綱を摑んで疾走する馬を抑えるように話し掛けた。

「おい、馬を止めろ」

しかし、何度も言うがラクテは乗馬が苦手だ。馬を制御するという基本的な動作も覚束《おぼつか》ない。ましてや全力で走る馬をどうやって止めたらいいのか。

「出来ないよ！　私は止め方を知らないんだ」

「はあ？」

明るい橙色の髪と髭《ひげ》に覆われた中、懐かしさを覚える緑の瞳が「なんてこった……」と呆れたように瞬《また》いたのをラクテは見た。

男が迷ったのは一瞬で、

「いいか、暴れるなよ！」

馬を隣に寄せた男は、白馬の手綱を握ったまま自分の馬の鞍《くら》の上に膝をつき、そのまま勢いに任せてラクテの後ろに飛び乗った。

「……ッ！」

重い人の体がすぐ背後にドサリと音を立てて乗る。男が乗っていた馬はそのまま先へ進み、それから少しして止まった。

「よーしいい子だ、止まれ」

そしてラクテから馬の主導権を奪った男は、白馬を宥めながら勢いを殺し、ゆっくりと脚を止めさせた。

「いい子だ、グリュン。賢いぞ」

肩越しに伸びて来た男の手は、優しく白馬の鬣《たてがみ》を撫で、それから笑いながら言った。

「どこのお姫様か知らないが、無茶をするな。落ちたら怪我するどころじゃなかったぞ」

「……私はお姫様じゃない。男だ」

お、という声が真後ろから聞こえ、ラクテは舌打ちしそうになったが、それよりも森の方が気に掛かる。

「馬を止めてくれてありがとうございます。それであの」

もうだいぶ遠くなった森の方へと首を回すと、男は馬を反転させ、元来た道を戻り出した。途中、乗り捨てたままになっていた男の馬も一緒になって歩く。

「俺の仲間が助けに入った。たぶん、大丈夫だろう。襲われてからどれくらい経っていた？」

「すぐ……すぐです。森を抜ける手前で追いつかれたから」

「それなら安心していい。なに、仲間は腕も立つし強い。山賊が束になって掛かっても敵いっこない」

自信たっぷりに言われたが、はいそうですかと簡単に納得出来るものではない。曖昧に頷いたラクテは、いつ出て来るか、全員が無事で出て来るだろうかとそわそわしながら待った。

そして、

「！」

見覚えのある兵士たちの顔が、男の仲間たちと一緒に見えた時、ラクテは馬の上から背伸びをするようにして大きく手を振っていた。

「ここだよ！　無事でよかった！」

心の底からの喜びだった。


ラクテたちを助けてくれたのはノウラ国で傭兵として雇われていた集団で、エクルトが交易の季節に入ったため、農場や貿易商たちに自分たちを売り込もうと国境を越えてやって来たばかりだと語った。

そして、

「すまない。あの山賊は俺たちがノウラ側で取りこぼした連中だ」

ラクテの馬を止めた男――メランダーはそう言って頭を下げた。エクルトに行く前の最後の依頼が国境に出没する山賊退治で、首領は捕らえ一味はあらかた壊滅させたか、逃げ延びた山賊がエクルト側で悪さをしていたというのが真相らしい。

道理で山賊という言葉にすぐ反応したわけだ。

「でも、ありがとうございます。おかげで全員無事でした」

エクルト兵の誰一人欠けることなく、こうして古い納屋で火を囲んでいられるのは、傭兵たちが迅速に対応してくれたおかげだと、ラクテは頭を下げた。

「いや、それはこちらの落ち度だから礼には及ばない」

メランダーは朗らかに笑い、それから真面目な顔でラクテと兵士たちに向き合った。

「単純な疑問なんだが、お前たちは正規のエクルト兵だろう？　それがどうしてこんな辺鄙《へんぴ》な場所にいるんだ？　しかも民間人が一緒だ。それにしては護衛の数が少ないし、言っちゃ悪いが行き当たりばったりの対応にしか思えないんだが」

「民間人……それ、私のことですか？」

「見るからに戦えなさそうなのはお前だけだし、馬に乗れないところを見れば、温室育ちの上等な身分と見たが違うか？」

「……違いません」

　温室育ちではないが、馬に乗れないのは事実。ラクテはあらためて自分の不甲斐なさを実感しながら頷いた。

「どこかに行く途中なのか？　行き先によっては護衛をしてもいいぞ。どうせまだエクルトでの仕事は決まっていないんだ。今なら手を貸せる」

　どうすると緑の瞳が真っ直ぐにラクテに向けられた。

　メランダーの提案は、ラクテたちには願ってもないことだ。あと少しで目的地ではあるが、今のように不測の事態に陥った時、あまりにも自分たちは力がない。最初に十人いた兵士が、川で半分に別れてしまった今、戦える人数が増えるのは歓迎したい。

　どうすべきか。

　ラクテは兵士たちの顔を見た。戦いと逃亡の連続から、誰の顔にも疲労の影が濃く浮かんでいる。エクルト王の安否が気になるという心労も、全員の上に圧《の》し掛かっている。

「街道を避けて来たのには何か理由があるんだろう？　犯罪者に手を貸すことは出来ないが、それ以外なら融通を利かせてもいい」

　メランダーの言葉は、とんでもない誘惑だった。彼の言葉を受け入れれば、これから先の道行の安全は保障されたも同然。

　それに、ラクテはその先のことまで考えていた。

（この人たちは傭兵だ。軍の兵士じゃない）

　クレマン軍にも、エクルト軍にも属さない戦うことを生業《なりわい》にしている男たち。ノウラから来たということは、エクルトに伝手《つて》も知り合いもそう多くはないのだろう。

「私が決めてもいい？」

ラクテは兵士たちに問い掛けた。これから自分がする提案は、賭けだ。だが、この賭けはエクルトの今後を左右するかもしれない。すべてはエクルト王リューンヴォルクのために。

「お任せします」

兵士たちは頷いた。助けられたという事実は何よりも雄弁に傭兵たちの力量を教え、信頼を植え付けた。それに——。

ラクテはメランダーの目をしっかりと見て言った。

「私はヴィダ公子ラクテ。あなたたち全員を雇いたい。私に……私たちに力を貸して欲しい。エクルトのために。理由は、私に雇われてくれるならすべてを話す」

メランダーはじっとラクテの顔を見返した。

「——俺たちは高いぞ」

「それくらい払ってみせるよ。私を誰だと思ってるの。五大国の一に数えられるヴィダ公国第四公子だよ。それに」

ラクテはその美貌の上にゆっくりと笑みを浮かべた。

「私が払えなくても、エクルト王リューンヴォルクが払ってくれる」

エクルト王。その名前がラクテの口から出た瞬間、全員の中に緊張が走り、そして、

「——世界最高の雇い主だ」

メランダーはそう言って、ラクテの手をぎゅっと握った。

「契約成立だ。雇い主殿」

他の傭兵たちもメランダー同様、ラクテの誘いに乗った。十人増えただけで何が変わるものでもない

かもしれないが、今は少しでも力になってくれる存在が欲しかった。

エクルト王とヴィダ公子。仕事だと割り切れば、これ以上の雇い主はいない。

「それで、俺たちは何をすればいい？　どこにお供すればいいんだ？」

ラクテは頷いて、目的地を告げた。

「行き先はこの先のバイダル城。でも最後に目指すのはエクルト城、そしてその玉座だ」

「ラクテ様！」

バイダル城は本当に古城だった。屋根がある部分は多くなく、その限られた場所の中央に座り込み、兵士の一人と話をしていたロスは、傭兵たちを率いてやって来たラクテの姿を認めると、ぱっと立ち上がった。

すぐ近くにいたヨハンナは、子供たちが膝の上にいるせいで立ち上がることは出来なかったが、顔を上げて目を瞠った後、小さく会釈した。そして、ラクテが連れて来た傭兵たちを見て、またはっとしたように目を瞠ったが、それも一瞬のことですぐに俯いてしまった。

（ヨハンナ様？）

どうかしたのだろうか。気丈なヨハンナにしては様子が少し変に感じる。傭兵たち――見知らぬ男たちが恐いのだろうか。

どこか緊張が見られるヨハンナに声を掛けようと思ったが、その前に腹に衝撃が走り、思わずよろけてしまった。

「ロス君……君、相変わらずだね……」

飛びついたのはロスで、小柄なロスの体を何とか転ばずに受け止めたラクテは、幼馴染が元気そうだったことに安堵した。

「よかった、無事に会えて」

「本当です。もう、心配したんですからね。ラクテ様も無事でよかった。ラクテ様に何かあったらと思うと、胃が痛んで食事も喉を通りませんでしたよ」

「そう言えば少し痩せた？」

「ラクテ様のせいですからね。責任取ってたくさん美味しいものを食べさせてください」

「それくらいでいいならお安い御用だよ」

それからロスは、自分以上にやつれた感のあるラクテの顔を見上げた。さすが幼馴染、ラクテの強ばりと緊張に気づくのが誰よりも早い。

「ラクテ様、何か心配事でもあるんですか？　それにエクルト王は一緒じゃないんですか？　後ろにいるのは傭兵みたいだけど、何かあったんですか？　僕たちをここまで連れて来てくれた兵士が、ラクテ様はエクルト王が助けに行ったって言っていたから、てっきり一緒に来るものだとばかり思っていました」

そうだ。いろいろと説明をしなくてはならないことがたくさんある。傭兵たちのことも、クレマン軍のことも、だがそれよりも何よりも先に伝えなければならないことがある。

「リューンヴォルクは――」

「ラクテ様？」

「ロス君、おいで」

一度ぎゅっと瞼を閉じたラクテは、同行した兵士に傭兵たちのことを任せると、眠る双子の頭を膝に乗せて座るヨハンナの前に膝をついた。その後ろにメランダーがすっとついたが、ラクテはあえて彼の好きなようにさせていた。

「ラクテ公子？」

ヨハンナの目はまずラクテを見たが、その後ろのメランダーを見て視線が泳ぐ。

（やっぱり）

思うことはあるが、それよりもすべきことがある。

「ヨハンナ様、あなたに伝えなきゃいけないことがありますす」

「それは陛下のこと？」

「はい。もう御存知だと思うけど、陛下は生きていました。私と会った時には怪我一つなくて、元気でしたよ。でも」

途中で襲撃され、川に流されてしまったことを告げなければならないのは、とても辛かった。矢で射られたことを告げた時にはロスが息を呑み、ヨハンナはそっと瞼を伏せた。子供たちが眠ったままで本当によかった。

「――でも、私は信じているよ。リューンヴォルクは絶対に死なない。アクセル副将軍が一緒なんだ。副将軍はリューンヴォルクをとっても大事にしている第一の家臣だから、絶対に助けてくれるはず。あの筋肉はリューンヴォルクを守るためにあるんだから。そのために鍛え上げた筋肉なんだから、役に立てなくてどうするんだよ」

ラクテは力説した。力説しながら、いつの間にか顔を上げていたヨハンナが笑っていることに気づいたが、自分を慰めるためだろうと思っていた。

だから、

「ラクテ様」

後ろからロスに小声で呼びかけられても振り返らず、アクセル副将軍の忠臣ぶりを褒め称《たた》え、最終的に、

「リューンヴォルクは来るよ、自分の足で歩いてここに」

そう言い切った後、

「お前がそんなにアクセルのことを理解していたとは驚きだな。あまりアクセルばかり褒めると妬《や》くぞ」

そんな声が真後ろから聞こえ、振り返る前に抱きついた腕に、咄嗟に反応することが出来なかった。

この声。この匂い。

「……リューンヴォルク……？　本物？」

「まやかしじゃない。正真正銘本物の俺だ。お前の言う通り、ちゃんと自分の足で歩いて来たぞ、ラクテ」

唇が首筋に落ちて来て、温もりが与えられる。じわりじわりと広がって行く生の実感に、喜びが湧き起こる。

「怪我は？」

「元から大した怪我じゃない。心配なら後で見せてやる」

そう言ってもう一度、今度は頬に口づけると、エクルト王は、

「ヨハンナ、よく俺の言葉を忘れずにいてくれたな。子供たちが無事なのも全部お前のおかげだ。ありがとう」

ヨハンナを労い、感謝の言葉を送った。

「お礼なんて必要ありません。子供たちを守るのは母としての私の役目ですもの。それよりも陛下の大切な方を褒めてあげてくださいませ」

「そうする。だがその前に」

エクルト王は背後からラクテを抱き締めたまま、全員の顔が見える場所で大きく手を上げた。

「ここに集った者たち全員に感謝する。危険を顧みず、俺について来てくれたことを後悔させることはしないと誓おう。エクルトの開祖の生誕地バイダル、ここが新しいエクルトの第一歩の始まりだ」

オオーッという歓声が兵士たちの中から湧き起こる。

「すごいね、リューンヴォルク。あなたは本当にエクルトの王なんだ」

そんな王を玉座から追い落とそうとすることの愚かさを、どうして第一王妃と周りの人々は気づかないのだろうか。

「お前もな。いつの間に傭兵を雇ったんだ？」

「成り行きで。でも私にもあなたにも必要だと思っ

たから。あなただって知らない人を連れて来てるじゃない」

エクルト王は、アクセル副将軍と川で別れた兵士たち以外に、ラクテの見知らぬ若い男と数名の武装した兵を伴っていた。

「ああ、後で紹介する。それより」

エクルト王は、すでに兵士たちと打ち解けて談笑している傭兵の集団に視線を向け、それから一人ラクテたちの側にいたメランダーを見て、微笑んだ。

「――まさかあなたがいるとはな」

「俺も、まさかまたここに戻って来ることになるとは思わなかった」

「何と呼べばいい？」

「メランダーだ。今の俺の雇い主はヴィダ公子だ」

どう見ても顔見知りの会話にしか聞こえない二人に、ラクテの中でストンと何かが落ちる音がした。

（そうか……そうなんだ……）

緑の瞳。白馬の名。

それは、メランダーと一緒にいて感じていた違和感を補うもので、すべての事柄を納得させるものでもあった。

「わかった。メランダー。積もる話はまた後でゆっくりしよう。ラクテ」

「ん」

「こっちに来て傷を見てくれ」

「わかった」

ロスには傭兵たちのことを頼み、ラクテはエクルト王と連れだって彼らから離れた場所に移動するため歩き出した。

別働隊と本隊に別れて行動していた兵士たちが、エクルト王とアクセル副将軍の無事を祝い、再会を喜ぶ中、ラクテは人払いした部屋でエクルト王の服を脱がせていた。色っぽい話ではなく、怪我の手当てをするためだ。

「変色してるね。でもそんなに酷く化膿していない」

「矢を抜く暇もなかったのがよかったんだろう」

それに冷たい川の水は必要以上に血が流れ出るのを抑え、アクセル副将軍に引き上げられた時にはほとんど出血は止まり、矢を抜く時に多少流れたくらいで手当ても簡単だったらしい。

それでも矢が貫いた跡は丸く引き攣った形で肉色に残され、ロスに持たせていた鞄の中から取り出した傷薬を塗って包帯を巻きつけながら、ラクテは、矢が胸に刺さらなくて本当によかったと心の底から安堵した。

この肌には血が通った温もりがちゃんとある。それは何よりも生きている証だ。

「私はね、本当に心配して、本当に怒っているんだよ。死んだと思ったら生きていて、生きていたのに死ぬかもしれない怪我をして、どれだけ心配したかわかる？　おまけに、追い掛けたくても追い掛けたら駄目だって言われて、何も出来ないのがこんなにも辛いなんて思わなかった。もしも私が泳ぎが上手だったら、アクセル副将軍より先に飛び込んであなたを助けることが出来たかもしれないのに」

「そんなことをされたら俺の寿命が幾つあっても足りなくなってしまうぞ」

「だったらあなたも気をつけて。城に戻って玉座を取り戻したら、もう二度と戦に出ないで欲しい」

「それはお前の願いか？」

「そう。私のお願いだ。愛する人が傷つくのを見たい人はいないよ」

ラクテが無意識に発した愛するという言葉を聞いたエクルト王は、いきなり両腕の中にラクテを囲い込んだ。

触れたところから聞こえて来た胸の鼓動にラクテの体からすっと力が抜ける。これまでずっと緊張の中にあった。気持ちを張りつめながらここまでやっ

て来た。

だが、自分を抱く腕が戻ってきた今、少しくらいは何も考えることなく自分を委《ゆだ》ねてもいいのではないかと思うのだ。

「あんまり力を入れると治りが遅くなるよ」

「少しくらいなら構わない。お前を抱き締める特権を放棄したくないんだ」

力を込めて抱き締めることが出来ないエクルト王の代わりに、ラクテはギュウッと包帯を巻かれた体を抱き締めた。頭の上の方に、ふっと笑う息が掛かった。

「ここに壁と扉がないのが残念だ」

「壁と扉があったら何する気なの」

「知りたいか?」

「大体わかるからいいよ」

鼻先をくっつけ笑い合う二人は、人払いしても見えてしまう建物の構造はお構いなしに、そのままゆっくりと瞼を閉じ、唇を重ねた。

ヴィダ公子としての品格と恥じらいはどこに行ったんですかと憤るロス以外の大多数は、目に毒だと背中を向けた。ヨハンナは微笑みながら見つめ、エクルト王が伴って来た若い男に至っては、王の人間らしい姿を初めて見て目を丸くし、隣に座るメランダーは眠る子供たちを優しく見下ろしながら、久しぶりに得た休息の時間を過ごすのだった。


「シェスティン=クレマンと申します」

再会後の二人きりの時を短くではあったが堪能したラクテにエクルト王が紹介したのは、まさかの人物だった。

シェスティン=クレマン。今回の謀反《むほん》劇を企てた張本人とされる第一王妃マデリンの異母弟で、元王佐ヨーン=クレマンの息子だ。

ラクテと同年代のシェスティンは、体格こそラクテに勝って軍人風だが、顔付きは柔和で、気の強さがそのまま顔に出たマデリンとは似ても似つかない、どちらかというと生真面目な風貌だ。

その彼は、ラクテに向かって丁寧に頭を下げた。

（こんなに腰の低い人があのマデリンと姉弟だなんて信じられない！）

心の中の叫びはともかく、紹介されたラクテは真っ先にエクルト王に尋ねた。

「ちょっと待って、この人、大丈夫なの？」

「シェスティンのことなら大丈夫だ。こいつは昔からマデリンやヨーンとは反りが合わず、俺に愚痴ばかりを零していたからな。ある意味、俺以上に彼らに対する憤りが大きい男だ。今回の謀反を聞いて、いち早く対応したのもシェスティンだ」

「陛下の温情に対する今回の暴挙には、私もほとほと呆れました。いつかは心根を入れ替えるかもと思っていましたが、義姉《あね》と父に関しては無駄だと」

シェスティンの顔には二人を諌《いさ》めることが出来なかった自分の力不足を嘆き、これから自分がしようとしていることへの決意が滲み出ていた。

「父は――クレマンは私に軍を出せと言って来ました。首都メリンの防衛のためというのが口実ですが、そんなこと出来るはずがない。でも、私はこれは好機だとも思ったのです」

援軍を要請されたなら堂々と首都にまでクレマン軍を連れて行くことが出来る。父親も義姉もエクルト城にいて、率いるのはクレマン軍将軍の自分だけ。父親は名目上は軍の総大将だが、実際に軍を掌握しているのはシェスティンなのだ。

「私の元へは首都に置いていた部下から陛下が事故死したという文がいち早く届いていましたから、父たちが何かをしたのだとすぐにわかりました。でも、それは陛下に対する裏切りです。一度は温情を受けて、解任されるだけで済んだのに、今度は義姉も一緒になって陛下を陥れようとする。許せるはずがありません」

話しているうちに熱くなって来たのか、シェスティンの握った拳には血管が浮き出ていた。

元から、クレマン領主だったヨーンに対する領民の評判はよくない。よくないどころか悪い。失脚した後も王妃の父という立場から領民に威圧的にふるまい、遊興に耽り、政《まつりごと》もいい加減だった。

収賄や不正貿易に手を染めて解任させられたにも拘らず、未だに黒い噂は絶えず、眉を顰める者も多い。それは近隣の領主にとっても同様で、幸いなことに領主代行をしていたシェスティンは他の領主たちとも交流し、友好を深めていた。

「シェスティンが率いて来た軍は混成だ。クレマン軍だけでなく、他の領主も兵を提供した。メリンに入るまでは旗色はヨーンに向いているように見せかける必要はあるが、実際には彼らを倒すためにここに集まった」

「謀反人をそのままにしておくことは、エクルトの将来のためになりません。そのために私は」

父親と義姉を糾弾し、討つつもりだとシェスティンは自らの決意を述べた。

「じゃあ」

ラクテは自分たちが迂回する原因になった軍隊を思い浮かべた。

「街道を進んでいたのは、敵ではなかったってこと？」

「敵というのなら、私たちの敵はヨーンとマデリンです」

ラクテは「はぁ」と短く息を吐き出した。

「どうした？」

「うん、まあしなくてもいい苦労をしたのがわかって、ちょっと脱力したところ」

味方だとわかっていれば、遭遇した時に援助を申し出ることも出来た。それに迂回して山賊に会うという恐ろしい思いをしなくても済んだ。

「じゃあ、リューンヴォルクはこの人に助けて貰ったの？」

「小屋で手当てをしている時にアクセルがクレマン軍が近くにいることを見つけた」

それでももしかするとと探りを入れて見れば、軍を率いている指揮官は顔見知りのシェスティン＝クレマンだった。マデリンやヨーンたちとの関係はエクルト王も知っていたから、自分たちにつくと確信を持って接触を試みた。

その結果、二万以上の軍が城を追われたエクルト王の味方につくことになった。

「滑稽《こっけい》だよね、自分たちが呼び寄せた軍が結局は自分たちの首を絞めることになってしまうんだから」

これまではきっと従順な息子であり弟だったシェスティンが自分たちに反旗を翻すとは、微塵《みじん》も考えていなかったのが彼らしいと、エクルト王は笑った。無論、褒め言葉ではない。

「でも大軍がこの近くにいたら怪しまれない？」

「はい。軍はそのままメリンに向けて進軍させています。私は陛下が無事に合流出来るまでのお供をさせていただいただけで、またすぐに戻ります」

道中エクルト王に味方する兵を吸収しながら、ゆっくりと首都に向かうのだとシェスティンは説明した。

「早く来なさいって言われない？」

「疫病が流行《はや》ったことにでもすれば平気です」

さらりとそんなことを言うシェスティンの真面目な顔を見つめ、ラクテは呆れたように目を丸くした後、エクルト王に凭れ掛かるようにして笑った。

「素敵な人だね、この人」

「ああ。いいだろう？　クレマンの最大の功績は、シェスティン＝クレマンを世に生み出してくれたことだ」

「陛下……」

照れて赤くなり焦るシェスティンが楽しくて、またラクテは笑った。

城を追い出されてもまだ、こんなにもエクルト王リューンヴォルクを慕う人たちがいる。エクルト城の中にいるマデリンたちは気づかないのだろう。

これまでは黙って見ていた人々が、エクルト王のために意を決して立ち上がったのを。

連絡係を数名だけ残し、シェスティンはその日のうちにクレマン軍の駐留地に戻って行った。

「ラクテ様」

門――壊れかけてはいるが一応は門の体裁を取っている――まで見送りに出ていたラクテが戻ると、ロスが困った表情で立っていた。

「手を貸していただけませんか？　ちょっと人手が足りないので」

「いいけど、何するの？」

「鍋をかき混ぜて欲しいんです。それから香辛料を引いて粉に。人数が多いから材料だけは集めたんですけど」

「わかった。それくらいならお安い御用だよ。さあて、私を待っているのはどの鍋かな」

料理と聞いた途端、ラクテは顔を輝かせ、腕捲《まく》りをする勢いで、喜々としながら簡易調理場として作られた場所に浮かれながら歩いて行った。

見送る形になったエクルト王は、後を追いかけたロスの腕を摑んで引き留めた。

「なんでしょうか、エクルト王」

「ラクテは料理が出来るのか？」

「出来ませんよ」

「だが今、料理の手伝いをするように頼んだだろう？」

「頼みました。でも僕がラクテ様にお願いしたのは、鍋をかき回すことと粉を引くことだけです」

エクルト王はロスの童顔をじっと見下ろした。

「つまり、ラクテは料理が出来ないと？」

「はい出来ません。葉っぱを千切《ちぎ》ることは出来ても、野菜の皮を剝《む》くことは出来ません。細かく砕くことは出来ても、小さく切り刻むのは無理です」

エクルト王が悩み過ぎる前に、ロスはさっさと種明かしすることにした。

「僕の話を聞くよりも見た方が早いですよ」

そのままロスはエクルト王を伴って調理場に行き、床に座ってすり鉢の前で鼻歌でも歌い出しそうな調子で、ゴリゴリと香辛料をすり潰しているラクテを見つけた。

「ラクテ様は薬を調合したり作ったりするのは得意ですが、出来るのはそれだけです。一応身分上は公子ですから、実家には専属の料理人がいるので、自分で食事を作る必要はないんです」

そのラクテが唯一調理で活躍出来るのが、薬草の葉や実をすり潰すのと同じように香辛料を粉末にすることであり、薬剤を均等になるよう混ぜるのと同じように、焦げ付かないように鍋をかき回し、火の通りをよくすることだった。

「……ラクテはあれで満足なのか？」

「そうみたいです。何でもやりたがる方なので、何かをさせておけば大人しくなります。エクルト王も覚えていたら便利ですよ」

エクルト王はもう一度ロスを見下ろした。

ロス君とラクテが呼ぶ護衛兼世話係は、淡々と事実を述べたに過ぎない。そして、今までは自分が背負って来た世話の一部をエクルト王に背負って貰うつもりなのだ。

「――わかった」

「ラクテ様の取り扱いで困ったことがあったらいつでも訊いてください」

それだけ言うとロスは包丁を手に調理に戻り、見事な手つきで野菜の千切りを完成させるのだった。

エクルト王に自分も出来るところを見せたいとロスを拝み倒し、包丁を手にしたラクテが指先を切って、調理場から追い出されたのはそのすぐ後のことだ。


「ありがとう」

切った指先に包帯を巻いて貰ったラクテは、気落ちした顔でエクルト王に頭を下げた。

「いいところを見せるはずだったのに、かっこ悪いところを見せることになっちゃった」

「気にするな。誰にでも得手や不得手はある」

「でも、せっかくあなたがいて、料理人がいないところなんだから、手料理くらいは食べさせてあげたいなって」

「可愛いことを言ってくれる。だが、俺が食べたいのは料理よりもお前の方だ、ラクテ」

エクルト王はラクテを抱き寄せると、そのまま首筋に鼻先を埋めた。

「あんまり体重掛けないでよ。落ちるのはいやだから」

ラクテは慌ててすぐ真横の柱の残骸に縋《すが》りついた。

二人がいるのは古城の端に立つ塔の上だった。上と言っても本当の上の方は半壊しているため、階段を登れるところまで上り、そこに並んで座っていた。

明かりのない場所での夜は早い。何人かの夜番を残して、兵の多くが眠りについた。王が一緒だから遠慮して眠らないということを訓練された兵士たちはしない。いざという時に体力がものをいうのを何よりもよく知っているからだ。

普段から早寝早起きのロスは、双子と一緒に毛布を被って眠っている。

「抜け道を一緒に逃げている間に、王子と王女に懐かれてしまったみたいなんだ。ロス君、いい子だから絶対に好かれるとは思っていたけど、私も嬉しい」

再会した子供たちはエクルト王に飛びつき、わんわん泣いた。それだけ不安だったのだと思うと、余計によく頑張ったと褒めてやりたくて仕方がなかった。

その時だけは「陛下」ではなく「お父様」と二人が呼ぶことにヨハンナは口を挟まなかった。ただ、少しだけ複雑そうな表情が気にはなったが。

子供たちは、ラクテにも抱きついた。抱きついて涙を浮かべて見上げる緑の瞳に、ラクテは一つの確信を抱いていた。

その確信を裏付ける光景が、今二人の足元で展開されているが、見られている二人――ヨハンナとメランダーは自分たちのことで手いっぱいで、上に誰かがいることに気づいてはいないようだ。

メランダーの胸の中で涙を流すヨハンナ、そして背中に腕を回し撫でるメランダー。

「――あのさ、訊いてもいいかな」

二人が立ち去るまではじっと息を潜めていたラクテは、隣でメランダーが去った方向をじっと見つめているエクルト王に話し掛けた。

「あの二人のことか？」

「うん。部分部分はなんとなく正解に辿り着いたと思うんだけど、まだ肝心の部分がわからなくて」

ラクテは抱えていた膝を下に伸ばし、ぶらぶらと揺らした。

「ヨハンナ様の好きな人ってメランダーなの？」

「ああ」

「それで、もしかして双子の父上もメランダー？」

「――どこで気づいた？」

「目の色がね、同じなんだ」

ラクテは自分の目を指さした。

「ヨハンナ様も子供たちも目の色は緑だから、最初は別に何にも思わなかったんだよ。あなたが銀でも母親の色を受け継いだって思えば不自然でも何でもないから。でも」

ラクテは見てしまったのだ。メランダーも同じ緑色の瞳をしていることを。その色は、ヨハンナの深い緑とは違う明るい緑色で、子供たちの瞳はそちらと同じなのだと。

子供たちを見るメランダーの眼差しは優しく、そして頭を撫でる手つきは柔らかい。

物怖じしない双子はすぐに傭兵たちとも親しくなった。中でも自分たちの相手をしてくれるメランダーがお気に入りで、最近はロスとメランダーの二人の間を行ったり来たりしている。

ヨハンナと双子とメランダー。四人揃えば、立派な親子だ。


「でもわからないな」

「なにが？」

「だってヨハンナ様はお腹に子供がいたのに、どうしてメランダーと結婚しなかったの？　どうして第二正妃になることを辞退しなかったの？」

「一つ目、メランダーはヨハンナが子を宿していることを知らなかった。二つ目、双子は俺の子供ではないんだ。二つ目、双子は俺の子供ではない。だが確かにエクルト王家エーリンクエルトの血を受け継いでいる。だから世継ぎに据えた」

「……理解不能。説明をもっとちょうだい」

この期に及んでまだ情報を出し惜しみする気かとエクルト王を睨めば、リューンヴォルクは笑いながらラクテを抱き寄せ、自分の足の間に座らせた。

「お前の知らないもう一つの情報がある。メランダーは偽名だ。本名はルンドクヴィストという。そして、前国王ヘンネンの義兄で、正真正銘俺の血の繋がった伯父だ」

「は？」

　思わず発言主のエクルト王を振り返ろうとしたが、がっしりと後ろから摑まれてそれもままならない。

「それはどういうことなのかな」

「どういうことも何も、今話した通りだ。メランダーは持っていた王位継承権を放棄して義弟のヘンネンに位を譲り、王子だった俺の婚約者のヨハンナと恋仲になり、不倫に悩んでエクルトを出奔した。以上でわかるだろう？」

「――ねえリューンヴォルク、あなたは私に教えてくれる気があるの？　それともないの？　どっち」

　前に回された手の甲をぎゅっと抓れば、後ろから笑い含みの声が漏れ聞こえた。

「わかった。わかったから抓るな」

「それなら早く」

　相変わらず猫のような奴だと前置きしたエクルト王は、ルンドクヴィストがエクルトを出るまでのことを語った。

　ヘンネンとルンドクヴィストの母親は、それぞれ第一王妃と第八王妃で、順位は第一王妃の方が高かった。そのために、第一子でありながらルンドクヴィストの継承権はヘンネンよりも下に置かれていた。しかし、母親の第八妃は自身も王族であり、夫とは従姉《いとこ》の間柄。血筋だけを見れば圧倒的にルンドクヴィストが勝り、加えて文武の才もヘンネンよりも秀で、ルンドクヴィストをエクルト王にという声が国内でも声高に叫ばれるようになってしまった。

　それを憂いたのは他でもないルンドクヴィスト自身で、国内が二分するのを避けるため自ら王位継承権を放棄して、ヘンネンこそが国王だと国民の前で宣言した。

「まず、これがルンドクヴィストの犯した間違いだ。この時点でさっさと王冠を頭上に戴いていれば、次の代が苦労することはなかったんだ」

「つまりあなたが苦労したのは、メランダーのせいでもあるって言いたいんだね」

「その結果が前国王の政治末期だからな。国民が知れば暴動ものだぞ」

気楽な立場になったルンドクヴィストが恋をしたのは、あろうことか娘ほど歳の離れた少女ヨハンナで、王子の婚約者という曰《いわ》く付き。しかも両想いになってしまったのだから、恋心は燃え上がる一方だ。

「ヨハンナは言っていた。私から誘ったのだと」

その誘惑に負けて一度だけヨハンナとルンドクヴィストは夜を共にし、体を重ねた。処女だったヨハンナがその初めての情交で身籠ったのが双子で、その事実を知る前に、ルンドクヴィストは王妃になる予定の女の枷《かせ》になってはいけないと姿を消した。

「でもまたエクルトに戻って来た」

「もしかしたら、エクルトできな臭いことが起こるのを察知していたのかもしれないな。ルンドクヴィストがノウラの誰を雇い主にしていたか聞いたか？」

「国の偉い人のところで用心棒をしていたって。鉄壁宰相だったと思うけど」

ノウラの鉄壁宰相。文官でありながら、誰よりも武闘派の男は、外交内政すべてに長《た》けていることから、そう呼ばれている。

「それならエクルトの情報は入っていたかもしれないな。それとなくルンドクヴィストに漏らしてエクルトに行くよう勧めたのかもしれない」

「でもメランダー——ややこしいから私はメランダーって呼ぶよ。メランダーがノウラを出たのはまだあなたが死んだ報せが首都に出回る前じゃないの？」

「クレマン軍の動きがあった。何が起こったかわからなくても、気配に敏感なら気づくだろう」

「そっか……そうだよね。でもそのおかげで私は助かったよ。メランダーたちがいなかったら、山賊に殺されていたかもしれないから」

だから、とラクテは続けた。

「昔の恨みももしかしたらあるかもしれないけど、ここは大人になって、戻って来たことを感謝しよう」

複雑かもしれないが、ヨハンナもきっと嬉しいはずだ。

「恨んではいない。むしろヨハンナや子供たちのために戻って来てくれたことは感謝している。援軍としても心強いしな」

「そうだね」

メランダーはヨハンナが自分の子供を産んだことは知らないはずだ。もしかしたら双子をリューンヴォルクの実子だと思っているかもしれない。

だがもしかしたらと、ラクテは思う。メランダーは知っているのではないかと。出奔した後も、何らかの伝手を持ち、ヨハンナの様子を見守っていたのではないかと。


「いつか」

エクルト王は言った。

「双子とルンドクヴィストが名乗り合えればいいと思う」

頑なに「父上」と呼ばせなかったのは、ヨハンナの意地だったのかもしれない。リューンヴォルクに対してのものではなく、本当の父親であるルンドクヴィストに対して。

「うん、そうだね。でもね、リューンヴォルク。私は思うんだよ。子供たちの本当の父上はメランダーかもしれないけど、あなたも立派な父親だと思うよ」

「そうか、お前にはそう見えるのか」

エクルト王はほんの少しだけ頬を緩め、嬉しそうに見えた。

たとえ自分の子供でなくとも、表面にはあまり出ていなくても、エクルト王がずっと成長を見守り可愛がってきた事実に偽りはない。あんなに素直で真っ直ぐにエクルト王に懐いている双子なのだ。

「それから、最後にもう一つだけ質問させて」

ラクテは廃墟のような城全体を見回すように首を回した。

「バイダル姫って結局何者なの？　全然来る気配はないし、それにこのお城。バイダル城っていうことは無関係なわけじゃないんでしょ」

エクルト王は、倒れた柱や剥がれた床石を見おろしながら、ゆっくりと唇を開いた。

「ここは月狼と契った姫が生まれ住んでいた城だ。名をバイダルという。地名も城もそこから名づけられたものだ」

「部屋とはどう繋がるの？」

「それか？　そんなに大した内容でもないんだがな。聞けば笑いたくなるような話だぞ？」

エクルト王は薄く笑いながら、語った。

「あそこはバイダル姫が使っていた部屋というのが正しい認識なんだが、いつか来るかもしれないバイダル姫のための部屋という意味に、いつの間にか置き換えられてしまっていたらしい。バイダルという名の女が来れば、ここに通せと。どの王の時代にも、どうしてか来ると待ち焦がれられていた。だから部屋は綺麗で不自由は何もなかっただろう？」

「まあね。で、律儀に門番や担当者がその間違った伝言なのか言い伝えなのかを覚えていた。仕事に忠実で熱心ないい兵士だね」

「まったくだ」

「それで百番目の妃って言うのは？」

「たまたまだ。正妃を娶るのは百人で終わりにすると公言していたから、それでだろう」

そこでエクルト王は笑いながら、ラクテの首に口づけた。

「駆け込みで間に合ったな。間違われてしまったのは不本意だろうが、お前が百番目の妃として来てくれたのは俺にとっては僥倖だ。そして、今、俺の側にいてくれることを心から感謝する。ありがとう」

「……そんなの当たり前でしょ」

ラクテは夜空に浮かぶ月を見上げた。

「早く一緒にエクルト城に帰ろう」

そうしてまた、そこからみんなで始めよう。

願うのは、見たいのは、玉座で冠を戴くリューンヴォルクのその姿だ。


エクルト王リューンヴォルク生還。裏切りものの第一王妃を追放しろ。


そんな紙版の号外が首都メリンやホーン港で見られるようになったのは、ラクテたちが潜伏生活を始めてすぐのことだ。

収賄で罷免《ひめん》されたことのある元王佐クレマンとその娘マデリンの共謀により、エクルト王が暗殺の危険に晒された。

事実を事実として記事にしただけで、関係者にとっては新しいものは何もない。

だが、リューンヴォルクが事故死したと聞かされ、第一王妃の子が王位を継げるようになるまでは、祖父のヨーンと前国王ヘンネンが代理として玉座を預かると知らされていた国民にとってこの報は、幾重にも重ねられた過ちを正す機会でもあった。

訃報以来閉ざされたままの城門を不審に思っていた首都に住む民にとって、自分たちの生活を苦しめたクレマンとヘンネンの二人が政治の表舞台に返り咲くことほど愚かで滑稽なものはなかった。

見放すか、様子を見るか。

そんな時に齎《もたら》された、リューンヴォルクの死は偽りであり、玉座を得るために亡きものにしようと仕組んだものがいた――という芝居になりそうな号外は、一気に第一王妃たちへ逆風となって吹きつけた。

ただの風ではない。雲よりも高い場所にある頂から垂直に拭きつける雪風と同じくらい激しいものだった。

　特に、交易商人たちの態度は最初から鮮明で、一貫してリューンヴォルクを支持していたこともあり、生存の知らせに一気に城に対する不満が高まった。

　世界を相手に稼ぎ出す莫大な資産。エクルトの富はエクルト王や国民の懐に正しく還元されるが、それは商人たちの努力があってこそのものだ。

　構図と旗色が決定的になったのは、城にいる二人のクレマンと対立する陣営にシェスティン＝クレマンの姿があったことだろう。父親に内密で近隣の領主や富農に声を掛けて賛同者を募って集めた兵の数は、元のクレマン軍の三倍にも膨れ上がり、これに、リューンヴォルクを慕って、地方の駐留地から馳《は》せ参じ参加を表明するものなど多数が生じた結果、最初は五十人もいなかったリューンヴォルクの兵士は、五万にも届こうかという数になっていた。エクルト各国に散っていた駐留軍は、もちろん悩むまでもなくリューンヴォルクたちに味方した。

　戦おうという方が無謀なのは、子供でもわかることだった。

　機運は高まった。

　すでに首都の間近まで軍を展開していたシェスティンから王都での国民の反応を聞いたエクルト王は、完治した肩を軽く回して立ち上がった。

　古城に集う兵士はいつの間にか数を増やし、中に入り切らないまでになっていた。意図してここにエクルト王がいると流したわけではない。だが、ひっそりと広がった噂は、再びリューンヴォルクが玉座に就くことを願っていた。

　古城バイダル。エクルトの始祖の兄妹が住んでいた城。そこから再びリューンヴォルクがエクルト城を目指す。自分の手で王座を――国を取り戻すために。

「行くか」

「うん」

アクセル副将軍がいつもの仏頂面でエクルト王の後ろに従い、隣をラクテが歩く。

居並ぶ兵たちに手を上げて応えながら、エクルト王は白馬に跨った。

「エクルト城に向けて進軍！」

復唱する声が輪唱のように周囲に広がる。

ロスがすぐ側にいる。傭兵たちが笑いながら先へ先へと進む。

「ついて来い、ラクテ」

「言われなくても」

白馬に引き上げられたラクテは、エクルト王の手に自分のそれを重ねた。

「取り戻すよ、あなたの玉座を」

「もちろんだ」


首都メリン。

「陛下、城門が内側から開かれました」

「よし」

メリンの街へ戻ったエクルト王は、大通りを埋め尽くす人々の歓声に出迎えられた。普段は平伏して見るしかないエクルト王の堂々とした姿に、彼らは自らが王の楯《たて》となろうと、我先にと近くに駆け付けた。

エクルト城を出てひと月、ようやく再び見ることが出来た石の城は、戦う前にエクルト王リューンヴォルクの前に道を開いた。

「陛下！」

門が開いて転げるようにして駆け寄って来たのは、王佐のジーウだった。ジーウの横で直立不動の兵士は、ラクテを姫と間違えてくれたあの若い兵士だった。彼が王佐と一緒に門を開けてくれたのだ。

「ジーウ、よく耐えてくれた」

「お戻りをお待ちしておりました」

　エクルト王に近い人物の中で唯一城内に留まった王佐は、心労でやつれた顔をくしゃくしゃの泣き顔に変えて深く頭を下げた。どんな苦労が城内であったのかわからない。だからこそ、無事に真の主を迎え入れることが出来た喜びを心の底から示すのだ。

　王佐は、涙目のままエクルト王の横に立つラクテにも丁寧に頭を下げた。

「ラクテ公子も、本当にご尽力感謝いたします。あの後、心配しておりました」

「ありがとう。この通り、無事に戻って来たよ。ジーウの苦労に比べたら、私のは苦労にはならないよ」

　何しろ一番大切な相手とずっと一緒にいることが出来たのだ。尊敬するエクルト王と離れ離れでいるしかなかった王佐の苦労に比べれば、ましどころの話ではない。

　旧知のアクセル副将軍が労うように王佐の肩を抱き、それに感激してまた泣き出す。王佐と言えば、王の次に発言と決定権を持つ役職なのだが、ジーウを見ているととてもそうは思えない。だがそのジーウは耐えきった。今か今かと待ち侘《わ》び、そしてエクルト王を迎え入れる門を自分の手で開いた。

　開かれた門の中に引き連れて来た軍隊が流れ込む。一部は首都メリンの防衛と警備に回し、玉座の間にはエクルト王とラクテ、ロス、ジーウとメランダーが向かった。

「誰が黒幕？　マデリン？　それともヨーン＝クレマン？」

　歩きながら尋ねると、エクルト王は薄らと頬に笑みを浮かべた。

「これから向かう部屋で玉座に座って俺が来るのを待っているのが黒幕だ」

　ヨーン＝クレマンは、娘のマデリンの方が身分が高いのもあるが、前国王を差し置いて玉座に平気で座ることが出来るような人物ではない——エクルト王はそう言った。

「クレマンはただの捨て駒で隠れ蓑《みの》だ。エクルトを私物化し、富を得るためには非道な行いも厭《いと》わない。それが今回の黒幕で、第一王妃の腹の子供の父親へンネンだ」

「えっ?!」

ラクテは大きな声を上げた。

「ちょ、ちょっと待って。つまり、自分の息子の妻に手を出していたってことなの!?」

いきなり与えられた情報は、まさかの愛憎が絡んだまさかの複雑な人間関係。確かに以前、すべてが片付けばすべて説明するとは言われたが、とんでもない。事実の後出しにもほどがある。

「話したはずだぞ。前国王の節操のなさを。マデリンは後宮に入ったその時から前国王の愛人だ。そうだな、マデリン。そしてヘンネン」


音を立てて開かれた扉から真っ直ぐ伸びる先に玉座があった。

ラクテの故郷ヴィダ公国の玉座は、一段高い場所に椅子が置いてあるだけだが、エクルトの場合は十段ある階段を上った先にそれがある。

深紅の絨毯が長く敷かれた終着点、金繻子《しゅす》が張られた背凭れの高い玉座に座っているのは、初老の男ヘンネン前国王だった。隣に立つのはマデリン。この場にヨーン＝クレマンの姿はどこにもないが、共に城内に入ったシェスティンが草の根を分けても探し出し、エクルト王の前に引き摺り出すだろう。任せて安心だ。

金属がぶつかり合う音や怒号は、建物の外で武力による衝突が起こったことを示すが、エクルト王の目は真っ直ぐにヘンネンに向けられていた。

「残念だったな、ヘンネン前国王。お前の子、俺の弟か妹を玉座につけて傀儡にしようとしたのだろうが、その企《たくら》みもお終いだ」

エクルト王は玉座に向かって一歩二歩と進んだが、三歩目の足を下ろす前にさっと横に身を躱した。エクルト王が立っていたはずの場所に当たった矢が跳ね返り、床に落ちる。

「近づくと射るわよ」

声にしたのはマデリンで、弓を射たのは玉座の高い背凭れの後ろから出て来た壮年の男だった。ブラクデン将軍が構えた矢は、リューンヴォルクに限らず、近づくものは全員射ようと狙っている。

「元王佐、元国王。旧体制と富にしがみついた亡者たちがいつまでも居座っていると生きているものに迷惑だ」

リューンヴォルクは剣を抜き、真っ直ぐに玉座の階段に足を掛けた。

ビュンッビュンッと弦が音を立てて矢を放つが、リューンヴォルクはそのすべてを剣で叩き落とした。

「わからないのか？　二度も簡単に当てさせてやるわけがないぞ。次に矢を射れば、その時に失くなるのはお前の命だ。どうする、ブラクデン」

階段を上り切ったリューンヴォルクの持つ長い剣を伸ばせば、ちょうど届く場所に将軍の首がある。

「ブラクデン将軍、射なさい」

マデリンが命じ、ブラクデンはエクルト王の警告を無視して矢を放った。しかしその矢はリューンヴォルクに向けられたものではない。矢が的として目指したのは――。

「ラクテ！」

「ラクテ様ッ！」

白金の髪を靡かせ振り返ったリューンヴォルクと、ロスの声がする。剣を抜いたロスが矢を叩き斬る――誰もがそう考え、安堵した。しかし、ロスの剣よりも、風のように玉座の間に飛び込んで来たものが、太い前脚で矢を叩き落とすのが早かった。着地した足が矢を踏みつけ、パキリという音がした。

「お前！」

目を瞠ったラクテは、すぐに満面の笑みを浮かべた。

危機を救ったのは白金色の狼、月狼だった。月狼はそのままラクテの脚に擦り寄り、守るように寄り添って、玉座で対峙《たいじ》する父と子、兄と弟を見つめた。

ラクテの無事を確認したリューンヴォルクは、月狼の出現に驚いて声も出ない将軍の手から弓を叩き落とし、剣の柄《つか》を鳩尾《みぞおち》に叩き込んだ。

リューンヴォルクだけでなく、注意が月狼に向いている間に玉座に上ったメランダーがヘンネンを縛り上げていた。

「ここから見た景色はどうだ、兄上」

「こんな狭い世界しか見られないなら、俺は自由に生きることを選ぶ」

母親違いの兄弟が交わした台詞は、こんなものだったと、後からエクルト王に教えて貰った。

マデリンはこんな時でもツンと顎を反らし、自分から玉座の階段をゆっくりと下りた。もう二度と上ることのない十段の階段、初めての玉座。そこから見た景色が、正妃に憧《あこが》れ、遂《つい》に永遠に手に入れることが出来なくなってしまった彼女の目にどんな風に映っていたのか、ラクテが知ることはない。


リューンヴォルクが開城を要求してから一日待たずに、城内は平定された。元々反乱というにはお粗末だったこともあるのだが、やはり王が生きていたという事実の前にほとんどのものが膝を着いた。そんな中で、一時的にせよリューンヴォルクを玉座から追い落とせたのは逆に奇跡に近い。

「そんな奇跡はもう二度と起こらないで欲しいよね」

「言えてるな。しばらくはもう何もなくていい」

エクルト王は長々と絨毯の上に寝そべり、同じ室内にいる巨大な獣をちらりと見やった。

「月神の使者が懐いたのは奇跡と呼ぶべきだと思うか？」

「どうかな。月狼にとっては奇跡でも何でもないのかもしれないよ。ねえ、フォルカ」

顔を前脚の間に伏せて眠っていたはずの月狼は、ラクテに賛同するように尾をゆるりと振った。フォルカ――リューンヴォルクの第二名をそのまま貰った月狼は、四阿以外にも気が向いた時には本殿や東宮の部屋によく出没するようになった。

未だ東宮の部屋を住まいにしているラクテは、本殿に移り住むようにとエクルト王に散々急かされているのだが、なかなか実行に移せずにいた。それと言うのも、ラクテの趣味である薬草採取をするには、山により近い東宮の方が何かと便利だからだ。本殿も山には近いが、登るには難があり過ぎる。

「ロス君もあの部屋の方が落ち着くって言ってるし、まだしばらくはあそこに住むよ」

「残念だな。この部屋に移って来たら王立学院へ通うことを許可しようと思っていたんだが。そうか、まだ東宮がいいか」

「ちょっと、それは卑怯《ひきょう》だよ。私は元々王立学院の学生なんだから、正統な権利を要求する」

「俺のも正当な要求だ」

「どこが！」

「俺の正妃になる人物に対する要求としては妥当だぞ」

「正妃!?　私が？」

「お前以外に誰がいる」

エクルト王はラクテの頬をつついた。

第一王妃マデリンは領地内の僻地《へきち》に幽閉、第二王妃ヨハンナはまだ東宮に住んでいるが、彼女の正式な夫がメランダー――エクルト王の伯父ルンドクヴィストなのは極《ごく》限られた人々にしか知らされていない。子供たちが大きくなるまではそこで共に暮らし、それから城内の別の邸宅に移ることになるだろう。

　彼女たち以外の後宮の妃は、今回の騒動を機に、全員に持参金を与え、退去させた。一部には出て行きたがらない妃もいたが、持参金と、後宮にいた年数に比例した税収を荘園から与えることで、何とか合意するに至った。この話し合いを担当したのは王佐ジーウで、もしかすると反国王派の中で一人城に残っていた時よりも精神的に疲労していたかもしれない。

「俺の正妃はお前だけだ。次代はマルグリッドがいるから問題ない。誰にも文句は言わせないぞ。世継ぎ候補が足りないなら、ヨハンナとルンドクヴィストにもっと産ませれば解決する。言われなくても来年あたりには生まれそうな気配だがな」

　それには同意するが、正妃とは……。

「――ちょっと実家に戻って家族と相談してきます」

　そっと立ち上がりかけたラクテだが、腰に回された腕に捕らえられ、男の腕の中に倒れ込んだ。

「お前の実家はヴィダだぞ。船でひと月も掛かる国じゃないか」

「船でひと月じゃないよ。ヴィダは内陸国だから、最寄りの港から首都まで馬で半月分を足さなきゃ」

「冗談だろう。そんなに待てない」

　押さえ込まれたラクテは唇を塞がれて、ドンドンとリューンヴォルクの背中を叩いたが、やがて力尽きたのか、抵抗は止んだ。

　その代わり、聞こえて来たのは、

「ん……っ」

　という悩ましげな声。

　それが喘ぎ声に変わるまで大した時間はかからなかった。

　一瞬顔を上げた月狼は、睦み合いが始まったのを見ると、お気に入りの庭園の四阿で昼寝の続きをするために、のそりと立ち上がり尾を揺らしながら部屋を出て行った。


月狼は眠る。

昔々に見た夢をもう一度見るために。

黒髪と赤紫の瞳をした少女に獣は恋をした。

そうして一人と一匹の間に子供が生まれ、それからまた子供が生まれ——どんなに年月を経たとしてもエーリンクエルトとバイダル姫の間に生まれた子供たちには、月狼の一番楽しかった日々の記憶が薄められることなく引き継がれている。

月狼も踊る夜

「……ごめんなさい、ロス君」

ラクテは冷たい岩の上に膝を抱えて座り、体を小さくしてロスに謝罪していた。

二人がいるのはエクルト城内の東宮《とうぐう》ではなく、雪と氷と岩に囲まれた、洞窟の中である。

はあとロスが口から零《こぼ》す息の白さが、この場所がかなり冷え込んでいることを教えてくれる。

それもこれも、王立学院の講義で雪山にしか咲かない薬草の存在を知り、それを見たさに山の奥まで足を踏み入れたラクテのせいだった。

子供じみた好奇心だったという自覚はあるし、反省もしている。

本殿や後宮よりもさらに上にある月神《つきがみ》神殿まで散歩気分でテクテク歩いて登り、そこからさらに上を目指して神殿の奥に広がる森に足を踏み入れ、森が途切れたら雪があるのではという期待を胸に、さらに歩き続けること暫《しば》し。すぐに帰るつもりだったことを忘れ、雪を眺めながら歩いているうちに思っていたよりも高い場所まで来てしまっていた。それに気づいた時にはもう雪山に入り込んでいたのだ。迷子になってしまったのは不覚としか言いようがない。

「それなのに……。せっかくロス君が助けに来てくれたのに……」

部屋に残していた「雪山まで散歩してきます」という書き置きを読み、慌ててラクテの後を追い掛けて来たロスと運よく合流出来たまではよかったが、帰り道で薬草を見つけたのが運の尽き。

「あ、ペペロンティス発見！」

行きがけには気付かなかった件《くだん》の薬草を見つけた瞬間、ラクテは自分が遭難一歩手前だったことを頭の中からきれいさっぱり消し去ってしまった。

「あっ、ラクテ様、そっちに行ったら駄目です！」

ロスの叫びとラクテが足を踏み外すのとどちらが早かっただろうか。薬草を手に摘んでほっとしたのも束《つか》の間《ま》、いきなり足元が消失してしまったのだ。

「ラクテ様っ!」

「ロス君!」

　慌てて手を伸ばしたラクテ――それでも根性で薬草は手放さなかった――の手をロスが摑んだが、如何せん体格に差があり過ぎた。鍛えられているとはいっても、自他ともに認める小柄で童顔な少年が、一応は成人している青年が下に引っ張られる力に敵《かな》うわけがない。土の地面だったらまだ何とか踏ん張ることが出来たかもしれないが、足元は雪。二人揃《そろ》ってそのままザザーッと雪と一緒に滑り落ちてしまったのだ。

　そして転がり落ちた先がここ、山の中の洞窟なのである。

　自分たちが転がり落ちて来た穴は頭上高い場所にある。急傾斜の坂道は雪に埋もれ、どうにも自力では登れそうにない。少なくともラクテには登り切れる自信がない。落ちた先も雪だったから良かったようなものの、尖《とが》った石や岩のある場所だったなら二人とも到底無事では済まなかっただろう。

「でもラクテ様は足をくじいてしまったんですよね」

「うん。転がり落ち方が悪かったのかも。ロス君は無傷なのに」

　若干の羨望を込めて言えば、「当たり前です」と強気な返事が返って来て、ラクテはほわりと笑った。

「僕は護衛で、武術の訓練も積んでいるんだから、受け身の一つくらいは取れなくちゃお役御免になってしまいます。本当はラクテ様を引き上げることが出来れば良かったんですけど……。ラクテ様、ここのところの美食生活で、少し太ったんじゃないですか?」

「ロス君、それは言わないお約束だよ」

　ラクテは乾いた笑みを零した。

　美食生活も何も、ラクテのためにエクルト王がありとあらゆる食材を取り寄せて作らせた料理は、どれもこれもが等級をつけることが出来ないほどに豪華で美味しく、自然に食も進むのだ。

「まあそれは僕も一緒に温恵を受けているからいいんですけど。ラクテ様、そろそろ足の方は大丈夫そうですか？　登れます？」

ラクテはそっと自分の足首を掴《つか》んでみた。しばらく雪で冷やしたからか、触っても痛みはない。それなら大丈夫かと立ち上がろうとした瞬間、

「いっ……」

足に走った痛みにしゃがみ込んでしまった。

「駄目みたい。足首じゃなくて、足首から下全体が痛い。たぶん捻《ひね》って筋がひっくり返ったかどうにかしたんだと思う」

「そうですか……。それならやっぱり、ここから歩いて帰るのは無理ですね」

むうと顎に手を添え考え込むロスを見ながら、ラクテは今日何度目かわからない謝罪の言葉を口にした。ロスだけなら急傾斜も何とか登ることは出来るだろう。ラクテも足の痛みがなければ、何とかして登れたかもしれない。

しかし、実際に痛みはあり、登ることは不可能だ。ラクテは、大きく息を吐き出すとロスの顔を見つめ、言った。

「あのね、ロス君。提案があるんだけど。あの穴からロス君だけが出て、お城から助けを呼んで来て欲しいんだ」

ロスは青緑の瞳を見開いた。

「僕が一人でですか？　ラクテ様を置いて？」

「うん。ロス君が私を置いて行けないと言うのはわかるけど、でも現実問題としてこのまま二人でここにいても二つの凍死体が出来上がるだけで、いいことはないと思うんだよね」

「不吉なこと言わないでくださいね」

「でも冗談じゃなくてそうなる可能性だってあるってこと。だからそうなる前にロス君お願い。お城に行ってリューンヴォルクでもアクセル将軍でもいいから、連れて来てくれると嬉《うれ》しい」

「その間、ラクテ様はどうするんですか？」

「私はここでじっと座って待ってるよ。心配しなくても大丈夫。ほら、動き回りたくても動き回れないから」

ラクテは捻った足を軽く撫《な》でて見せた。

「寒いですよ」

「平気。リューンヴォルクがくれたこの外套《がいとう》、すっごくあったかいんだ。助けが来るまでは大丈夫だよ」

薄灰色の毛皮の表面をさらりと撫でたラクテは、その笑顔のままでもう一度「お願い」と声に出した。

「……絶対にこの洞窟から出ないでください。ちゃんと僕は戻って来ますから、それまでじっと待っていること。これが守れますか？」

「うん。守るよ、今度は絶対に」

ロスは転げ落ちて来た穴を見上げた。これが冬場なら、すぐにでも穴は雪で塞がれてしまうだろうが、今は初夏。溶けた雪が上の方から落ちて来ない限り塞がれる心配はない。

「行けそう？」

「行けます」

一つ頷《うなず》いたロスは、「絶対に動かないで」ともう一度念を押してラクテから離れ、穴に続く傾斜をゆっくりと登り始めた。

頑張れロス君と念じるラクテの前で、ロスは最初の数回は途中で滑り落ちながらも、何とか手足を踏ん張って雪の上に足場を造り、岩にしがみつき何とか穴の外に這《は》い出ることが出来た。

「ラクテ様」

穴の上からロスが顔を覗《のぞ》かせる。

「すぐに戻ってきますね」

「うん。気を付けて」

　薄暗い場所にいる自分が見えるだろうかと思いながら、ラクテは大きく手を振った。それに頷いたロスの顔が見え、それもすぐに見えなくなった。

　しんと静まり返った洞窟の中にただ一人という現実が、嫌でも押し寄せて来る。

　ラクテは膝を抱えて座り直し、ゆっくりと外套の襟と襟巻の間に顔を埋めた。

「ロス君、無事に辿り着ければいいいんだけど」

　膝の間に溜息が落ちる。

　普段のラクテなら、たとえどんな状況にあっても洞窟の探検くらいはやってのけるところだが、動けないのではそれも無理。体力温存が一番だと、静けさの中に身を溶け込ませるようにしてラクテはそっと瞼《まぶた》を閉じた。

「あ」

　眠るつもりはなかったが、瞼を閉じたのと薄暗いせいでいつの間にかウトウトとしていたラクテは、今まで聞こえなかった物音が上の方から聞こえ、はっと顔を上げた。

「ねえ！　誰かいるの!?」

　もしや助けが到着したのだろうかと大きな声を上げるが、帰って来る返事はない。

　その代わり、別のものが――色が見えた時、ラクテの赤紫色の瞳は歓喜に染まった。

「フォルカ！」

　フォルカ。エクルト王リューンヴォルクの第二名を貰《もら》った白金色の狼が穴の中に降り立ち、大きく尻尾を振っていた。

　そしてすぐにラクテの元にゆったりと歩いて来ると、その場に座って首を傾《かし》げた。

　ラクテを見下ろす月狼《げつろう》の銀色の瞳は「こんなところで何をやっているんだ」とでも言いたそうに細め

られ、それがエクルト王がよく見せる表情と重なり、ラクテは気まずげに瞳を伏せた。

「私だってわかってるんだよ。私の短慮や思い付きがいかに他の人に迷惑を掛けているかってことくらい」

ラクテはそっと手を伸ばし、月狼の毛に触れた。細く長い体毛は、遠目では細いガラスの糸のようにキラキラと輝いているが、実際には表面はさらりと、奥の方はふわりとした柔毛があり、触り心地は最高なのだ。

出会った初めの頃は触ろうとすると逃げられてばかりいたが、今ではこうしてラクテが抱きついたり撫で回したりするのを、数回に一度は容認してくれている。会うたびに手を伸ばすラクテに対し、月狼は「仕方ないから触らせてやる」くらいの気持ちなのだろう。

「ありがとうね、君が来てくれてすごく心強いよ」

抱き着いた狼の毛にそっと顔を埋める。獣ではあるが、こうして鼻を埋めていても獣特有の匂いは一切せず、むしろ爽やかで甘く優しい香りがする。

「ねえ、フォルカ。どうして私がここにいるってわかったの？　君はどうしてここまで来たの？　君だけ？　ロス君に会わなかった？　リューンヴォルクは私のことを心配している？」

山に入ったのがちょうど昼時で、それからどれくらいの時間が過ぎたのかわからなかったが、ロスを見送った時にははっきり見えた外の明るさが、今は薄暗闇に変わっている。うとうとしている間に、いつの間にか日が暮れて、夜になっていたらしい。

「こんなところ見たら、またリューンヴォルクが怒るだろうね」

エクルト王はかなり寛容で広い心の持ち主で、「甘やかし過ぎです」とロスに言われるほどラクテに対しては甘く、大抵のことは許容してくれる。ただそのエクルト王が唯一と言っていいくらい良い顔をしないのが、ラクテが月狼とくっつくことだった。

大きな月狼を枕に転寝《うたたね》をしていたのに、起きたらいつの間にか隣にエクルト王が寝ていたことが何度もある。自然に足元に寝そべる狼を撫でていたはずなのに、いつの間にか座るエクルト王の頭の上に手が乗せられていたことも。

どうしてそんなに嫌がるのかを尋《たず》ねた時にエクルト王の顔に浮かんでいたのは、何とも言えない苦み走ったもので、それでも閨《ねや》の最中に口を割らせて聞き出したのは、「初代エクルト王父の月狼エーリンクエルトは人に変化したのだから、この月狼が変化しない保証はどこにもない」というもので、これには呆れてしまった。要は嫉妬である。

もしも今、暗い洞窟の中に一人と一匹が寄り添うようにしているのを知れば、きっとあの綺麗《きれい》な顔いっぱいに不機嫌を浮かべることだろう。


「でもちょっと嬉しいんだよ。リューンヴォルクがやきもちやいてくれて。君に対してだけっていうのがなんだか可愛いんだよね」

ロスにじゃれついていても、王佐ジーウと顔を寄せるようにして本の話に花を咲かせていても、将軍になったアクセルの筋肉を羨ましげに眺めていても、ただただ微笑《ほほえ》ましく見守っているリューンヴォルクが唯一嫉妬するのが、人ならざる生き物なのは、エクルト国王が唯一太刀打ち出来ない相手だからなのかもしれない。

月狼には迷惑かもしれないが、何となく楽しい。

「ねえ、もっとくっついてもいい？」

返事の代わりに尾が「仕方ないな」と揺れた。

「ありがとう。君が来てくれて本当に嬉しい。本当のことというとちょっと心細かったんだ。もしも熊が出て来て食べられたらどうしようって」

だが今は月狼がいる。月狼を前に餌に飛び掛かろうとする獣はいない。一人が寂しかった反動か、ラクテはずっと月狼にしがみついていた。暖を取るという以上の温かさが胸の中にじわりと沁み込んで来る。

そのままふかふかの手触りを堪能しながら安心感に浸っていると、ふと狼がもう一度顔を上げた気配がした。見れば、耳はピンと立ち、尾も左右に揺れている。

「なに？　何かあるの？　それとも敵？　それとも」

月狼がいて敵が来るはずがない。だとすれば、来るのは――。

「ラクテ！」

頭上から大きな声が降って来て、狼に抱きついたままラクテははっと顔を上げた。

「リューンヴォルク！」

松明《たいまつ》の明かりが穴の向こうに赤くちらちらと動いているのが見える。その赤い光の一つを手に穴から覗くのは、月狼と同じ白金色の頭。エクルト王リューンヴォルクだ。

「無事なのか？」

「うん！　私は無事だよ」

「今から助けに行く。動かずにその場にいろ」

「わかった」

縄や紐《ひも》という声が外のざわめきの中に聞こえ、それからすぐに二人が降りて来た。先頭は言うまでもなくエクルト王で、後ろの巨軀《きょく》はアクセル将軍だ。

「ここだよ」

手を上げたラクテにすぐに駆け寄った。そして、

「……無事でよかった」

月狼に抱きついていたラクテを剝がすようにして自分の腕の中に囲い込んだ。いきなり柔らかな毛皮から離されて「お」と思ったのも束の間、エクルト王の着ている上質な毛皮の外套に顔を埋める形になった。そして、やっと安心出来る温《ぬく》もりに出会えた

ことで、ラクテは体全体から力が抜けていくのを感じた。

「ありがとうね、助けに来てくれて。ロス君は？」

絶対にいるはずの少年の姿を求めてきょろきょろと背伸びするように後ろに目を凝らしたラクテだが、

「城で待たせている」

エクルト王の返事に眉を寄せた。

「まさか怪我《けが》……？」

「いや。そうじゃない。汗だくで走って来てそのまま雪山に引き返すのはよくないから、ルンドクヴィストとジーウに面倒を見させている」

ラクテはほっとした。これでロスが怪我でもしようものなら、祖国の皆に申し訳が立たない。

「お前を助けるのは俺の役目だと思っているからな。月狼に先を越されてしまったが。どうやらお前が危ない目に遭っていると人より早く気づいたらしい」

苦笑交じりの声に顔を上げれば、エクルト王は足元に座ったままの月狼を顎で示した。

「一緒に来たわけじゃなかったんだ」

「お前がいない時に簡単に姿を見せる獣じゃないのは、ラクテ、お前が一番よく知っているだろう？」

エクルト王に睨《にら》みつけられていることなどどこ吹く風で、大きく口を開けて欠伸《あくび》をする月狼を、ラクテは笑いながら見つめた。

「ありがとう。リューンヴォルク、そしてフォルカ」

「とにかく話も説教も後回しだ。ここを出るぞ。アクセル」

呼ばれて背後に控えていたアクセル将軍が太めの紐を手に近付いて来た。頷いたエクルト王はラクテを一度放すと、くるりと背を向けしゃがんだ。

「乗れ」

「え？」

「俺の背中に乗れと言っている」

「え？　それって私を負《お》ぶうってこと？」

「他に何がある。足が痛くて動けないなら、こうして運ぶしかないだろうが。幾《いく》ら俺でも腕の中にお前を抱き抱えたまま登れるほど膂力《りょりょく》はないぞ。アクセルにも期待するな」

エクルト王よりも遥かに筋肉の多い鋼の肉体を誇るアクセルも、同意だと頷いた。

「でも、私、結構重いよ？」

先ほどもロスに太ったことを指摘されたばかりなのだ。

「そんなことは俺が一番よく知っている。だがそうするしかないだろう。もう一つ、縄で括《くく》って引き摺《ず》り揚げる方法もあるが、どちらがいい？」

「……背中、借ります」

うんしょと立ち上がったラクテの体をアクセルがかかえ、エクルト王の背中に乗せた。

「あのさ、リューンヴォルク。乗ってしまってから言うのもなんだけど、こういうのこそアクセル将軍にさせた方がいいんじゃないの？　王様がするようなことじゃなくない？」

「冗談だろう。俺がいるのに他の男にお前を背負わせられるか。それに、アクセルには俺とお前を引っ張り上げる役目があるからな」

「引っ張る？」

エクルト王は自分とアクセルの腰に結び付けられた縄を軽く上に上げて見せた。先にアクセルが傾斜を登り、エクルト王が登るのを助けるのだ。

「だからお前は大人しく背負われていろ」

「わかった」

エクルト王とアクセルは慎重に傾斜に足を掛けた。夜になって冷え込んだせいで柔らかかった雪が凍り、雪山登山用の靴を履いていたエクルト王の足も時々取られ、揺れるたびにラクテは体を震わせた。

絶対に落とさないと信じているから身を預けていられるが、もしもこれが見知らぬ人の背中だったら、下ろしてくれと懇願していたところだ。

ちらりと後ろを振り返れば、かなりの傾斜。

(本当によく無事だったよね、私たち)

ラクテは足をくじいたが、それだけで済んだのは本当に運が良かったとしか言いようがない。落ち場所が悪ければ、尖った岩に頭をぶつけてしまっていた可能性もあるのだ。

ふるりと震えたラクテは、

「ん?」

尻に何かが触れる気配に眉を寄せた。

「ねえリューンヴォルク、こんな時に私のお尻を撫でるのは止めてくれないかな?」

前を行くアクセルに聞こえないようにエクルト王の耳元に口を近づけて文句を言えば、

「お前の尻なんか触っていないぞ。第一、俺の手は両方とも前にある」

「あ。そっか、ごめん」

エクルト王の両手は、片方は命綱を握り、もう片方は雪の上に置かれ、ラクテの体に触れたくても触れられる状況にない。

(あれ? それならさっきのは……)

思いながらちらりと後方下を見れば、犯人はすぐそこにいた。

「フォルカ……」

ラクテたちの後ろを歩く月狼が、早く登れと催促しているのだ。ラクテの尻に触れたのは、その月狼が催促するために押し付けた鼻先だった。

「わかってるよ。でも早くすると危ないんだって。君には簡単かもしれないけど、リューンヴォルクたちも一生懸命なんだからもうちょっと我慢して」

しかし、月狼は不満げにふんと鼻を鳴らし、また尻を押した。

「こら、フォルカ、駄目だって」

「駄目なのはお前だ、ラクテ。背中の上で暴れるな」

　鼻先を押し返そうともじもじと体を動かしていれば、前からエクルト王の叱声が飛んで来て、ラクテはむっと唇を尖らせた。

「だってフォルカが押すんだよ」

　どうにかしてと頼むのに、エクルト王は軽く笑って取り合わない。

「なんだ、さっきから後ろが楽になったのは月狼が支えになってくれていたからか」

「ちょっと」

「そのままさせておけ」

「私のお尻！」

「お前の尻は俺の尻だ。持ち主が許可する。遠慮なく押せ。お前はじっとしていろよ、ラクテ」

「なにそれ！　普段は私がフォルカに抱きつくといやあな顔するくせに。あ、こらフォルカ、駄目だったら、そんなに強く押したら」

「ラクテ、暴れるな」

「だって――」

　わいわいと緊張感のないやり取りをしながら、最後は先に上がったアクセル将軍に引き上げられる形で穴の外に出たラクテは、エクルト王の背中に凭《もた》れ掛かり、ほうっと大きく息を吐き出した。

　見上げた空は暗く、月も見えない。その代わり、周囲は兵士たちが付けた松明の明かりで白い雪が赤く染まっていた。

「王、ラクテ公子は？」

「無事だ。怪我はしているが元気は有り余るくらいにある」

　上で綱を支えていた兵士の問いに、立ち上がったエクルト王が答えると、兵士たちの間から「良かった」という声が上がった。それを聞きながら、ラクテは赤面する思いでいっぱいだった。穴の外にいるのは、エクルト王たちを含め総勢二十名。決して多くはない数だが、居場所がわかり安全が確認されていて動けないだけのラクテを救出するには多過ぎると感じられたからだ。

その全員が文句を言うこともなく、こうして無事を喜んでくれる。中には玉座奪還の時に顔見知りになった兵士もおり、申し訳ないやら恥ずかしいやらの気持ちがごちゃまぜになる。

「みんな、ありがとう。助けに来てくれて。それから、迷惑かけてごめんなさい」

エクルト王の背中の上から顔を出し、その場にいた全員に向かって丁寧に頭を下げるラクテは、エクルト王が小さく笑ったのを感じた。

「詫《わ》びも礼も全部明日だ」

「うん」

エクルト王は肩越しに後ろに手を伸ばし、宥めるようにラクテの頭を撫でると一旦背中から下ろし、兵士が引いて来た馬に跨《また》がった。

「帰還するぞ！」

大きな声に兵士たちも各々馬に跨った。さすがエクルト、雪道でもものともしない軍馬の仕様である。

背中の紐から下ろされたラクテは、そのままエクルト王の馬に乗せられた。馬は次々に雪道を城に向かって駆け出す。

「しっかり摑まっていろ」

「うん」

エクルト王の右横にはアクセル将軍がつく。すぐ左側から聞こえるサクサクという軽い足音は、月狼が雪を蹴る音だ。

「君も一緒に帰ろう、フォルカ」

月狼はラクテを見上げることはなかったが、大きく尾が振られた気がして、ラクテの顔に微笑みが浮かんだ。

白い馬に跨る白金の髪のエクルト王、側にいるのは月色の狼。

大好きな一人と一匹が一緒にいて、同じ白金に輝く髪と毛を靡《なび》かせる。不謹慎かもしれないが、この状況が嬉しくて、ラクテはエクルト王の背中にぎゅっとしがみついた。

馬の脚《あし》が蹴る雪が細かく散って、松明に光り輝いて見える。やがて雪の量は少なくなり、洞穴を抜け、森の横には月神神殿が見えて来た。

「馬で行けばこんなに早く着くんだね。私も練習しようかな」

「乗るのは構わないが、雪道を走らせるにはエクルトの冬を外で過ごす必要があるぞ。その覚悟があるなら、次の冬には俺が雪原で特訓をつけてやる」

「いいの？」

「冬は何もかもが眠る国だ。だからかえって気楽に外を遊べる」

「じゃあ楽しみにしてる」

ラクテは笑いながらもう一度月神神殿を見上げた。と、その目が驚愕《きょうがく》に見開かれる。

「リューンヴォルク！」

思わずエクルト王の襟を引っ張ったラクテは、空を指差した。

「空が、空が光ってる！　ねえ、もしかしてあれ」

指差す方へ顔を向けたエクルト王は、「ああ」と納得したと頷いた。

「冬の名物だ。極光《きょくこう》という」

「極光は聞いたことあるよ。夜空が光って、波みたいに揺れるんでしょう？　それがこれ？」

肯定したエクルト王は、何を思ったか隣のアクセル将軍に声を掛けた。

「寄り道して帰る」

不思議そうな顔をしたアクセルは、空とラクテの輝かんばかりの笑顔を見ると、すぐに諒解《りょうかい》したと頷いた。

「五名護衛につけます」

一言残すと、アクセル将軍は馬を先頭まで走らせ、さっと右手を横に広げて手のひらを広げた。通じるものがあるのか、馬の集団の中から数頭が列を離れ、月神神殿に向かうエクルト王に付き従う。もちろん、月狼はずっと側を走っている。

「何するの？」

「高い所からの方がよく見える」

神殿の前で馬を下りたエクルト王は、今度はラクテを腕に抱きかかえ、螺旋《らせん》階段を上った。自分の足で、と言えないところが辛《つら》いラクテは、負ぶわれるとの抱っこされるのとどちらがましだろうかと迷いながら、結局答えを出せないままに頂上まで運ばれてしまった。

二人を追い越して、最後の階段をトンッと軽く跳躍した月狼が、跳ねるように円形の神殿の端に駆け寄り、空を見上げる。

「見て、フォルカ、すごく楽しそう」

月神神殿という場所のせいもあるだろうが、極光を見られることをラクテと同じように楽しんでいるようにも見える。

天井のないこの神殿には椅子がない。そのためエクルト王は直接石畳の上に座り、膝の上にラクテを下ろした。そしてエクルト王が指差す方を見たラクテは「わあ」と声を上げた。

眼下には城とメリンの明かり、空には、緑や赤、青や紫にと刻一刻と色を変えて揺らめく極光。

「綺麗だ……」

足の痛みを忘れて立ち上がりかけ、膝を着く寸前まで傾いたラクテの体をエクルト王が支える。そのまま抱きかかえて手摺の前まで運んだエクルト王は、欄干の上にラクテを座らせた。

「危なくない？」

「大丈夫。こうして支えていれば問題ない」

後ろに立つエクルト王の腕はラクテの腰にしっかりと回されている。背中に当たる体はちょうどいい背凭れだ。

「極光でしょ、それから白夜、極夜。エクルトに来たら見たいものがたくさんあったんだ。流氷は来る時に見たけど、極光をこんなに簡単に見られるとは思わなかった」

「国民にはいつもの風景の一つで目新しいものでもないんだが、これ目当てに旅行者も多く訪れる。これから夏の間、ホーンやメリンは賑わうぞ」

「その気持ちわかるよ。だってこんなに綺麗なんだもん」

ラクテは手を夜空に向かって伸ばした。その手にエクルト王の手が重ねられ、一緒になって極光を掴むよう手を広げた。

「ラクテ」

「ん？」

「今夜は俺に付き合って貰うぞ。俺への礼はそれでいい」

「お礼を要求するの？」

「ああ」

ラクテはふっと首を傾げた。

「部屋から極光見える？」

「見える」

「それならいいや。ずっと見せてね」

「消えるまでな。だが見ている余裕があるかどうかわからないぞ」

「自信家さんだね、リューンヴォルクは」

笑うラクテは誘うように瞼を閉じ、顔を上げた。

さらりと髪が顔に掛かり、重なるのは熱い唇。

月色の狼が神殿の中を飛び跳ねる。

空に月はないが、この場には二つの月が輝いていた。

あとがき

こんにちは。朝霞月子《あさかつきこ》です。異世界ファンタジー、今回の舞台は北の大国エクルトです。「あれ？　何か聞いたことがあるぞ」と思われた方もいらっしゃるのではないでしょうか。「月神《つきがみ》の愛《め》でる花」の皇帝陛下がつけている仮面の革《かわ》を輸出している国です。交易により莫大《ばくだい》な利益を得ているエクルト内部での騒動に絡んで来るのはラクテ公子。ヴィダ公国の名前もちょこちょこ出て来ているので探してみてくださいませ。五大国についてはそのうちに機会（という名前のスペース）があればその時にでも書かせていただきます。

本作はタイトルが最初に出来上がりました。実は構想そのものはかなり古く、いつかは書こうと思いながら伸ばし伸ばしになっていて、ようやく日の目を見ることが出来た感慨深い作品でもあります。そのせいというわけではないのですが、出来上がる前の叩《たた》き台を作るまでにかなり苦労しました。そしてその後も……。かつてここまで時間が掛かったことがあっただろうかというくらい、苦労に苦労を重ねて出来上がった作品になりました。もっと余裕を持って取り組もうと反省しています。

エクルト王は初書きでイメージが確定せず、二転三転してようやくクールっぽい普通の王様が出来上がり。国王としては至って普通の感性の持ち主なので、どこぞの「空竜《そらりゅう》」の国王と比べてはなりませぬ。そして、王様らしい傲慢《ごうまん》さは持ってはいますが、結構寛容《かんよう》な人物です。少なくともラクテに対しては、かなり甘いです。何をしても「ははは、こいつう」と言って笑って流してしまいそうなくらい甘いです。

　ラクテの方は良くも悪くも王子様。それに祖母譲りの美貌と少し抜けたところから祖国でも人気のある公子として有名でした。ただ、好奇心が勝った場合には何をするかわからない予測不能な王子として、ロス君たちの苦労は絶えません。迷子や行方不明は当たり前のこととして受け入れられているのだから、いかに探究心と好奇心が旺盛なのかわかるというものですね。

　本作を世に送り出すために携《たずさ》わってくださった出版社の皆さまはじめ、デザイナー様や印刷所など多くの方に大変ご迷惑をおかけしました。そして、ありがとうございました。

　イラストを担当して下さった香咲《こうさき》先生にも、それはもう素敵な王様と公子、月狼《げつろう》の姿を描いていただいてとても感謝しています。番外編の後日談は、透明感があって幻想的な雰囲気漂う香咲先生のカバーイラストを見て、「北国だもんね！　オーロラが書きたい！」と閃《ひらめ》きを得て出来たお話です。飛び跳《は》ねて踊る月狼の姿もとても見たい気がします。

　いつか気苦労の絶えないロス君視点のラクテたちの様子なども書いてみたいなと思っています。他にもエクルト王がラクテのために資産力をフルに使っているとか、その他諸々も一緒に。それではまた次作でお会い出来ることを楽しみにしています。

この本を読んでのご意見・ご感想をお寄せ下さい。

〒151-0051
東京都渋谷区千駄ヶ谷4-9-7
(株)幻冬舎コミックス　リンクス編集部
「朝霞《あさか》月子《つきこ》先生」係／「香咲《こうさき》先生」係

リンクス ロマンス

月狼の眠る国

2014年5月31日　第1刷発行

著者……………朝霞《あさか》月子《つきこ》
発行人…………伊藤嘉彦
発行元…………株式会社　幻冬舎コミックス
〒151-0051　東京都渋谷区千駄ヶ谷4-9-7
TEL 03-5411-6431（編集）
発売元…………株式会社　幻冬舎
〒151-0051　東京都渋谷区千駄ヶ谷4-9-7
TEL 03-5411-6222（営業）
振替00120-8-767643
印刷・製本所…株式会社　光邦
検印廃止

ISBN978-4-344-83130-8 C0293
Printed in Japan

幻冬舎コミックスホームページ　http://www.gentosha-comics.net